W0085836

alco

Gerrit Hansen

Die kleinen, unbedeutenden Fälle von Hauptkommissar Knut Hansen aus Kiel

Bibliografische Information der Deutschen Nationalbibliothek:
Die Deutsche Nationalbibliothek verzeichnet diese Publikation in der
Deutschen Nationalbibliografie; detaillierte bibliografische Daten sind
im Internet über http://dnb.dnb.de abrufbar.

© 2022 dco-Verlag

Herstellung: BoD – Books on Demand, Norderstedt

Verlag: dco-Verlag, Püttlingen und Redaktionsbüro in Felde

Fotos: Cover – Karina Dreyer, Portrait – Kim Hase

ISBN: 978-3-910513-01-3

Für Hauke und Sonja,
ohne die es dieses Buch nicht geben würde.

PROLOG

Allein die Anwesenheit von Knut Hansen in leitender Position der Kieler Polizeibehörde war für deren Pressesprecher schon eine mittelschwere Katastrophe. Ein bisschen war es so, als würde in den Niederlanden eine »Frau Antje« als Chef-Ermittlerin auftreten. Die meisten Menschen hätten Knut Hansen wohl als »Original« bezeichnet – sein Name klang wie der Künstlername eines Hafenmusikanten und seine Erscheinung stand dem in nichts nach. Die von ihm bevorzugte Kleidung, bestehend aus Jeans, Troyer und Seemannsmütze, zusammengenommen mit seiner etwas spröden, wortkargen Art ließen ihn wie den perfekten Leuchtturmwärter oder Fischkutterkapitän wirken – einen Posten bei der Polizei, geschweige denn als Hauptkommissar traute ihm, auch auf den zweiten Blick, kaum jemand zu.

Aufgewachsen war er auf der nordfriesischen Hallig Langeoog. Es gab nur ein anderes Kind in seinem Alter – ein dickliches, zickiges Mädchen namens Suse, das mit ihm nichts zu tun haben wollte – daher beschäftigte er sich in seiner Jugend nahezu ausschließlich mit dem Lesen von Kriminalromanen.

Er verließ die Insel, um die höhere Schule in Kiel zu besuchen und absolvierte anschließend die Polizeiausbildung wie im Fluge. Hansen, dessen Spitznamen in der lokalen Presse von »Inspektor Kuddeldaddeldu« bis »Friesenbulle« reichten, machte es nichts aus, unterschätzt oder belächelt zu werden – Kollegen mutmaßten, er würde es vielleicht gar nicht merken – aber da irrten sie sich …

Auf den ersten Blick mochte überraschen, dass Knut Hansen als Inselkind nicht einmal ansatzweise friesischen oder plattdeutschen Dialekt sprach. Außer seiner 95-jährigen Mutter und der dicken Suse gab es auch niemanden, der den Grund dafür wusste. Nämlich den, dass Knut schon früh damit anfing, sich einen wertvollen Schatz an Kriminalzitaten anzueignen, und ein Satz wie »Schlechte Leute werden nicht immer aus guten Gründen ermordet« klang nun einmal eindrucksvoller als: »Eische Lüd warrn nech jümmers wegen goote Ursoken dotslogen.«

An dieser Stelle von seinen großen Erfolgsfällen zu berichten, würde den Rahmen sprengen, aus Platzgründen begnügen wir uns mit seinen kleineren Erfolgen:

JUWELENRAUB UND LITERATUR

»Um Himmelswillen, Chef! Was ist das?« Olaf Köppcke, der ihm untergeordnete Polizeioberkommissar, stand in der Fahrertür des Dienstwagens und starrte kreidebleich auf das geöffnete Schraubglas in der Hand seines Vorgesetzten. In trübem Wasser schwammen schimmernde Klumpen und ein beißender Essiggeruch erfüllte das Cockpit.

»Das sind Rollmöpse, Köppcke, wollen Sie einen?«

»Nee danke, Chef – ich wusste gar nicht, dass die wirklich gegessen werden – ich seh' die immer nur im Regal stehen.«

Hansen schob sich eine weitere glitschige Fischrolle in den Mund. »Selbstgemacht sind sie natürlich besser, aber ich komme nur selten dazu ... und nun steigen Sie ein, wir müssen los ... äh, wohin eigentlich?«

Köppcke öffnete seinen Notizblock: »Holstenstraße 98, da ist ein Juweliergeschäft leergeräumt worden und der Besitzer beschimpft die Leute von der Streife.«

»Na dann mal los.« Hansen stopfte sich noch einen letzten Rollmops in den Mund und schraubte widerwillig das Glas zu, nicht ohne sich vorher noch einmal kräftig mit der öligen Kräuteressigbrühe zu bekleckern.

Zehn Minuten später standen beide vor dem Juweliergeschäft in der Fußgängerzone der Kieler Altstadt. Die beiden Streifenpolizisten versuchten immer noch, den Inhaber zu beruhigen. Herr Kohlmorgen stellte sich als unangenehmer Choleriker heraus. Die beiden Kommissare waren kaum eingetroffen, da wurden sie auch schon Teil seines Beschimpfungsschwalls.

»Sind Sie der Kommissar? Na endlich! Wird aber auch Zeit. Ich werde überfallen, ich bin ruiniert und Ihr inkompetentes Fußvolk lungert hier in meinem Geschäft herum, anstatt den Täter zu suchen. Dass er nicht hier ist, ist doch wohl klar ...« Er hielt kurz inne, runzelte die Nase und fuhr dann mit affektierter Ekelmiene fort: »Riechen Sie nach sauren Gurken? Und sagen Sie mal, wie sehen Sie überhaupt aus? Wollen Sie heute noch mit 'nem Kutter raus oder was?« Es folgte ein ungeheuer unsympathisch-zynisches Lachen.

Hansen blieb unberührt: »Rollmops«, sagte er knapp. »Ich rieche nach Rollmopswasser und mit dem Kutter will ich erst nächste Woche raus, das Wetter ist im Moment ungünstig.«

Dem Juwelier war am Gesicht anzusehen, dass er es nicht gewohnt war, sprachlos zu sein. Bevor er seine Gedanken jedoch wieder sortiert hatte, fuhr Hansen fort und stellte augenblicklich klar, wer im folgenden Gespräch das Sagen hatte: »Die Kollegen machen hier nur ihre Arbeit und nun hören Sie mit dem Gebelle auf und erzählen Sie mir, was vorgefallen ist – Köppcke! Mitschreiben.«

Kohlmorgen begann kleinlaut seinen Bericht: »Ist gut, Herr Hauptkommissar – verzeihen Sie, ich war etwas aufgebracht. Also es war so: Heute Morgen um sieben Uhr wollte ich den Laden aufschließen und sah, dass die Stahljalousien schon offenstanden. Ich ging also rein und fand den Tresor leergeräumt. Das müssen Profis von langer Hand geplant haben. Nichts ist kaputt oder umgestellt worden – die sind hier einfach eiskalt reinspaziert, haben den Safe geöffnet und sind wieder verschwunden.«

Hansen blieb unbeeindruckt: »Wer außer Ihnen kennt die Safe-Kombination?«

Kohlmorgen war wieder zu neuem Selbstbewusstsein erwacht und seine cholerisch überhebliche Art klang wieder deutlich hörbar in seiner Stimme mit. »Niemand, absolut niemand. Die ist gut verwahrt – einmal in meinem Kopf und einmal auf einer Notiz, sicher verwahrt in einem Geheimversteck.«

Hansen kratzte sich am Kinn. »Sicheres Geheimversteck, so so. Ich schlage vor, Sie prüfen noch einmal nach, ob die Notiz immer noch sicher verwahrt ist, und dann rufen Sie mich nochmal an – und nun gehen Sie und lassen Sie die Leute von der Spurensicherung ihre Arbeit machen.«

Der Rest des Vormittags verlief ereignislos. Hansen arbeitete alten Papierkram ab und beantwortete ein paar lästige Anrufe bezüglich irgendwelcher Formalitäten knapp und schnell. Seine kalte Pfeife wanderte abwechselnd vom linken in den rechten Mundwinkel. Seit Januar durfte im Präsidium nicht mehr geraucht werden, das störte ihn aber nicht weiter, er rauchte sowieso nur selten – nur im Mund hatte er die Pfeife gern. Gegen zwölf Uhr wurde der Bericht der Spurensicherung zu dem Juwelenraub reingereicht.

Hansen schlug den Pappdeckel auf und las einen zweiseitigen Bericht, der in guter alter Polizeiberichte-Manier wortreich und umständlich verkündete, dass man nichts gefunden hatte. Der Kommissar wunderte sich: Ein professionelles Verbrechen? Hier in Kiel? Sollte es so etwas tatsächlich geben? Es gab keine Fingerabdrücke, keine Spuren, keine Kratzer – nichts. Gerade gab Hansen sich lächelnd der Vorstellung eines fliegenden Einbrecher-Houdinis hin, da klingelte das Telefon.

»Jo?«, grunzte er in den Apparat und wartete.

»Herr Kommissar, Sie hatten recht – die Klebenotiz mit der Safe-Kombination ist weg. Es muss gestern passiert sein – ein Fenster stand offen, ich dachte, ich hätte es aufgelassen – mein Gott, dann waren die Mistkerle auch in meinem Haus. Man kann sich also in seinen eigenen vier Wänden nicht mehr sicher fühlen.«

»Nun bleiben Sie mal ruhig. Wir kommen gleich mit ein paar Mann von der Spurensicherung vorbei, fassen Sie nichts mehr an und lassen Sie alles, wie es ist.«

Fünfundzwanzig Minuten später standen Hansen, Köppcke und Herr Kohlmorgen in dessen Küche. »So, Herr Kohlmorgen, wie war das? Das ‚absolut geheime Versteck' für Ihren Notizzettel war also ein Buch?«

»Sehr richtig, Kommissar. Ich hatte die Kombination auf einem gelben Haftnotizzettel in einen alten Band über die Kriegsführung im Dritten Reich versteckt. Wissen Sie, meine Bibliothek ist recht umfangreich und ich dachte, der Zettel wäre dort ausreichend sicher versteckt.«

»Kriegsführung sagen Sie? Nun gut. Köppcke, notieren Sie das. Haben Sie auch richtig nachgesehen? Vielleicht haben Sie auch nur die richtige Seite überblättert, oder er ist rausgefallen?«

Kohlmorgen lief rot an und er brüllte fast: »Wissen Sie, Herr Kommissar – ich bin ein sehr ordentlicher Mensch – wenn Sie Ihre Belange so ordentlich erledigen wie ich die meinen, müsste dieser Fall schnell aufgeklärt sein. Der Zettel klebt immer an der gleichen Stelle in dem Buch, und zwar zwischen Seite 99 und Seite 100 und rausgefallen ist er mir ganz bestimmt nicht.«

Hektisch sah er auf die Uhr: »Sind wir hier bald durch? Ich habe noch einige dringende Telefonate zu führen. Versicherungsangelegenheiten – Sie verstehen?«

Inspektor Hansen lächelte ungerührt sein bestes Dienstlächeln und erwiderte knapp: »Na, dann wollen wir Sie mal nicht aufhalten ... vielen Dank soweit, Sie hören von uns. Köppcke, wir gehen.«

Während die Spurensicherung ihre Arbeit zu Ende führte, gingen die beiden Polizisten schweigend zum Dienstwagen. Köppcke ließ den Motor an und lenkte den Wagen in Richtung Dienststelle. Auf dem Parkplatz angekommen, stiegen beide aus, aber anstatt in Richtung Haupteingang zu gehen, blieb der Kommissar stehen und rief seinem Kollegen nach: »Köppcke! Ich geh jetzt 'n Fischbrötchen essen, schicken Sie mir bitte in der Zwischenzeit eine Streife zu Kohlmorgen und lassen ihn aufs Revier bringen. Der zuständige Beamte soll durchblicken lassen, dass wir wissen, dass es keinen Zettel gab und wir wegen Verdachts auf Versicherungsbetrug gegen ihn ermitteln.«

»Aber Chef ...?« Olaf Köppcke war diese Anweisung sichtlich nicht geheuer und gerade wollte er zu weiterem Protest ansetzen, als der Hauptkommissar nett, aber bestimmt abwinkte: »Nun machen Sie schon, wir sehen uns später.«

Ein Fischbrötchen und zwei Tassen Tee später traf Hansen gemütlich schlendernd wieder in der Dienststelle ein. Er durchquerte den neonbeleuchteten Flur in Richtung seines Büros, als Olaf Köppcke ihn erblickte. Er lehnte in einem Türrahmen und unterhielt sich mit einer Kollegin aus der Abteilung Kriminaltechnik.

Als er seinen Vorgesetzten sah, brach er ab und stürmte auf ihn zu. »Chef, Chef – der Kohlmorgen hat alles gestanden, er hat noch im Auto angefangen, wie ein Kind zu weinen und alles Mögliche vom Finanzamt, schlechter Wirtschaftslage und so erzählt. Das mit dem Zettel hatte er sich tatsächlich nur ausgedacht, um das Ganze wie einen gut geplanten Raub aussehen zu lassen.«

Da Hansen einfach weiterging, während er angesprochen wurde, waren sie inzwischen in seinem Büro angelangt. Köppcke schloss die Tür und sah ihn verschwörerisch an: »Nun aber raus mit der Sprache – dass da was nicht stimmte, war ja klar, und vermutlich hätte der Kerl auch so die Ermittlung nicht durchgestanden, aber wie konnten Sie so sicher sein? Das war doch geraten, geben Sie's zu.«

Hansen setzte sich in seinen Stuhl, klopfte aus Gewohnheit die leere Pfeife in dem leeren Aschenbecher aus, bevor er sie ebenso leer in den Mund steckte und nur zum Sprechen wieder herausnahm.

»Na ja, geraten ist übertrieben: Ich hatte es im Gefühl. Außerdem wusste ich, dass er bei der Aussage mit der Notiz mindestens einmal offensichtlich nicht die Wahrheit gesagt hat – zwar ging es dabei nur um eine Winzigkeit, aber Lügner sind ja immer verdächtig.«

Köppcke zog die Stirn kraus «Offensichtlich nicht die Wahrheit gesagt? Da hab´ ich was verpasst.« Der Kommissar fuhr fort: »Kohlmorgen hat doch behauptet, dass er die Notiz immer zwischen Seite 99 und Seite 100 legt, erinnern Sie sich daran?« Köpcke war ratlos: »Ja, und?«

»Ich nehme an, das hatte er sich spontan einfallen lassen, um seine Geschichte glaubwürdiger zu machen. Wenn er mal versucht hätte, einen Zettel zwischen Seite 99 und Seite 100 zu legen, wüsste er, dass das nicht geht – nehmen Sie sich ein paar Bücher und prüfen Sie es nach. Sie sollten sowieso mehr lesen.« Lachend wies er seinem Kollegen die Tür: »Und nun verschwinden Sie und kümmern Sie sich um Ihre Arbeit. Ich hab' hier zu tun.«

Als der Polizeiobermeister den Raum verlassen hatte, gönnte sich Knut Hansen, wie immer nach einem abgeschlossenen Fall, eine kurze Pause. Er brühte sich eine Friesenmischung auf, lehnte sich tief in seinem Sessel zurück und sah, mit der dampfenden Teetasse in der Hand, aus seinem Fenster auf das Meer hinaus. Es war zwar »nur« die Ostsee, aber wenn man auf den Horizont schaute, machte das kaum einen Unterschied – in Gedanken war er wieder Kind auf Langeoog und dachte an die zickige Suse.

»Eigentlich war sie gar nicht so zickig«, sagte er zu sich und lächelte.

HANDTASCHENRAUB AUF HOHER SEE

Es war ein Herbsttag. So einer, an dem nicht einmal die hartgesottensten Ureinwohner Kiels verstehen konnten, warum es das ganze Jahr so viele Touristen in den oft so trüben und ungemütlichen Norden verschlug. Die Kieler Förde, der Wasserkeil, dem die Stadt ihren Namen verdankt und der das Stadtgebiet in zwei Hälften spaltet, lag unfreundlich grau unter dem wolkenverhangenen Himmel. Der Fördedampfer »Falckenstein«, eine Personenfähre, die mehrmals täglich im Zickzack die verschiedenen Anleger abfährt, hatte pünktlich um 15.20 Uhr am Strandkurort Laboe abgelegt und schipperte nun gemütlich durch die grün-graue Ostsee. An Bord waren höchstens eine Handvoll Menschen. Annegret Hamann, eine 81-jährige rüstige Rentnerin, stand allein am Heck des Schiffes und schaute gedankenverloren ins eintönige Grau-Weiß der Gischt, die eine lange Bahn hinter dem Schiff zog. Sie fuhr diese Strecke regelmäßig hin und zurück und stand fast immer an der gleichen Stelle. Dabei hing sie den immer gleichen Tagträumen nach, in denen sie wieder das junge Mädchen war, das vor über 60 Jahren oft auf Vaters Fischkutter mitfahren durfte. Dass das Schiff mehrfach anlegte und weiterfuhr, bekam sie nur am Rande mit.

Sie schreckte hoch, als sie hinter sich ein Knirschen wie von Sand unter Schuhen hörte und fast zeitgleich einen Ruck an ihrer Handtasche bemerkte. Bevor sie sich umdrehen konnte, wurde sie grob von hinten gepackt, angehoben und eine Sekunde später fiel sie im freien Fall über die Reling. Bevor sie auf dem eiskalten Wasser aufprallte, nahm sie noch die Umrisse einer Gestalt im roten Mantel wahr, die ihren Fall beobachtete.

Weihnachten, dachte sie für eine Sekunde, wusste aber selbst nicht so genau, warum.

Als sie den Mund zum Schreien öffnete, war sie auch schon unter Wasser und der kalte Sog des schäumenden Kielwassers ließ sie lange Zeit orientierungslos durch die Fluten strauchein. Als sie endlich wieder auftauchte, war die Fähre weit außer Hörweite und ihre gequälten Hilfeschreie waren reine Kraftverschwendung.

»Chef! Cheeeef!« Polizeioberkommissar Köppcke hastete durch den neonbeleuchteten Präsidiumsflur. Sein Vorgesetzter, Hauptkommissar Hansen, war ein paar Tage mit Grippe zu Hause geblieben und an diesem Mittwochmorgen auch nur auf die dringende Bitte seines Kollegen in aller Frühe zur Arbeit gekommen. Völlig außer Atem stützte sich Köppcke an einem Heizkörper ab: »Chef ... Gott sei Dank ... gut, dass Sie da sind – das wächst mir hier alles über den Kopf.«

Knut Hansen schob sich die leere Pfeife von einem Mundwinkel in den anderen und wieder zurück. Seine Nase war noch von der starken Erkältung rot, die Augen glasig und er hatte sich einen dicken, roten Wollschal um den Hals gewickelt. »Schnief ... ganz ruhig, Köppcke, nun lassen Sie mich doch erstmal reinkommen. Ich mache mir jetzt erstmal einen Pfefferminztee und Sie erzählen mir in aller Ruhe, was los ist ...«

Im Büro angekommen, wartete der jüngere Polizist geduldig, bis der schier endlos laute Wasserkocher sich ausschaltete, so dass er seinen Bericht beginnen konnte:

»Wir haben wahrscheinlich einen Raub mit versuchtem Totschlag auf dem Fördedampfer. Die 81-jährige Annegret Hamann wurde um ihr Erspartes gebracht, und anschließend über Bord geworfen. Die gute Frau ist dann ungefähr einen halben Kilometer bis in den Hafen geschwommen, und das bei 14 Grad Wassertemperatur. Danach ist sie klatschnass bis zur Polizeiwache gegangen, weil sie, ich zitiere: sich so nass ja wohl in kein Taxi setzen konnte, und ja sowieso kein Geld mehr hatte. Hier angekommen, hat sie dann Anzeige erstattet. Sie hatte wohl 8.000 Euro in bar bei sich und diverse ‚wertvolle Erinnerungsgegenstände' – sprich: ein paar Fotos.«

Der Hauptkommissar pfiff durch die Zähne: »Stolzes Sümmchen!«

»Sie sagen es – Frau Hamann lässt sich wohl zweimal jährlich eine Dividende aus einer Firmenbeteiligung auszahlen, die auf den Verkauf des Fischereiunternehmens ihres Vaters an eine große Reederei zurückgeht. Das Geld bewahrt sie, wie's scheint, zu Hause in einer Keksdose auf. Offensichtlich ist sie nicht der ängstliche Typ, denn ihr dickes Portemonnaie hinderte sie nicht daran, ihre übliche Tour mit dem Dampfer zu machen. Sie fährt wohl mehrmals im Monat nach Laboe raus, isst da im Hafen einen Räucheraal, und fährt gleich die nächste Tour zurück, bis in die Innenstadt, wo sie auch wohnt. Zwischen den Anlegern Mönkeberg und Reventlou ging sie dann über Bord und schwamm, wie gesagt, an Land. Zum Täter konnte sie nicht viel sagen, da ihre Augen wohl nicht mehr die besten sind. Sie war sich nur sicher, dass er eine rote Jacke und Mütze trug und nach Weihnachten roch. Wir haben sie dann nach Hause gefahren und noch stundenlang gelacht ... obwohl der Anlass selbstverständlich nicht lustig ist«.

»Tröööööööööt« Inspektor Hansen hatte sein Stofftaschentuch ausgepackt und putzte sich jetzt ausgiebig die Nase. »Na, das klingt doch mal nach einem Jahrhundert-Fall ... ›Alte Dame vom Weihnachtsmann beraubt‹ na gut, ... erzählen Sie weiter!«

Köppcke blätterte seinen Notizblock um und fuhr fort: »Die alte Hamann ist wohl hart im Nehmen: Noch am selben Abend fuhr sie mit einer Freundin zum Bummeln in die Innenstadt. Im Café Teufelchen hat sie dann einen wilden Schreianfall bekommen und sich an einem Mann festgekrallt, der ihrer Meinung nach der Täter war.«

»Ich rate einfach mal: weiße Haare, weißer Bart?«, gluckste Hansen dazwischen.

»Nein, gar nicht…" winkte Köppcke gequält lächelnd ab. »Der Verdächtige ist Mitte 40, bartlos mit dunklem Kurzhaarschnitt. Der Mann heißt Martin Lamprecht und ist seit 20 Jahren Posaunist im Kieler Kammerorchester. Er und seine Kollegen hatten an dem Tag eine längere Konzertveranstaltung unten im Schloss und ein Teil der Musiker hat sich danach noch auf ein Bier getroffen. Wir haben Lamprecht und Hamann dann für die Formalitäten mit auf die Wache genommen. Aber, wie zu erwarten war, scheint Frau Hamann doch nicht ganz alle Sinne beisammenzuhaben. Lamprecht hat alles bestritten. Seine Aussagen sind auch stimmig – er hat ein Alibi, keine Vorstrafen, es gibt kein Motiv …alles lupenrein, wie's scheint …«. Er verstummte.

Inspektor Hansen schaute Köppcke mit kleinen, zugequollenen Augen durch den Pfefferminzteedampf über seiner Tasse an und wartete einen Moment, ob sein Kollege weitersprechen wollte. Dann hakte er in freundschaftlichem Ton nach: »Na komm, Olaf, wenn das alles so einfach wäre, hättest du mich doch nicht aus dem Bett geklingelt, also erzähl': Ihr habt Lamprecht also nach Hause geschickt, und dann?«

Olaf Köppcke schien in sich zusammenzuschrumpfen: »Also … also, Chef, ich weiß auch nicht. Die Frau Hamann hat mich irgendwie in ihren Bann gezogen … gestern war ich mir so sicher, dass sie ihn wirklich wiedererkannt hat … da hab´ ich ihn … dabehalten.«

Knut Hansen verschluckte sich an seinem Tee: »Dabehalten? In U-Haft? Ohne Grund? … Köppcke, Herrgott nochmal … was machst du?«

Der Oberkommissar war den Tränen nahe: »Ich weiß, Chef, ich lass ihn dann jetzt frei, entschuldige mich bei ihm und warte ab, was von oben auf mich zukommt …«.

Der Hauptkommissar massierte sich das stoppelige Kinn und schaute aus seinem Bürofenster auf den Hafen.

»Nun mal langsam, Kollege. Wir kennen uns ja nun schon länger und ich weiß, dass du ein verdammt guter Polizist bist, der nicht ohne Weiteres sein Bauchgefühl über die Tatsachen stellt. Ich schlag' dir Folgendes vor: Stell mir die Unterlagen zusammen und lass mich 'ne Stunde allein, vielleicht finde ich irgendetwas, was zumindest die U-Haft rechtfertigt. Dann sehen wir weiter.«

Köppcke war unsicher: »Aber der Lamprecht? Der tobt unten in seiner Zelle!«

Sein Vorgesetzter winkte ab. »Der tobt auch in einer Stunde noch ... schlimmer wird es für dich dadurch auch nicht. Wenn ich nichts finde, möchte ich allerdings nicht in deiner Haut stecken. Aber vertrauen wir doch erstmal auf dich und unser rüstiges Großmütterchen.«

Fünf Minuten später, saß Hauptkommissar Hansen, mit etwas weniger Zuversicht als er seinem Kollegen gegenüber zur Schau gestellt hatte, vor dem dünnen Polizeibericht und studierte immer wieder die mageren Fakten. Allesamt schienen sie darauf hinzudeuten, dass sein geschätzter Kollege demnächst anständig Ärger mit der Dienstaufsichtsbehörde kriegen würde – von einer eventuellen privaten Klage Lamprechts mal ganz zu schweigen. Was war nur in ihn gefahren? Er war doch sonst nicht so ein Bauchmensch.

Hansen schüttelte den Kopf und überflog die langweilige Auflistung von Details: Laut des sorgfältigen, aber kurzen Berichtes wurde Lamprecht um kurz nach acht Uhr abends ins Untersuchungszimmer gebracht. Bei sich hatte er zu diesem Zeitpunkt einen Schlüsselbund und ein Portemonnaie mit 9,30 Euro in bar. Er trug seinen dunklen Konzertanzug und eine dunkelblaue Regenjacke mit hellrotem Futter. Außerdem hatte er seinen Instrumentenkoffer dabei, in dem sich aber lediglich die Posaune, diverse

Reinigungsbürsten, ein Lappen und eine Flasche Ballistol Universalöl zum Reinigen befand.

Annegret Hamann wurde allem Anschein nach kurz nach 16.00 Uhr mittig zwischen den Anlegern Mönkeberg und Reventlou über Bord geworfen. Zu dieser Zeit war das Kieler Kammerorchester gerade mitten im Konzert. Der beigelegte Programmzettel bestätigte einen Veranstaltungsbeginn um 13.30 Uhr und eine Dauer von gut vier Stunden für zwei Blöcke mit Streichkonzerten, einer längeren Mittagspause mit Buffet und anschließendem »Potpourri klassischer Meister« als Abschluss. Weder die drei kurzen Pausen, noch die Buffet-Auszeit hätten gereicht, um eine Fähre über die Förde und zurückzunehmen. Lamprecht hatte mehrere Orchestermitglieder benannt, die bestätigen konnten, dass er anwesend war. Der Orchesterleiter erinnerte sich, dass Lamprecht einen Einsatz verpasst hatte. Beim Aufbau hatte er versehentlich den Notenständer einer Cellistin umgestoßen und nicht zuletzt hatte sich im Foyer dann auch eine größere Gruppe seiner Kollegen zusammengefunden, mit der er dann weiterzog.

Hansen überflog die wenigen Berichtzeilen wieder und wieder. Plötzlich, wie aus heiterem Himmel, formte sich das Muster eines Verdachts. Zunächst vage, dann immer deutlicher, fügten sich kleine Teile zu einem Ganzen zusammen und bald schon lehnte er sich zurück und nahm lächelnd einen letzten Schluck Pfefferminztee, bevor er zum Telefonhörer griff.

Zehn Minuten später verließ er sein Büro und suchte seinen Kompagnon, der mit einem Becher Kaffee auf dem Parkplatz stand und abwesend auf den Hafen und die Werftkräne schaute. »Köppcke! Zack, zack! Wir haben zu tun. Schnell! Schicken Sie ein paar Männer ins Schloss, da sollen sie die Handtasche von der Hamann suchen – ich denke da an die typischen Taschendieb-Verstecke: Belüftungsschächte, Feuerlöscher Boxen und so. Dann beschaffen Sie sich eine Telefonliste vom Kammerorchester und lassen sich von jedem Einzelnen sagen, inwiefern er sich an Lamprechts Anwesenheit an dem Tag erinnert. Dann bestellen Sie mir die Hamann her und lassen Sie mir den Karton mit Lamprechts Kram ins Büro bringen.«

Es wurde ein hektischer Tag: Die Handtasche wurde in einem Toilettenspülkasten in der Besuchertoilette des Schlosses gefunden und Lamprecht hielt dem anschließenden Verhör nicht lange stand. Wie sich rausstellte, hatte er hohe Schulden durch Sportwetten und war von Buchmachern unter Druck gesetzt worden. Er wohnte nicht weit von Frau Hamann entfernt, hatte durch Zufall ein Gespräch über ihre Finanzen mitangehört und sie seitdem ausspioniert.

Schichtende auf der Kieler Hauptwache: Die Wolkendecke war inzwischen aufgerissen. Die Kommissare Köppcke und Hansen standen lächelnd auf der Schotterauffahrt des Präsidiums und ließen sich die Herbstsonne aufs Gemüt strahlen. »So, Chef, jetzt nochmal Klartext: Wie war das? Ich hatte ja 'ne Menge mit der Einsatzleitung zu tun, da ist mir das im Mittelteil irgendwie entgangen. Wann hat sich Lamprechts Alibi denn nun eigentlich in Luft aufgelöst?«

Hansen nahm die Pfeife aus dem Mund: »Ach, da ergab eines das andere ... den zündenden Funken gebracht haben dieses Weihnachtsgerede von der Hamann und das Ballistol Öl.«

Olaf Köppcke war überrascht: »Wie, dieses Zeug, das der Lamprecht für seine Posaune hatte? Wie das?«

»Ach – das ist purer Zufall – Ballistol ist ja so eine Art Wundermittel für alles Mögliche, zuhause auf Langeoog hat mein Vater darauf geschworen. Der hat das, glaube ich, sogar getrunken – he, he ... Das Zeug riecht streng und außer seinen »heiligen« Boots- und Angelsachen und der alten Flinte rochen bei uns hauptsächlich die Sachen danach, die lange eingelagert wurden. Es wäre mir von allein nicht wieder eingefallen, aber als es im Bericht erwähnt wurde, musste ich sofort an unseren Weihnachtsbaumständer denken, der zum Schutz gegen Rost immer damit eingeölt wurde. In dem Moment hab' ich gedacht: Was wäre, wenn die Hamann und ich uns eine Erfahrung teilen? Als ich mir vorhin seine Sachen habe bringen lassen, hab' ich nochmal an der Schmiere geschnüffelt und hatte sofort eine Flut von Erinnerungen ... das ist wirklich ein Geruch, der sich tief ins Gehirn brennt.«

Hansen runzelte geistesabwesend die Stirn, wechselte die Pfeifenseite und fuhr fort: »Eigentlich war für mich schon deswegen klar, dass der Lamprecht der Täter war, ich wusste nur noch nicht, wie. Aber unter genauer Betrachtung fiel das Ganze schnell in sich zusammen. Zunächst einmal ist der Mann Posaunist; das ließ mich annehmen, dass er während der beiden Streichkonzerte im ersten Teil des Konzertes nicht übermäßig viel zu tun hatte. Die Überprüfung hat ergeben, dass der gute Mann in den ersten zwei Stunden nicht eine Note zu spielen hatte. Ihre Befragung aller Musiker des Orchesters hat, wie Sie ja wissen, ergeben, dass genau zwei Kollegen wussten, dass er sich kurz nach Konzertbeginn bis kurz vor der letzten Pause davongemacht hat – die beiden haben sich dabei aber nichts gedacht und alle anderen nahmen an, er sei die ganze Zeit dagewesen, weil er sich gezielt am Anfang und am Ende des Konzertes bemerkbar gemacht hat ...«

»Der verpasste Einsatz und der Notenständer!«, rief Köppcke staunend dazwischen – »Genau! Schon etwas merkwürdig für jemanden, der 20 Jahre Orchestererfahrung hat. Der Rest der Arbeit war ein reines Rechenspiel. Lamprecht war in Reventlou zugestiegen und hatte eigentlich vor, ihr in Laboe die Tasche zu entreißen und wegzulaufen – nach seiner Aussage ergab sich dazu aber keine Gelegenheit. Auf der Fähre zurück sah er unverhofft seine letzte Chance, weil niemand an Bord war. Ein schnelles Untertauchen wäre dort nicht möglich gewesen, also hat er die Hamann im Eifer des Gefechts gleich ganz über Bord geworfen. Vorsichtshalber hatte er seine Regenjacke auf der Fähre von innen nach außen gewendet – sodass er scheinbar eine rote Jacke mit Kapuze anhatte. Dann ist er wieder in Reventlou ausgestiegen und zum Schloss gelaufen. Die Tasche hatte er wohl zunächst unter dem Jackett und bei der ersten Pinkelpause vorerst im Toilettenkasten versteckt – später wollte er sie holen und entsorgen.«

»Und das Geld?«, warf Köppcke ein.

»Ja, das Geld ... Im Geständnis kam dann raus, dass er den Buchmacher per Handy ins Café Teufelchen bestellt und ihm da das Geld zugesteckt hat – das war wohl nur ein paar Minuten bevor Frau Hamann mit ihrem guten Riecher vorbeikam und Alarm schlug.« Die beiden Männer bewegten sich gemeinsam in Richtung Parkplatz. »Insgesamt hat der Bursche den Überfall ganz schön gerissen, wenn auch knapp, geplant und alles auf eine Karte gesetzt, weil seine Gläubiger ihm solchen Druck machten. Und wenn er nach der Instrumentenpflege die Hände gewaschen hätte, wäre er vermutlich sogar durchgekommen – da haben ihm aber Kommissar Zufall und Annegrets feine Nase einen Strich durch die Rechnung gemacht.«

Köppcke lachte: »Nicht zu vergessen die feine Nase von Hauptkommissar Hansen, ... ha ha hhhaaaatschie! Bis morgen, Chef!«

»Gesundheit, Köppcke! Mann, das klingt ja schlimm ... nehmen Sie sich lieber morgen frei und bleiben im Bett – mit so 'ner Grippe soll man nicht spaßen. Was Sie jetzt brauchen, ist viel Ruhe und eine Menge Pfefferminztee«, sagte Hansen lachend und lockerte seinen Schal, während sich sein Kollege auf dem knirschenden Kiesweg entfernte. Er fühlte sich schon wieder fast gesund. »Der gute alte Pfefferminztee«, dachte er und stieg in sein Auto.

ÜBERFALL AM FREITAG, DEN 13.

Kommissar Knut Hansen hatte schlechte Laune an diesem saukalten Freitag, den 13. Dezember. Wie so häufig lag weder Schnee in der Landeshauptstadt, noch zeigte sich der Winter auf irgendeine andere Art von seiner positiven Seite. Es war einfach nur kalt.

Zudem bereitete ihm auch das Datum Sorgen – seine Kindheit auf Langeoog war von unzähligen friesischen Mythen und einem unterschwelligen Hang aller Inselbewohner zum Aberglauben geprägt. Man fürchtete sich allzeit vor dem Unmut des Klabautermanns und an einem Freitag, den 13., hätte sich auf der Hallig keiner in seiner Familie auch nur vor die Haustür getraut. Obwohl sich Hansen für einen rationalen Menschen hielt, konnte er doch die Ängste und Schatten seiner Kinderjahre nie ganz abschütteln.

Als er auf der Hauptwache eintraf, stand sein ihm unterstellter Kollege Olaf Köppcke im Flur und unterhielt sich mit einer Kollegin. Als der junge Polizist seinen Vorgesetzten kommen sah, löste er sich aus dem Gespräch und kam schnellen Schrittes auf ihn zu. »Moin Chef!«

Hansen nickte ihm zu: »Guten Morgen Köppcke, was gibt's Neues?«

Köppcke holte seinen Notizblock aus der Tasche, »Tankstellenraub im Knooper Weg. Der Täter ist während der Nachtschicht mit vorgehaltener Waffe in den Tankstellenshop gestürmt, hat knapp 700 Euro erbeutet und sich dann zu Fuß vom Tatort entfernt.«

Hansen runzelte die Stirn: »In der Nachtschicht? Haben die keinen Nachtschalter?«

»Doch, aber der Täter hat sich einen günstigen Zeitpunkt ausgesucht – Tankstelle wurde gerade betankt und während der Betankung lassen die bei den Tankstellen wohl immer die Türen offen, damit die Fahrer auf Klo gehen,

Kaffee trinken usw. können. Zum Zeitpunkt des Überfalls war der Tanklasterfahrer auch tatsächlich im Shop und hat sich vor Schreck übel an seinem Kaffee verbrüht.«

Hansen ließ sich den Bericht geben und ging damit in sein Büro am Ende des Flurs. »Tankstellenraub ... 700 Euro«, er schüttelte traurig den Kopf. Auch nach vielen Jahren im Beruf deprimierten ihn immer noch die vergleichsweise kleinen Beträge, um derentwillen die Menschen kriminell wurden. Sicher, 700 Euro waren kein kleiner Betrag, aber dafür eine Gefängnisstrafe riskieren?

Der Bericht gab nicht viel her – der Täter war einfach in guter alter Wildwest-Manier in den Shop gestürmt, hatte eine Waffe gezogen und lautstark unter Gewaltandrohung die Kasse geplündert. Die bedauernswerte, junge Verkäuferin, eine 21-jährige Sozialpädagogikstudentin namens Nora Bock, hatte den Job in dieser Woche erst angenommen und in der Tatnacht ihre erste Schicht allein bestritten. Sie machte auf die Beamten einen vollkommen zerrütteten Eindruck und ihr war eine psychologische Betreuung zugewiesen worden. Dem Bericht lagen CDs mit Kopien der digitalen Überwachungsfilme bei und der Kommissar wollte gerade zum ersten Mal seinen neuen Dienstcomputer anschalten, als es klopfte und sein Kollege ins Büro stürzte.

»Zur Tankstellensache hat sich ein Augenzeuge gemeldet, der meint den Täter an Klamotten und Bewegungen erkannt zu haben. Er sagt, er habe ihn schon öfter um die Tankstelle herumstromern sehen und kenne ihn flüchtig aus irgendeinem Volkshochschulkurs. Der Verdächtige heißt Paul Scharwattke, ist arbeitsloser Altenpfleger und wohnt in Kiel-Gaarden.«

Hansens Gesicht hellte sich auf – er mochte Computerarbeit nicht sonderlich: »Na dann nichts wie hin, Sie fahren – Köppcke.«

Eine Viertelstunde später standen sie vor der Wohnungstür Scharwattkes. Diese lag in einem trostlosen Hinterhofgebäude im äußeren Teil von Gaarden, eines Stadtteils auf dem Ostufer der zweigeteilten Stadt, der wegen diverser politischer Fehlentscheidungen in den vergangenen Jahrzehnten immer mehr zum sozialen Brennpunkt verkam. Die Klingel funktionierte nicht, daher klopfte Kommissar Hansen dreimal an den winzigen Teil der Tür, der nicht vollständig mit Aufkleberresten, Kaugummi oder Dreck überzogen war.

Paul Scharwattke öffnete mit aschfahlem Gesicht und starrte die beiden Beamten aus weit aufgerissenen Augen an. Der junge Mann war wohl Mitte zwanzig, hatte eine schmächtige Figur und ein dazu passendes, leicht vogelartiges Gesicht mit großen, ängstlichen Augen. Die langen, dunkelblonden Haare hatte er zum Pferdeschwanz gebunden. »Ja, bitte?«, fragte er, leicht zittrig.

»Guten Tag Herr Scharwattke – Hansen mein Name, ich bin Hauptkommissar und das ist mein Kollege Oberkommissar Köppcke. Wir hätten Sie gern mal gesprochen.«

»Das passt gerade leider gar nicht – kommen Sie bitte morgen wieder.« Dabei wollte er die Tür wieder schließen, doch Knut Hansen stellte seinen Fuß in die Tür und sprach ruhig weiter:

»Ich fürchte, ich muss darauf bestehen – wenn Sie sich weigern uns hereinzulassen, müsste ich Sie bitten, mich auf die Wache zu begleiten.«

»Na gut, dann kommen Sie rein ... aber es ist nicht aufgeräumt.« Scharwattke blinzelte die beiden Beamten nervös an und schlurfte dann kraftlos lethargisch zurück in die Wohnung. Den Beamten schlug eine nach Schimmel und Öl riechende Wolke aus trockener, brütend-heißer Luft entgegen.

Die Wohnung war einer dieser Orte, die Kommissar Hansen so fremd erschien, wie ein Korallenriff auf dem Mond. Der Flur, durch den sie gingen, war an beiden Seiten fast bis zur Decke zugestellt mit kaputten Teilen von Stereoanlagen, alten Computermonitoren, Müllsäcken und ähnlichen Dingen, die nach kompromissloser schneller Entsorgung schrien. Der Anblick, den der dahinterliegende Raum bot, war für Hansen keine Überraschung – tatsächlich hatte er ihn schon beim Klopfen an der Tür vor seinem inneren Auge gesehen.

Das Wohnzimmer, einer von zwei Räumen in der übelriechenden Behausung, wurde von einer schmierigen Glühbirne, die in loser Fassung von der Decke baumelte, mehr schlecht als recht beleuchtet. Es wurde dominiert von Getränkedosen, Pizzakartons und jeder Menge locker verkabelter Unterhaltungselektronik. Verschiedene Spielekonsolen stapelten sich vor einem großen, staubfilmüberzogenen Fernsehgerät.

Déjà-vu, dachte Hansen. Er hatte in den vergangenen Jahren schon unzählige Male in Wohnungen wie dieser gestanden und in diesem Moment fragte er sich mit einem Anflug von Zynismus, was wohl passierte, wenn man deren Bewohner austauschte. Wahrscheinlich schauen sie nur nach, ob noch was zu trinken in der Dose ist und wühlen dann nach der Fernbedienung, dachte er und lächelte traurig.

Als Hansen sich die Regale und Sideboards im Zimmer anschaute, fielen ihm diverse Spuren in der üppigen Staubschicht auf. In diesen Regalen hatten im Laufe der Zeit einige größere Gegenstände gestanden, und zwar so lange, dass die Umrisse im Staub noch erkennbar waren. In der Mitte eines Regals stand noch eine stark beschädigte Drachenfigur, bei der ein Flügel abgebrochen und die Farbe an einigen Stellen abgeplatzt war. Ansonsten waren die

Regale bis auf abgestellte Flaschen, Dosen und Kaffeetassen leer.

Der einzige Anflug von Ordnung, den das Zimmer zu bieten hatte, entsprang einer offenstehenden Vitrine, die vor langer Zeit wohl einmal mit dem Ehrgeiz aufgestellt worden war, die Fülle von Film-DVDs und Konsolenspielen aufzubewahren. Sie war aber bis auf einige wenige Filme und Spiele leer. Und auch hier berichteten Spuren im Staub davon, dass bis vor nicht allzu langer Zeit mehr dort gestanden hatte.

An der Wand hingen diverse Poster mit Figuren aus Fantasy- und Science-Fiction-Filmen und ebensolchen Büchern. Der Schreibtisch in der Ecke war mit lose gestapelten, leeren Pappkartons und verschiedenen großen Briefumschlägen bedeckt. Ein bedauernswerter Computerbildschirm ragte daraus hervor und der Bildschirmschoner zeigte einen Zauberer, dem in zufälligen Mustern bunte Blitze und Kringel aus dem Zauberstab entfleuchten und ihre Wege über den verstaubten Screen zogen.

Über dem Tisch prangte ein Abreißkalender mit dem Titel »Magischer Kalender 2010« und auf der aktuellen Seite war die Illustration einer schrumpeligen, alten Hexe zu sehen, die bedrohlich verkündete: »Es ist Freitag, der 13. – hütet euch vor den bösen Mächten«.

Scharwattke hockte mittlerweile zittrig missmutig auf einem billigen Klappstuhl vor dem Schreibtisch – dem einzig erkennbaren Sitzmöbel im Raum – und schaute mit blinzelnden Blicken unsicher im Zimmer herum, als der Hauptkommissar auf den Grund des Besuches zu sprechen kam.

»Ja, also, Herr Scharwattke ... puh, warm haben Sie's hier«

Scharwattke antwortete hastig: »Ja, ich weiß. Die Heizung hier stammt aus der Urzeit. Ich bin froh, wenn sie überhaupt läuft. Die braucht allein zwei Stunden zum

Hochfahren. Wenn's dann endlich warm ist, lass ich die Finger davon«.

»Nun gut, Herr Scharwattke ... Wir sind wegen eines Raubüberfalls hier. In der Nacht von gestern auf heute wurde die Tankstelle im Knooper Weg überfallen, wissen Sie etwas darüber?«

»Raubüberfall? Tankstelle? Was soll ich denn darüber wissen? Ich bin nie in der Ecke, was soll ich da auch?« Scharwattke stand hektisch auf. Linkisch drehte er den Beamten den Rücken zu, nahm sich von den unzähligen Bechern auf dem Sideboard den, der am wenigsten dreckig aussah und schenkte sich aus einer verklebten Brauseflasche ein. Beim Zurückstellen fiel die Plastikflasche scheppernd um, er ließ sie aber liegen. Dann setzte er sich wieder auf den Klappstuhl und hielt die Tasse mit beiden Händen fest umklammert. Als er sich hinsetzte, stieß er mit dem Ellenbogen an die Computermaus, sodass der Bildschirmschoner den Blick auf die geöffnete Ebay-Internetseite freigab.

»Ich war die ganze Woche bei meiner Freundin in Hamburg, bin erst vor einer halben Stunde wiedergekommen. Wie kommen Sie darauf, dass ich irgendwas von einem Überfall weiß? Sehe ich etwa aus wie ein Krimineller?«

Hansen schaute ihn lächelnd an: »Nein, natürlich nicht ... ganz sicher nicht,« sagte er beschwichtigend. Und schob seine leere Tabakspfeife in den Mundwinkel. »Uns wurde mitgeteilt, dass Sie regelmäßig in der Nähe der Tankstelle gesehen wurden – da dachten wir, dass Sie vielleicht zufällig auch letzte Nacht dort gewesen sein könnten. Haben Sie irgendwelche Informationen, die uns weiterhelfen können?«

Scharwattke schüttelte hektisch den Kopf. »Nein! Ich hab' ja auch Besseres zu tun, als nachts um zwei bei der Tankstelle Überfälle zu beobachten. Ich bin eh nie am

Westufer. Wer will mich denn da überhaupt gesehen haben? Das kann gar nicht sein. Wie gesagt, ich war die ganze Woche in Hamburg bei meiner Freundin und bin eben gerade erst wiedergekommen ... hmm, ich bin auch gleich verabredet ... sind wir jetzt fertig? Ich müsste dringend los.«

Hansen lächelte müde. »Aber selbstverständlich ... wir hätten dann gerne noch die Kontaktdaten Ihrer Freundin, der Kollege Köppcke wird die Daten noch schnell aufnehmen, dann lassen wir Sie auch in Frieden.« Sein Blick fiel in die Ecke hinter der Tür. Dort hing etwas, das aussah wie eine mittelalterliche Rüstung aus Leder, liebevoll dekoriert mit keltisch anmutenden Ornamenten.

Scharwattke bemerkte seinen fragenden Blick und erklärte ungefragt mit einem Anflug von Stolz: «Ach das ... das ist meine Rollenspielrüstung – ich treffe mich mit ein paar Freunden regelmäßig im Werftpark und dann schlüpfen wir in unsere Rollen ... ich bin ein Wald-Elf-Magier der 14. Stufe«.

Ein nervtötendes Piepen ertönte aus dem Nebenraum und wiederholte sich mehrfach. »Die Wäsche ist fertig, ich kümmere mich gleich drum«, erklärte Scharwattke abwesend und ließ den Kommissar dabei nicht aus den Augen.

Knut Hansen war ehrlich interessiert, wie immer, wenn etwas für ihn neu war. »Ein Wald-Elf-Magier, hmm, ... das sieht ja sehr aufwändig aus – wo kauft man denn sowas?«

Sein junges Gegenüber schien in seinem Stolz gekränkt: »Pah! Das kauft man nicht, das macht man selbst – ein, zwei Kurse an der Volkshochschule, ein Restposten Leder und fertig. Das Teuerste daran sind die Ziernieten und der ganze Kram und das kauft man dann eben nach und nach dazu, wenn mal etwas Kleingeld über ist.«

Der Kommissar gab sich weiter fasziniert. »Aha! Und was ist das? Hing da mal ein Schwert?« Er zeigte auf eine helle Silhouette auf der vergilbten Tapete.

»Wie? Ach ja, das Schwert … das habe ich … verloren. Aber das brauche ich als Magier sowieso nicht – ich habe ja meinen Runenstab.«

Hansen erinnerte sich daran, dass er noch zu arbeiten hatte und gab sich einen Ruck. »Na gut, Herr Scharwattke – wir haben dann alles – Köppcke! Schreibst du noch schnell die Daten von der Freundin auf?«

Nachdem Hansens Kollege sich von dem Verdächtigen die notwendigen Daten hatte geben lassen, verabschiedeten sich die beiden Polizisten und kehrten dem nervösen jungen Mann den Rücken.

Knut Hansen hatte den Türknauf schon in der Hand, da drehte er sich um. »Himmelherrgott, Scharwattke!« Der junge Mann erschrak und sah aus, als wollte er gleich anfangen zu weinen. »Wollen wir uns das nicht ersparen? Mein Kollege und ich wissen seit fünf Minuten nach Betreten dieser Wohnung, dass Sie der Täter sind. Und wir sind Ihnen deswegen auch gar nicht böse. Man braucht sich hier nur umzusehen, um zu erkennen, dass Sie finanziell wirklich knapp dastehen. Ein kurzes Gespräch mit Ihnen reicht aus, um zu erkennen, dass Sie kein Verbrechertyp sind. Ich nehme einmal an, Sie brauchten dringend einen größeren Betrag. Vermutlich, um Ihrer neuen Freundin zu imponieren. Das wird auch der Grund sein, warum Sie jeden Gegenstand von Wert in dieser Wohnung im Internet verschachert haben. Wahrscheinlich hatten Sie gerade die letzten Auktionen laufen und konnten absehen, dass nicht genug zusammenkommt. Da haben Sie Panik bekommen und die Tankstellengeschichte angeleiert. Sie konnten vermutlich vor Aufregung nicht schlafen, deswegen haben Sie dann noch dies und das erledigt und wollten wahrscheinlich gerade noch ein paar letzte Dinge regeln und sich dann mit dem Geld zu Ihrer Freundin aufmachen, als wir an Ihre Tür klopften.«

Scharwattke war nur noch ein Häufchen Elend – halbherzig setzte er dagegen: »Nein, ich war wirklich bis eben gerade in Hamburg – fragen Sie meine Freundin! Und …«

»Ach verschonen Sie mich! Sie wussten, dass der Überfall um zwei Uhr nachts stattfand, obwohl wir nichts davon gesagt hatten. Die Heizung braucht zwei Stunden zum Warmlaufen und hier ist es warm wie in der Wüste. Das Kalenderblatt von heute ist aufgeschlagen und das Waschmaschinenprogramm war gerade am Ende, als wir kamen … Erzählen Sie mir also keinen Unsinn von ,gerade erst angekommen'. Sie sind ein ganz schlechter Lügner. Und soll ich Ihnen was sagen? Das wird Ihnen Ihre Haut retten. Ich werde nämlich in meinem Bericht betonen, dass in Ihnen keine wirklich ernstzunehmende kriminelle Energie steckt. Wenn Sie ein Geständnis ablegen, kommen Sie mit einer kurzen Haftstrafe oder wahrscheinlich sogar Bewährung davon – zumal ich mir sicher bin, dass Sie keine echte Waffe dabeihatten, oder?«

Scharwattke senkte den Kopf und sagte kaum hörbar: »Nein, das war ein ganz billiges Spielzeug – ich hatte die ganze Zeit Angst, dass der Kerl von dem Öl -Laster das bemerken und mich vermöbeln würde, deswegen habe ich auch so wild rumgeschrien.«

Hansen fuhr fort: »Wenn wir jetzt gegangen wären, hätten Sie schnell Ihre Freundin angerufen und ihr erklärt, dass Sie ein Alibi brauchen – aber glauben Sie mir, die Dame wird Sie fallen lassen wie eine heiße Kartoffel, wenn sie davon Wind bekommt, dass Sie Ärger mit der Polizei haben. Was war es denn eigentlich, wofür sie das Geld brauchte – Schmuck, ein Auto, Urlaub?«

Scharwattke hatte Tränen in den Augen und versuchte sich mit trotzig rotem Kopf besonders hoch aufzurichten – ohne Erfolg. »Nein! Sie ist nicht so eine! Nicht meine Annika … es geht ihr doch nur um ihre kranke Mutter in

Kopenhagen! Annika ist nämlich zur Hälfte Schwedin und will ihre Mutter zu sich holen.«

Hansen und Köppcke lachten gleichzeitig laut auf. Verunsichert, wütend und gekränkt bellte Scharwattke sie an: »Was ist denn? Warum lachen Sie? Das ist die Wahrheit!«

»Köppcke, klären Sie den jungen Mann auf und dann lesen Sie ihm auch gleich seine Rechte vor. Ich geh schon mal vor die Tür, mir wird's hier zu warm.«

Olaf Köppcke räusperte sich und sprach zum ersten Mal, seit sie in die Wohnung gekommen waren. »Mensch, Herr Scharwattke, Kopenhagen ist in Dänemark! Und Annika heißt doch die Kleine bei Pippi Langstrumpf. So könnte eine Schwedin wirklich heißen, aber es wäre eben auch so ziemlich der erste Name, auf den eine schlechte Lügnerin käme, von »Ronja« vielleicht mal abgesehen. Nun gut … Sie haben das Recht, die Aussage zu verweigern. Alles, was Sie sagen, kann später gegen Sie verwendet werden …«

Im Dienstwagen drehte sich Hansen noch einmal zu dem unglücklichen Täter um: »Sehen Sie es als Chance. Viel tiefer als jetzt können Sie durch die Verurteilung gar nicht mehr sinken – machen Sie einen Neuanfang. Halten Sie sich von Ihrer ′Schwedin′ fern und suchen Sie sich Arbeit. Über kurz oder lang finden Sie bestimmt eine nette Wald-Elfen-Magierin, die kein Geld von Ihnen will.«

In dem tränennassen Gesicht Scharwattkes zeigte sich der Anflug eines Lächelns. Er atmete tief durch, legte den Kopf zurück und plötzlich schien die Spannung aus dem schmächtigen Mann zu weichen, als hätte jemand eine zentnerschwere Last von seinen Schultern genommen.

Er schaute durch die regennasse Autoscheibe nach draußen und sagte seufzend: »Wer plant denn auch schon einen Überfall an einem Freitag, den 13.?«

FINSTERES MITTELALTER

Es war ein brütend heißer Junitag. Knut Hansen hatte dienstfrei. Aus einer Laune heraus hatte der Hauptkommissar seinem Kompagnon Köppcke zugesagt, an diesem Wochenende etwas zusammen zu unternehmen. Die Planung der Unternehmung hatte er dem jüngeren Kollegen überlassen und fragte sich nun, wie klug das gewesen war. Aus den Augenwinkeln musterte er seinen langjährigen Kollegen, den er von der Arbeit her als integren, absolut zuverlässigen Musterpolizisten kannte. Olaf Köppcke, ein durchtrainierter Mann von fast zwei Metern, saß hinter dem Steuer des alten Volvos und trug ein kleidartiges Gewand aus rotem Samt, geziert von einem goldenen Löwen auf der Brust.

Als sie in der kleinen Stadt Lütjenburg, den Anweisungen eines Parkwächters folgend, auf eine zum Parkplatz umfunktionierte Wiese fuhren, brach Hansen das Schweigen, das nun fast die ganze Fahrt von Kiel angehalten hatte: »Erklär's mir bitte nochmal, Olaf – was wird das hier?«

Der Kollege winkte lachend ab: »Ruhig Blut, Chef! Ich weiß, es ist etwas ungewöhnlich – aber lassen Sie sich darauf ein, es ist eine spannende Sache«. Der Wagen hielt, sie stiegen aus und Köppcke sprach weiter, während er um den Wagen herum zum Kofferraum ging. »Ich war vor fünf Jahren das erste Mal dabei. Sie wissen doch, damals hatte ich doch meine Susie kennengelernt und die hat mich drauf gebracht«.

Hansen kniff die Augen zusammen. Einerseits der blendenden Sonne wegen, andererseits weil Köppcke sich in diesem Moment den Rest seiner Montur anlegte. Mit Helm, Kettenhandschuhen, Schwert und Schild stand der junge Mann vor ihm wie zum Kreuzzug gerüstet und sprach ungerührt weiter: »Das Mittelalter, Chef – hier kann man es erleben – und wenn man möchte, dabei mitmachen. Wie sieht's aus – wollen Sie's auch probieren? Ich habe noch ein paar Klamotten dabei, die machen Sie im Handumdrehen ein paar hundert Jahre jünger«. Dabei hielt er nacheinander einige altertümlich anmutende Gegenstände – gefilzte Hüte, ein Trinkhorn, ein Kurzschwert und ein sackartiges Leinengewand in die Höhe. »Dies hier würde Ihnen bestimmt gut stehen.«

Knut Hansen winkte lächelnd ab: »Nee, lass mal, Olaf – ich bleibe erstmal in Zivil – als neutraler Beobachter, quasi.«

Köppcke lachte und klappte das Visier des Helms hoch: »Kein Problem, Chef. Ich hatte es auch nicht anders erwartet. Ich selbst habe auch drei oder vier solche Veranstaltungen mitgemacht, bevor ich mein erstes Schwert gekauft habe.« Er rückte klirrend seinen Gürtel mit dem wuchtigen Schwert zurecht. »Dann wollen wir mal – hier geht's lang.«

Sie gingen einen längeren, dicht umwucherten Feldweg entlang. Nach einigen hundert Metern wurde das Gebüsch lichter und gab die Sicht frei. Inspektor Hansen stieß einen Pfiff durch die Zähne. »Donnerlüttchen, Köppcke – so etwas habe ich noch nie gesehen – was ist das alles?« Der Anblick, der sich ihnen bot, war wirklich imposant. Inmitten grüner, schafbeweideter Wiesen war ein großes Areal, von geflochtenen Weidenholzzäunen umsäumt. Darauf standen dicht an dicht weiße Leinenzelte. Mittelalterliche Banner wehten allenthalben und sowohl die Händler, als auch die vielen Besucher schienen aus längst vergangenen Zeiten zu stammen. Am Kopfende des Platzes standen einige urige Fachwerkhäuser, die nur der noch etwas zu frisch erscheinende helle Putz als Produkte des 21. Jahrhunderts entlarvte. Das bei weitem Auffälligste an diesem Ort war jedoch der etwa zehn Meter in die Höhe ragende Turm aus mächtigen, klobigen Holzbalken, der etwas abseits des Ganzen auf einem kleinen Hügel stand. Wie eine Burg wurde das Gebäude von einem schilfgesäumten Graben umzogen, dessen trübes Wasser fast vollständig mit Entenflott bedeckt war. »Das, Chef, ist die 'Turmhügelburg'. Ein Stück wiederbelebte Geschichte. Ein originalgetreu rekonstruierter Burgturm, wie er hier im frühen Mittelalter im ganzen Land gestanden hat. In Lütjenburg werden mehrmals im Jahr Mittelaltermärkte veranstaltet. Da kommen aus dem ganzen Land Mittelalterfans zusammen, die für ein paar Tage leben wie in alten Zeiten. Händler, Schausteller, aber auch Leute wie Sie und ich, die einfach nur kurz raus aus dem Alltag wollen, hier bei Wind und Wetter eine tolle Zeit. Da klingelt kein Handy – da gibt's keine Tiefkühlpizza – einfach grandios … Sie werden sehen.«

Das ungleiche Paar – Köppcke in voller Paladin Rüstung, Hansen wie immer in Troyer, Jeans und Kapitänsmütze – passierte das Kassenhäuschen und stürzte sich ins Getümmel. Der Hauptkommissar war tatsächlich beeindruckt. Bei näherem Hinsehen wurde offenbar, dass ein wesentlicher Teil der Besucher ganz normale Straßenkleidung trug, aber das Gesamtbild stimmte. Hansen war ein spröder, eher pragmatischer Typ – seine Kindheit auf Langeoog war geprägt von Hilfsarbeiten im Haushalt und am Hafen und außer durch seine geliebten Kriminalromane war seiner Fantasie nie viel Freiraum vergönnt gewesen. So übte das bunte Treiben einen Zauber auf ihn aus, der ihn völlig unvorbereitet traf. Am ersten Stand blieb er stehen und kaufte spontan einen gefilzten braunen Hut mit gelber Feder und platzierte ihn mit stolzer Miene anstelle seiner Seemannsmütze. »Jetzt bin ich inkognito, tapferer Recke Olaf«, witzelte er und erstaunte seinen Kollegen – so ausgelassen hatte er seinen Chef noch nie erlebt. Lachend deutete er eine leichte Verbeugung an: »Dann folget mir durch das bunte Treiben, Junker Hansen.

Zusammen schlenderten sie kreuz und quer über den geschäftigen Platz. Sie lachten über finstere Kerle, die an einem gewaltigen hölzernen Pranger ausgestellt waren, standen an einem riesigen, kuppelförmigen Steinofen für frisches Brot an und kauften einem wandernden Mönch Trinkhörner mit Met ab. Sie besuchten das Ritterturnier, bestaunten jonglierende Gaukler und wichen grimmig dreinschauenden Söldnern aus, die ihren Weg kreuzten. In einer Ecke blieben sie stehen, prosteten sich zu und schauten sich begierig danach um, was es als nächstes zu entdecken gäbe, als es direkt hinter ihnen merkwürdig zu rasseln anfing. Kaum hatten sie sich versehen, standen sie inmitten einer Schar orientalisch anmutender, verschleierter Tänzerinnen, die mit wackelnden Hüften und mystischen Handbewegungen um sie herumtanzten. Vielleicht lag es am grellen Sonnenlicht, aber Köppcke hatte den Eindruck, diese Grazien hätten ihre beste Zeit als Tänzerinnen wohl schon länger hinter sich gehabt. Hansen jedoch war offenbar völlig neben sich – mit zusammengekniffenen Knopfaugen fixierte er eine besonders dralle, recht kleine Tänzerin, die die Rolle der Vortänzerin innehatte und den Polizisten mit funkelnden Augen und aufforderndem Fingerspiel bezirzte. Köppcke wurde das etwas unheimlich und so schob er seinen Chef vorsichtig, aber bestimmt in Richtung der nächsten Zelte. Knut Hansens Blick wich dabei nicht von dem grell geschminkten Gesicht der Verschleierten. Erst als sie um eine Ecke bogen und er fast über einen hockenden Händler gestolpert wäre, schüttelte Hansen den Kopf und wurde wieder klar. »Holla die Waldfee! Olaf, hast du die Frau gesehen? ... Beim Klabautermann. Ich wünschte, ich wäre nochmal 50.«

»Ja, ja, Chef, schon gut. Schauen wir doch mal, was es hier noch so gibt – Sie da! Was verkaufen Sie?« Der eben noch am Boden hockende Mann, der gerade dabei war, einige abgedeckte Körbe auf einen Karren zu laden, sprang förmlich auf, um zu antworten. Voller Inbrunst warf sich der in blaues Leinengewand gekleidete Händler ins Zeug, wobei er sein schütteres Haar mit theatralischer Geste aus dem Gesicht strich. »Die edlen Herren mögen meine Unachtsamkeit entschuldigen. Ich bin Hermann, meines Zeichens Gemüsehändler. Ich verkaufe hier nur die beste Ware für wenige Goldstücke. Gerade wollte ich mein Lager abbauen und von dannen ziehen, aber wenn ihr etwas möchtet, würde ich euch mit Freuden bedienen. Ich habe die besten, ursprünglichsten Sorten Gemüse.« Dabei verbeugte er sich und zog die Decke von einem Korb ab, der, wie zu erwarten, bis zum Rand mit bunt gemischtem Gemüse gefüllt war. »Alles aus uralten, frühmittelalterlichen Sorten nachgezüchtet. Ich habe hier Tomaten, Kartoffeln, Paprika – sehen Sie hier – diese Kartoffeln – so etwas gibt es heute sonst gar nicht mehr – genau diese Sorte hat sich schon Richard Löwenherz schmecken lassen.« Kommissar Hansen runzelte die Stirn und wandte sich lachend zum Gehen: »Löwenherz, wie? ... Nein, danke, ich habe noch genug Gemüse zu Hause ... Recke Olaf! Lasset uns dort hinten die Musikanten aufsuchen – mich dünkt, das große Musizieren will gleich beginnen. « Heinrich, der Gemüsehändler nahm das missglückte Geschäft gelassen, winkte den beiden lächelnd zum Abschied und machte sich wieder ans Einpacken.

Als Köppcke und Hansen bei der Musikbühne am Fuße der Turmhügelburg eintrafen, nahmen sie mit geschultem Polizistenohr schon aus einiger Entfernung wahr, dass etwas nicht stimmte. Als sie näherkamen, sahen sie, dass die Musiker, Tänzer und diverse Händler aufgeregt miteinander sprachen, wenngleich sie gleichzeitig bemüht schienen, eben dies nach außen zu verbergen. Sie schauten sich immer wieder verstohlen über die Schulter und gelegentlich zischte einer ein »Psst, leise!« in die Runde.

Die Routine brauchte nur wenige Sekunden – von jetzt auf gleich war Knut Hansen wieder knallharter Vollblutpolizist. Er baute sich inmitten der aufgeregten Menschentraube auf und sagte: »So, meine Damen und Herren, was ist hier los?« Die folgende Stille war unheimlich: Im Kreis um den Kommissar herum standen ein knappes Dutzend mittelalterlich gewandeter Personen, die ihn verdutzt anguckten.

Es dauerte eine Weile, bis ihm klar wurde, was nicht stimmte. Sein üblicher, bestimmter Auftritt, der ihn in der Regel sofort für jedermann klar als Polizist kennzeichnete, funktionierte nicht. Das lag vielleicht daran, dass er in der linken Hand ein Brot, in der rechten ein Trinkhorn und auf dem Kopf einen gefiederten Hut trug. Dass hinter ihm ein mit gut 2,10 m großer, roter Ritter mit Helm und riesigem Schwert stand, machte die Situation für die Umstehenden nicht wirklich leichter durchschaubar. Ganz sicher war Knut Hansen schon irgendwann einmal in seinem Leben rot geworden – er konnte sich nur nicht daran erinnern, wann. In diesem Moment aber floss das Blut mit einem solchen Druck in seinen Kopf, dass er tatsächlich das Gefühl hatte, seine Ohren würden anschwellen. Schnell riss er sich den Federhut vom Kopf, setzte seine Seemannsmütze wieder auf und versuchte möglichst souverän Hut, Brot und überschwappendes Horn unter seinen Arm zu klemmen und damit außer Sicht zu bringen.

»Verzeihung – ich bin Hauptkommissar Hansen vom vierten Kieler Polizeirevier und der Drachentöter hinter mir ist Oberkommissar Köppcke – gibt es hier ein Problem?«

Eine Frau löste sich aus der Gruppe und es sprudelte aufgeregt aus ihr heraus: »Wir sind bestohlen worden! Jemand ist während der einzelnen Vorstellungen durch die Garderobenzelte gegangen und hat eine Menge an Wertgegenständen mitgenommen – Portemonnaies, Kreditkarten, Handys – alles, was die Kollegen unter den Kostümen nicht mit sich rumtragen wollten. Außerdem fehlen die Gage der Musiker und drei Geldkassetten, die die Händler während ihrer Pause verschlossen am Stand gelassen haben. Da das meiste hier zum Selbstkostenpreis veranstaltet wird, sind das fast hauptsächlich private Gelder ... Wir werden wohl in Zukunft alle mit Tresoren hier anreisen und unsere Geldbeutel mit Ketten sichern müssen«. Angewidert schüttelte sie den Kopf. »Ich könnte mich vergessen, wenn ich mir vorstelle, dass irgendein Kerl unsere Vertrauensseligkeit missbraucht ... für ein bisschen Geld.«

Hansen vermisste seine Pfeife, die er im Auto liegen gelassen hatte. Obwohl er schon seit Jahren nicht mehr rauchte – hatte er sie zum Denken gern im Mund. »Von wieviel Geld reden wir denn hier?«

Die Frau schüttelte wieder wütend den Kopf. »Ach, alles in allem vielleicht 1.000 Euro und eben das, was der Dieb aus den Kreditkarten, den Handys und so herausschlagen kann – die Betroffenen haben aber alle schon die Banken angerufen und die Karten sperren lassen. Vermutlich hatte der Dieb gedacht, es würde etwas länger dauern, bis das Ganze auffliegt. Wahrscheinlich ist der Wicht sogar noch hier auf dem Gelände. Ich wette, dass der hier noch unerkannt in feinster Gewandung herumspaziert und sich ins Fäustchen lacht. Wahrscheinlich klaut er jetzt gerade noch was und wir können nichts tun. Am liebsten würde ich mich mit 'ner Streitaxt in der Hand direkt ans Drehkreuz stellen und am Ausgang jeden abtasten, der rauskommt. Aber das geht natürlich nicht – wenn sich herumspricht, dass hier im großen Stil gestohlen wird, wäre der Schaden ungleich größer als er es jetzt ist. Es ist doch zum aus der Haut fahren! ... Ich ...« die junge Frau brach in Tränen aus und wandte sich ab.

»Aber, aber – holde Maid. Wer wird denn gleich weinen.« Hansen setzte sich seinen Federhut auf und zwinkerte der Frau zu, wofür er ein zaghaftes Lächeln erntete. »Ich sage Ihnen was – haben Sie eine Verbindung zur Kasse? Telefon, Funk oder so?«

Verunsichert blinzelte sie ihn an: »Wir haben Walkie-Talkies, wieso?«

Der Kommissar fuhr fort: »Ich habe einen Verdacht – wäre ich als Polizist unterwegs, müsste ich jetzt Verstärkung von der zuständigen Wache holen und diversen komplizierten Richtlinien folgen. Bis das alles soweit organisiert ist, wäre der Kerl über alle Berge. Glücklicherweise bin ich heute nur Junker Hansen und dies hier ist finsterstes Mittelalter. Daher überlasse ich die Sache dem wütenden Mob. Das wollte ich immer schon mal tun.« Er lachte gehässig: »Aber jetzt schnell: Funken Sie die Türsteher an, sie sollen sich mit ein paar Mann Verstärkung am Ausgang postieren und auf Heinrich, den Gemüsehändler warten. Mittelgroßer Kerl, schütteres Haar, blaues Gewand – zieht einen Karren mit abgedeckten Körben. Wenn ich mich nicht sehr irre, wird der in diesem Moment damit fertig sein, zu packen und sich in Richtung Ausgang bewegen. Wenn er kommt, sollen eure Leute ihn bestimmt, aber freundlich vom Publikumsverkehr wegbringen und mal einen Blick unter sein Gemüse werfen. Wenn ich mich irre, müsst ihr euch natürlich entschuldigen – kein Drama. Wenn ich aber recht habe, und er hat das Diebesgut bei sich, behauptet ihr einfach, ihr hättet ihn beim Klauen gesehen und haltet ihn fest, bis die Polizei kommt – das dürft ihr dann ganz offiziell. Die Polizei solltet ihr in jedem Fall wegen der Diebstähle rufen. Irgendwer muss das Ganze ja aufnehmen – für den Fall, dass jemand mit den gesperrten Kreditkarten erwischt wird, oder so.«

Die junge Frau machte sich sofort daran, Hansens Instruktionen umzusetzen. Danach kam sie noch einmal zurück. »Soll ich den Polizisten etwas von Ihnen ausrichten, Kommissar?«

Hansen zog seinen Federhut zurecht und winkte ab. »Nee, nee, regelt ihr das mal allein – ich bin heute Junker Hansen. Mein Freund, der tapfere Recke Olaf und ich werden nochmal den Burgturm besteigen, ein bisschen Met trinken und dann verschwinden wir von hier. Wir haben heute frei.

Die beiden Polizisten ließen ihre Methörner auffüllen und bestiegen die Turmhügelburg. Von dort oben konnte man das ganze Gelände überschauen. Der Tag neigte sich dem Ende und ein angenehm kühler Abendwind strich den beiden über die sonnengeröteten Wangen. Lächelnd beobachteten sie den in diesem Moment am Ausgangsbereich abfahrenden Polizei-Einsatzwagen. Selbst auf diese Entfernung war Heinrich, der Gemüsehändler im Wageninneren zu erkennen, der gequält aus dem Fenster schaute. Sie sahen den Rücklichtern des Polizeiwagens nach, der sich langsam entfernte.

Köppcke, von Hitze und Met schon arg mitgenommen, wandte sich fragend seinem Chef zu: »Wieder mal recht gehabt, Chef – Ich hab' das wieder mal nicht so richtig mitgeschnitten – warum der Gemüsehändler? Warum nicht die Tänzerin oder der Mönch? Oder irgendwer anderes?

»Na ja – da ergab einfach eins das andere. Hätte ich mir nach Täterprofil selbst einen Täter ausdenken dürfen, wäre dabei hundertprozentig Heinrich rausgekommen. Den Ausschlag hat aber gegeben, dass er ganz offensichtlich weder einen blassen Schimmer von Gemüse noch vom Mittelalter hat ...«

Köppcke legte den Kopf schief: »Wieso war das offensichtlich? Waren die Kartoffeln schlecht, oder was?«

Hansen nippte an seinem Horn. »Nee, schlecht nicht – sie hätten gar nicht da sein dürfen. Der gute Mann hat uns eifrig angeblich mittelalterliche Sorten Kartoffeln, Tomaten und Paprika angepriesen – und damit drei von drei möglichen Fehlern gemacht ...«

Köppcke runzelte die Stirn und wartete mit verständnislosem Blick den Rest der Erklärung ab.

»Wer aber, wie ich, zum einen gerne isst und zum anderen rudimentäre Kenntnisse über Seefahrt hat ...«, fuhr Hansen beschwingt fort »...der weiß, dass Tomaten, Paprika und Kartoffeln erst gegen 1500, also nach Kolumbus' Überfahrt, nach Europa eingeführt wurden und somit hier im Mittelalter unbekannt waren.«

Köppcke deutete eine Verbeugung an und prostete seinem Chef zu: »Ihr wart wieder einmal der Klügste und habt kühnen Kopf bewiesen, Junker Hansen!«

Lachend erhob der Hauptkommissar auch sein Horn: »Nenne er mich endlich Junker Knut – schließlich trinken wir Schulter an Schulter Met aus Hörnern, das tue ich nicht mit jedem. Wie sieht's aus, machen wir den Mönch mit dem Fass ausfindig und füllen nochmal nach?«

Köppcke hakte seinen Chef ein und gemeinsam wandten sie sich dem Abstieg zu. »Das ist ein Wort! Und danach rufe ich Jungfer Susie, auf dass sie uns abholen möge.«

Hauptkommissar Hansen fühlte sich gut wie lange nicht mehr: »Au ja! Ein Hoch auf Jungfer Susie für diesen wunderbaren, fremdartigen Tag!«

GEMÄLDERAUB IM STRANDHOTEL

»Mmmh… Brötchen.« Knut Hansen hatte wegen einer nervigen Steuerbetrug-Angelegenheit im Kieler Stadtteil Strande ermittelt. Die Ermittlungen waren nach wochenlanger Kleinarbeit erfolgreich zu Ende gegangen und eine letzte abschließende Befragung hatte den Kommissar ins Strandhotel ‚Hof Ostsee' geführt. Beim Verlassen des Hotels war er durch die falsche Tür gegangen, stand nun im Speiseraum des Hotels und sog den Geruch von Kaffee und frischen Brötchen in sich auf. Ein freundliches Schild über dem Eingang wies darauf hin, dass das Frühstücksbuffet auch Nichtgästen zur Verfügung stehe und führte damit den Gedanken zu Ende, den der Geruch in Hansen ausgelöst hatte. Er blickte auf sein Handy. Die Mitteilung, 15 Nachrichten auf dem Display, deprimierte ihn, daher schaltete er es aus und suchte sich einen schönen Tisch mit Strandblick am Fenster. Es war zurzeit die Hölle los im Präsidium und seit Wochen hatte er schon nicht mehr in Ruhe gefrühstückt. Das Geräusch des Messers im knusprigen Brötchen klang wie klassische Musik in seinen Ohren und beim Aufstreichen der Marmelade fühlte er sich wie ein Künstler, der gerade den letzten Pinselstrich vollführte. »Babababababam, getroffen!«, der Kommissar wurde jäh aus seinem Tagtraum gerissen und fast wäre ihm das Brötchen aus der Hand gefallen, als ein blonder Junge im Camouflage-Kampfanzug mit einem riesenhaften Plastikgewehr direkt in ihn hineinlief. Dieser schoss auf einen ebenfalls schwer gerüsteten Jungen mit schwarzen Haaren und dunklem Teint am anderen Ende des Saals.

Ohne eine Entschuldigung stieß der Junge vom Inspektor ab und lief schnurstracks auf den anderen Jungen zu. »Leutnant Murat – fertig machen zur ‚Operation Strandkorb'.«

Der andere Junge brüllte zurück: »Alles klar, Commander Jan!« und beide liefen in Richtung Ausgang, wobei sie unter lautem Getöse die Schwingtür zum Speiseraum aufstießen.

Durch das Fenster konnte Hansen die beiden am Strand beobachten. Sie hatten die Waffen getauscht gegen Kompass, Fernglas und Schreibblock und veranstalteten wohl eine Art Schatzsuche zwischen den Strandkörben. Von den erholungsuchenden Kurgästen am Strand ließen sich die beiden nicht stören, während sie lautstark von einem Strandkorb zum anderen tobten.

Der Kommissar lächelte, denn er musste an seine Kindheit auf Langeoog denken. Diese hatte er hauptsächlich damit zugebracht, auf den Fischkuttern zu helfen oder Kriminalromane zu lesen, aber einige Male hatte auch er mit den größeren Jungen Piraten gespielt. Zwar waren die Waffen damals selbst gebaut aus Ästen und Strandgut, aber im Kern hatte er den Eindruck, dass sich nicht viel geändert hatte. Er trank seinen zweiten Kaffee aus, stand auf und schlenderte gut gelaunt zur Garderobe. Während er noch versuchte, aus mehreren nahezu identischen Jacken seine eigene herauszusuchen, wurde er unfreiwillig Zeuge eines Gespräches an der Rezeption.

Eine Frau und ein Mann flüsterten aufgebracht: »Nicht schon wieder … das kann doch nicht angehen!«

»Doch! Der ,Leuchtturm' im Flur und die ,Segelschiffe' im Klo«.

»Und mit Botschaft, wie immer?«

»Ja, der gleiche Unsinn wie bei den anderen …«

Der Inspektor wusste nicht, wie oft in seiner Amtslaufbahn er schon »zufällig« Zeuge solcher Gespräche geworden war. Er hatte seine eigene Theorie darüber, dass sich diese Leute unbewusst besonders auffällig verhielten in der Hoffnung, dass jemand sie bei der Hand nähme und das Problem für sie löse. Langsam näherte er sich der Rezeption und hörte gerade noch: »Polizei? Unsinn, die lachen uns aus.«

Bekäme ich nur einen Euro für jeden Auftritt zur richtigen Zeit, dachte Hansen, seufzte und trat dramatisch zwischen den Mänteln in der Garderobe hervor.

»Hauptkommissar Knut Hansen mein Name, wie kann ich Ihnen helfen?«

Die beiden Flüsterer, die sich als der Hotelmanager, ein stämmiger Mann namens Gustav Wilkens, und die Hauswirtschafterin Bärbel Winter herausstellten – ‚stierten den Kommissar eine gefühlte Ewigkeit wie einen Poltergeist an, bevor sich Wilkens als erster wieder ansatzweise in den Griff bekam: »Was, Wie? Wo kommen Sie denn …? Ach, Herr Kommissar – es ist einfach lächerlich, aber wir wissen nicht weiter. Kommen Sie doch bitte mit ins Büro.«

Kaum hatte er die Bürotür hinter sich geschlossen, redete Wilkens erregt weiter: »Es ist eigentlich ein echter Witz: Angefangen hat es letztes Jahr. Plötzlich verschwanden Bilder von den Hotelwänden. Hauptsächlich in den frei zugänglichen Räumen, aber auch ein- oder zweimal aus Hotelzimmern. Glücklicherweise wurde es immer zuerst vom Personal bemerkt – nicht auszudenken, wenn ein Gast von diesem Skandal Wind bekommen hätte.«

Hansen lehnte sich zurück: »Naja, Skandal würde ich das nun nicht nennen …«.

»Sie leiten ja auch kein Hotel, Inspektor. Sie können mir glauben, dass nur die bloße Andeutung, dass irgendetwas aus den Zimmern verschwindet – egal was es ist – für ein Hotel den Supergau darstellt. Oder würden Sie Ihre Wertsachen einem Hotel anvertrauen, das das eigene Mobiliar nicht wiederfindet?«

»Gutes Argument«, musste Hansen einräumen.

Jetzt schaltete sich Frau Winter ein: »Und die Bilder sind ja nicht einfach nur weg – da tanzt uns auch noch jemand auf der Nase herum …«, sie öffnete eine Schublade und holte einen Stapel Zettel heraus, die alle gleich beschriftet waren. Es waren DIN A4 Kopien eines aus Zeitungsschnipseln zusammengesetzten Textes. Da stand:

BAUM ZU HOCH. HO!
DIE KATZE IST DA.
DIE MAUS IST TOT.
DA SIEHST DU

Kommissar Hansen steckte sich die Pfeife in den Mund. »Aha, hmm. Macht das für Sie irgendeinen Sinn?«

Der Hotelmanager starrte ihn an und schüttelte geistesabwesend den Kopf. »Überhaupt nicht. Verzeihen Sie, Kommissar, aber Rauchen ist im gesamten Hotelbereich verboten.«

»Ich rauche nicht, ich denke – erzählen Sie weiter«, antwortete Hansen und schob die Pfeife, die seit langem nicht mehr angezündet worden war, in den anderen Mundwinkel.

»Da gibt es nicht mehr viel zu erzählen: Die Diebstähle rissen über Winter ab. Wir ersetzten insgesamt 17 Bilder und dachten, das Thema wäre vom Tisch. Vor zwei Wochen ging es dann wieder los und seitdem sind wieder sechs Bilder verschwunden und jedes Mal hing dieser verfluchte Zettel da.«

»Was waren die Bilder denn wert?«, fragte Hansen, den die Geschichte langsam zu interessieren begann.

»Das ist ja das Verrückte – das sind alles günstige Drucke, wenn's hochkommt sind die Bilder alle zusammen 300 Euro wert. Der Schaden für uns ist aber weitaus größer, weil einerseits die zu den Hotelfarben passenden Rahmen ziemlich teuer sind und zudem die meisten der im letzten Jahr entwendeten Bilder noch aus der Zeit der Hoteleröffnung stammten und daher für die Geschäftsleitung einigen sentimentalen Wert haben. Sie können uns glauben, wir stehen vor einem absoluten Rätsel. Letztes Jahr waren wir schon fast sicher, dass unser Mitbewerber Hermann Ralke vom »Haus Seeblick« das eingefädelt hat, aber der ist Anfang dieses Jahres in den Ruhestand gegangen und hat sein Hotel geschlossen. Es macht mich wahnsinnig. Im Moment sind neun Zimmer gebucht für insgesamt 20 Gäste im Hotel – alles Stammgäste – und einer davon stiehlt uns vermutlich unsere Bilder ...«

Kommissar Hansen stand auf: »Verworrene Geschichte – ich seh' mich mal ein bisschen um und fahre dann ins Präsidium zurück.«

Kopfschüttelnd verließ er das Büro der Geschäftsleitung und ging als erstes noch einmal in den Speiseraum. Dort ließ er den Blick schweifen. Der Raum war gut halbvoll, also waren vermutlich die meisten Hotelgäste anwesend. Er war sich sicher, wer auch immer diesen Schabernack trieb, musste zu den Gästen oder dem Personal gehören. Ihm kam es am wahrscheinlichsten vor, dass der rätselhafte Dieb allein im Hotel abgestiegen war. Und nur an drei Tischen saßen einzelne Gäste: Eine ältere Dame mit adretter Bluse und Goldrandbrille samt Haltekettchen. Ein Businessmann um die 40 mit grau melierten Schläfen im perfekt sitzenden, schwarzen Anzug. Und ein rotgelockter, dicklicher Mann im Hawaiihemd mit Baseballcap und Kamera um den Hals. Hansen schüttelte sich – er konnte Klischees nicht ausstehen, er kam sich vor wie in einem Cluedo-Spiel. Unglaubwürdiger Fall, unglaubwürdige Verdächtige.

Beim Umdrehen wurde er fast von den Beinen gerissen. Diesmal war es Murat, der andere Junge, der ungebremst in ihn hineingelaufen war. »Hoppla, Vorsicht! Feindberührung, Leutnant!«, sagte Hansen lächelnd, im bemühten guter Kumpel-Ton. Aus den Augen des Jungen traf den

Polizisten die typische Verachtung für Erwachsene, die versuchen auf cool zu machen. »Ach, dubi dub dub dubi dub, Opi!«, schnauzte ihn der übermütige Knirps an und sein Freund, der etwas abseitsstand, lachte schallend, als hätte Murat einen großen Witz erzählt. Bevor Hansen noch etwas sagen konnte, liefen die beiden in Richtung eines Doppeltisches davon, an dem offensichtlich die Familien der beiden zusammensaßen. Da kam dem Kommissar plötzlich ein Gedanke – er schmunzelte und eilte schnell zurück ins Büro. Dort saßen Herr Wilkens und Frau Winter noch zusammen und schauten überrascht auf.

»Kann ich diesen Zettel nochmal sehen?«, rief Hansen beinahe euphorisch und griff sich einen der Zettel vom Tisch. »Hmm … mal sehen, hier steht: BAUM ZU HOCH. HO! DIE KATZE IST DA. DIE MAUS IST TOT. HA! DA SIEHST DU! … na das ist doch ganz klar: Die Bilder sind im Keller!«

Zum zweiten Male an diesem Tage war es ihm gelungen, die Führungsriege des Hotels vollständig zu verwirren. Mit offenen Mündern starrten sie den Ermittler an

Eine halbe Stunde später waren alle Bilder wieder da. Sie waren im Keller hinter einem Stapel Pappkartons versteckt gewesen. Auf Hansens Geheiß hin hatte man die Jungen Murat und Jan befragt und die hatten sich zunächst gegenseitig beschuldigt und dann zugegeben, dass sie die ersten Bilder im Vorjahr weggeräumt hatten, um den Hotelmanager zu ärgern, der ihnen verboten hatte, im Foyer zu spielen. Als sie bemerkten, wie wirkungsvoll sie Wilkens und seinen Kollegen damit zusetzen konnten, beschlossen sie, das Spiel noch eine Zeit lang zu treiben. Zufällig hatten sie noch eine letzte zerknitterte Kopie des Zettels gefunden, bevor sie dieses Jahr wieder hierher in den Urlaub fuhren. Im Hotelfoyer stand ein Kopierer und eins gab das andere. Als die Frage allerdings auf die Botschaft kam, schwiegen die beiden eisern und wiederholten immer wieder, dass sie einen Geheimschwur geleistet hatten und dieses Geheimnis mit ihnen ins Grab gehen würde

Wilkens reichte Hansen einen neuen Kaffee: »Ich bin beeindruckt, Hauptkommissar – wie konnten Sie das wissen?«

»Wissen Sie, Herr Wilkens ... ich bin auf einer Insel aufgewachsen, die an der schmalsten Stelle nicht mal zwei km breit ist und an der längsten nur zehn km lang. Es gab höchstens eine Handvoll Kinder, die auf der ganzen Insel verteilt wohnten. Wichtige Nachrichten wurden nachts oft per Lichtzeichen mitgeteilt – wir hatten Fünfjährige auf der Insel, die das Morsealphabet kannten, bevor sie schreiben konnten.«

»Und weiter?«, fragte Wilkens, keinen Deut schlauer als zuvor. Hansen fuhr fort: »Die Botschaft ist codiert. Wenn man für alle Wörter mit drei oder weniger Buchstaben »kurz« einsetzt und für die anderen »lang«, dann steht da »lang kurz lang – kurz – kurz lang kurz kurz – kurz lang kurz kurz – kurz – kurz lang kurz«, was wiederum der Morsecode für die Buchstaben ‚K–E–L–L–E–R' ist. Ich wäre nie darauf gekommen, wenn »Leutnant Murat« mich im Speiseraum nicht beleidigt hätte ...«

Wilkens mischte sich ein: »Wieso, was hat der Bengel gesagt?«

Inspektor Hansen lachte: »Ehrlich – ich habe keinen blassen Schimmer. Aber es war irgendwas wie ‚Dubdidubdidub' und ich erkenne eine Beleidigung, wenn ich sie höre. Zudem hat der andere Knirps über die Bemerkung gelacht, als wenn sich mehr dahinter verbürge – das hat bei mir die Erinnerung an meine Kindheit geweckt. Dass die Jungen tatsächlich den Morsecode benutzt haben, war Zufall – vermutlich haben sie den aus irgendeinem Detektivheftchen ... Ich bin aber zuversichtlich, dass wir den Code auch geknackt hätten, wenn es sich um eine andere Art Kinder-Geheimsprache gehandelt hätte … zur Not hätte ich Spezialisten angefordert.«

Jetzt lachten beide.

Hansens Handy klingelte. »Ja? Ach ja, Köppcke – hmm, ja … ja, ich bin hier auch fertig, bin schon unterwegs. Bis gleich.« Er wandte sich dem Hotelmanager zu: »Ich denke, Sie kommen hier klar, Herr Wilkens? Ich muss jetzt leider los. Auf Wiedersehen!«

Wilkens sah dem Kommissar noch nach, bis dessen Wagen das Hotelgelände verließ und wandte sich dann wieder seiner Arbeit zu

Nachwort: Später gab Murat zu, dass er »dubi dub dub dubi dub« gesagt hatte, was im Morsecode dem SMS-Kürzel ‚DN' für »Du Nervst« entspricht.

HAVARIE AUF DER
KIELER WOCHE

Knut Hansen ging munter gelaunt die sogenannte Spiel-
linie entlang, den fantasievoll für Kinder errichteten Bereich auf der Kieler Woche. Farbenprächtige Aufbauten,
flatternde Fahnen und Unmengen tobender, vergnügt
kreischender Kinder waren ein guter Anhaltspunkt dafür,
dass das mit viel, großteils ehrenamtlichem Eifer insze-
nierte Spielparadies auch dieses Jahr wieder ein voller Erfolg war. Er konnte sich nicht erinnern, wann er das letzte
Mal während der Kieler Woche Urlaub gehabt hatte. So genoss er es in vollen Zügen an diesem Mittwochnachmittag
inmitten des bunten Treibens spazieren zu gehen und sich
eines der größten Segler-Feste der Welt einmal nicht an einem der beiden überfüllten Wochenenden anzuschauen,
sondern in aller Ruhe an diesem schönen Wochentag. So
blieb ihm die Kehrseite des Festes, wie zum Beispiel hor-
denweise Betrunkene oder das große Gedränge erspart. Er
war gemütlich mit dem Bus in die Innenstadt gefahren und
hatte sich munter und vergnügt von einem Stand zum anderen bewegt. Beim 'Europäischen Markt' hatte er sich Fa-
laffelbällchen und gefüllte Champignons gegönnt und
hatte sich unterwegs viele Stände mit allerlei maritimem
Krimskrams angesehen. Dann war er längere Zeit bei einer
Bühne stehen geblieben, auf der der Föhrer Friesenchor
Shantys und Seemannslieder vortrug und hatte mit feuch-
ten Augen laut mitgesungen. Das Wetter war für Kieler-
Woche-Verhältnisse bombig, oder anders ausgedrückt: es
war zwar großteils bewölkt gewesen, aber es hatte nicht
geregnet. (Die Kieler Woche ist nicht gerade auf Sonnenschein abonniert.)

Seit Knut Hansen um 12:00 Uhr losgegangen war schien
sogar die Sonne und das Wetter hätte kaum aufmuntern-
der sein können. Obwohl er schon eine leichte Müdigkeit

in den Beinen verspürte, beschloss er, sich auch noch den letzten Zipfel des Veranstaltungsbereichs entlang der Kiellinie anzusehen. Er ging also schnurstracks noch ein Stück zum Hindenburgufer hinauf und bog dann wieder in die Hafenpromenade ein, auf die sich ein großer Teil der Veranstaltungen konzentrierte. An diesem auslaufenden Ende des Areals war nicht mehr besonders viel los, so schaute er sich zunächst hauptsächlich die Boote auf dem Wasser an. Plötzlich wurde seine Aufmerksamkeit von etwas auf sich gezogen, das aussah, wie ein großes Schwein aus Pappmaché, gefolgt von etwas, das ein Drache oder ein Dinosaurier hätte sein können. Bei näherem Hinsehen ergab sich, dass ein mit bunten Wimpeln abgesteckter Bereich auf dem Wasser mit seltsamen Wasserfahrzeugen bevölkert war. Anscheinend hatte hier eine Art Wettbewerb stattgefunden.

Hansen schlenderte weiter und erblickte einen grell-gelb leuchtenden Metallhaufen, der sich dann aber als ein in zwei Teile zerbrochenes, selbstgebautes Konstrukt in U-Boot-Optik herausstellte. Davor standen drei junge Männer und als Hansen an ihnen vorbeiging sprach ihn der größte von ihnen an: »Entschuldigen Sie, könnten Sie kurz mit anfassen, wir müssen das Ding hier aus dem Weg tragen?"

Der Kommissar blieb stehen und gönnte sich aus reiner Gewohnheit einen schnellen Ermittlerblick: Die drei waren um die zwanzig und trugen einen Kleidungsstil, der sich wohl am ehesten mit gewollt abgenutzter Studentenlook beschreiben ließ. Kaum ein Kleidungsstück war nicht irgendwo kaputt. Einer trug rote Stoffturnschuhe, die sich nur noch mühsam an der Sohle festhielten und die anderen trugen alte Bundeswehrstiefel. Die beiden Gestiefelten schienen den Tag über mit dem Wrack gearbeitet zu haben, denn sie schauten insgesamt etwas angestrengt in die Runde und ihre Kleidung troff vor Hafenwasser. Der junge

Bursche mit den Turnschuhen war insgesamt besser gelaunt und es wurde durch die Körperhaltung der drei schnell klar, dass irgendeine Kluft zwischen ihnen lag. Er schien der Situation mit einem Anflug von gehässiger Schadenfreude zu begegnen und machte zudem nicht den Eindruck eines besonders tatkräftigen Helfers.

Knut krempelte hilfsbereit seine Ärmel hoch und wollte gerade mit anpacken, als er die gelben Farbspritzer bemerkte, die alle drei auf ihren Schuhen hatten.

»Habt ihr Handschuhe? Nicht, dass ich mich auch mit Farbe einschmiere.«

Der größere der beiden Kumpanen blickte auf seine Schuhe und winkte ab: »Nee, die ist schon lange trocken. Das stammt noch von heute Morgen.« Knut half dabei, das zerbrochene Gefährt auf den Anhänger zu wuchten und als ihn dann Michael, genannt Mike, Lenhardt auf einen Pappbecher Kaffee einlud, nahm er dankend an – zum einen, weil es im Schatten doch etwas frisch war, zum anderen, weil er mittlerweile neugierig auf die Geschichte dieses seltsamen Trios und ihrer gelben Katastrophe war.

Als sie gemütlich mit ihren Kaffeebechern ein Stück weiter in der Sonne standen, erzählte Mike ihm die ganze Geschichte. Mike war ein lockerer Kerl mit ansteckendem Selbstbewusstsein und offensichtlicher Freude am Geschichtenerzählen. Er trug das braune, schulterlange und leicht gelockte Haar offen, so dass er sich alle naselang leicht hektisch den Pony aus dem Gesicht blasen musste. Er war, so erzählte er, schon immer der Erfindertyp gewesen. Freunde nannten ihn auch schon in der Schule gern den »verrückten Professor«. Er hatte mit seinem besten Freund Oliver, Olli Baumwechsel und seinem anderen Freund Björn Rosenstedt, dem Jungen mit den Turnschuhen, eines Abends auf einer Party bei gemeinsamen Freunden, nicht ganz ohne Alkohol, von dem Kieler-Woche-

Wettbewerb um das verrückteste Wassergefährt gehört. Die beiden waren sofort Feuer und Flamme gewesen.

Später, nahezu im Vollrausch, hatten sie beschlossen, teilzunehmen und zwar mit einem U-Boot. Erste Baupläne waren eilig mit einem herumliegenden Edding-Filzstift auf dem Küchentisch des Gastgebers festgehalten worden – da dieser, wie die anderen drei auch, noch bei seinen Eltern wohnte, gab es deswegen später noch eine hitzige Diskussion.

Tags darauf erwachten die beiden am späten Vormittag fürchterlich verkatert in Ollis Zimmer. Sie erinnerten sich beim Frühstück an das U-Boot-Gerede vom Vorabend und lachten lange und ausgiebig darüber. Doch die gute Stimmung wurde ihnen durch einen Anruf schlagartig verdorben. Ein Bekannter hatte sie über den späteren Verlauf des Party-Abends aufgeklärt, innerhalb dessen sie offenkundig ihr Vorhaben vor allen Partygästen laut kundgetan und eine schriftliche Wette hierüber mit Björn auf dem schon erwähnten Küchentisch abgeschlossen hatten. So wie es aussah, hatten sie um 1.000 Euro und 20 Kisten Bier gewettet. Die Wette lautet im krakeligen Originaltext:

»Wir wetten mit Björn um 1.000 Euro und 20 Ki. B. dass wir ein U-Boot bauen werden, das auf und ab ... hier war die Schrift unleserlich verwischt- kann und die 100 Meter auf d. Kieler W. zurücklegt.«

Nach anfänglicher Panik war man dann mit Augenzeugen und gewählten Unparteiischen in einer Pizzeria zusammengekommen und hatte lautstark über die Verbindlichkeit dieser Schnapslaune diskutiert. Der Freundeskreis war sich einig: Wettschulden sind Ehrenschulden und Geld und Bier wurden einstimmig Björn zugesprochen, falls das geplante U-Boot nicht wie abgemacht gebaut wurde und die vollen 100 Meter beim Wettbewerb zurücklegte.

Knut wunderte sich ein bisschen darüber, dass die Freundschaft der drei unter der Wette nicht zu leiden schien. Scheinbar spielte Geld in ihren Kreisen keine allzu große Rolle. Eine kurze Erinnerung an seine Jugend und der Versuch, sich auszumalen was umgerechnet 2.000 Mark damals wert gewesen wären, ließ ihn kurz innerlich den Kopf schütteln, aber er drängte diesen Gedanken beiseite. Die Zeiten änderten sich nun einmal und das war auch gut so.

Mike erzählte weiter, dass es einen langen und ziemlich heftigen Streit gegeben hatte wegen der verwischten Stelle im Vertrag. Vergrößerte Fotografien des Tisches lagen der Runde vor und man feilschte verbissen bei Pizza und Bier um die Eckpfeiler der Abmachung. Mike und Olli bestanden darauf, dass es »auf und absteigen« heißen sollte und dass es selbstverständlich nie ihr Vorhaben gewesen sei, dass das U-Boot wirklich unter Wasser fahren könne. Lediglich bis kurz über der Wasser-Oberfläche absinken und anschließend wieder höher aufsteigen sollte es können – schließlich sei das Ganze ein Spaßwettbewerb und kein Forschungsauftrag der Marine.

Björn bestand unnachgiebig darauf, dass der Text ursprünglich »auf- und abtauchen« gelautet habe und dass Mike und Olli an diesem Abend von einem wirklichen U-Boot gesprochen hatten. Dies konnte aber keiner der anderen Gäste bestätigen und man befand auch einhellig, dass das zu viel verlangt sei. So kam man überein, dass das Boot nur deutlich sichtbar tiefer im Wasser liegen und danach wieder aufsteigen können musste. Als klar war, dass sie aus der Nummer nicht mehr rauskamen, sahen Mike und Olli ihren Ehrgeiz geweckt und machten sich mit Spaß und Eifer ans Werk.

Nach Sichtung der Originalpläne vom Küchentisch war klar, dass an diesem Abend nicht wirklich tragfähige Konzepte erarbeitet worden waren. Aber der verrückte

Professor Mike hatte schnell einen ganzen Haufen Ideen und in kurzer Zeit wurde im Garten von Familie Lenhardt an der Konstruktion gearbeitet. Man verschweißte alte Ölfässer und installierte Presslufttanks, die ermöglichten, dass das Gefährt einmal pro Wassergang um einen guten halben Meter absank und anschließend wieder aufsteigen konnte. Vom Aufbau des Boots, in dem eine Person hockend mitfahren konnte, ragten dann nur noch einige Zentimeter aus dem Wasser und gegen überlaufendes Wasser hatte man die Öffnung oben mit einer Kajakplane versehen, aus der der Kopf des Kapitäns während der Fahrt herausschaute. Bei der Probefahrt in der Ostsee wurde das Ergebnis vom gesamten Freundeskreis begeistert bejubelt.

An dieser Stelle ging Mike noch einmal einen neuen Kaffee holen, so dass Olli die Geschichte fortsetzte. Auch Olli war ein netter Kerl, der weitläufig, aber mit viel Wortwitz erzählte und sich von dem misslungenen Vorhaben jetzt nicht mehr allzu enttäuscht zeigte. »Wir waren voll dabei! War eine ziemlich euphorische Angelegenheit. Das Ganze hatte sich verselbständigt und bei allen unseren größeren Bau-Etappen hatten wir dutzende Zaungäste. Wir waren auch wirklich optimistisch: alles Wesentliche hatte geklappt. Die einzige Schwachstelle war die Dichte. Nach dem Versuch letzte Woche war durch die Schraublöcher bei den Seitentanks zu viel Wasser eingedrungen. Wir mussten nämlich alle Aufbauten mit Schrauben am geschweißten Schiffsrumpf befestigen, weil unsere Schweißnähte einfach nicht stabil genug dafür waren. Durch das einlaufende Wasser hatten wir einen Kurzschluss in der Elektrik und außerdem hätten wir so keine 100 Meter geschafft. Wir hatten also alle Hände voll zu tun, das in den paar Tagen zu beheben und unsere Fans nicht zu enttäuschen,« hierbei lachte er etwas bitter.

Es war unschwer zu erkennen, dass er etwas enttäuscht darüber war, dass die Begeisterung der Fans, wie so oft in solchen Fällen, nicht lange genug gehalten hatte, dass jemand zum Helfen dageblieben wäre, als das Unternehmen gescheitert war.

»Gestern Abend hatten wir dann alles im Griff. Bei den Schraubungen hatten wir noch extra Dichtgummis untergezogen und das Ganze bombenfest verschraubt. Das wär' zwar nichts für 'ne Atlantiküberquerung, aber für 100 Meter hätte es locker gereicht. Dann kam Mike noch eine Spitzen-Idee: Sein Vater hatte im Keller noch zwei Dosen schnelltrocknenden Flüssigkunststoff in Signalgelb – das Zeug ist in einer halben Stunde abgebunden und dann ist es quasi eine bombenfeste Plastikschicht. Wir beschlossen kurzerhand, als Überraschung für alle, das ganze Boot zu lackieren und ‚Yellow Submarine' draufzuschreiben. Sie wissen schon, wie in dem Beatles-Lied?«

Knut schaute Olli mit gespielt verärgerter Miene an: »Ich bin zwar in der Steinzeit auf einer Insel aufgewachsen, aber Radio hatten wir!«, bellte er lachend zurück.

Olli stimmte in das Gelächter ein und fuhr fort: »Na ja, der Rest ist schnell erzählt. Wir waren also schon heute Morgen um acht hier und haben das Boot lackiert. Dann haben wir es gut abgedeckt, damit es keiner sieht wegen der Überraschung. Und sind nochmal losgefahren um einiges von dem Werkzeug, das wir uns geliehen hatten, in den Baumarkt zurückzubringen. Kurz vor Wettbewerbsbeginn um 13 Uhr kam Björn dann dazu. Er hatte eigentlich am Vormittag helfen wollen, aber musste dann doch kurzfristig zum Zahnarzt. So kam er gerade rechtzeitig, um unsere ganze Schmach mitanzusehen: Es ist nämlich so: als wir die Yellow Submarine mit dem Kran des Veranstalters ins Wasser heben wollten, brach sie einfach in der Mitte durch. Komisch eigentlich. Lag vermutlich daran, dass sie nur vorne und hinten in einer Schlaufe lag und sich das Gewicht anders verteilt hat, als wenn zwei Leute es mit den Händen tragen. Tja, kann man nichts machen ... mal gewinnt man, mal verliert man…, und diesmal hat dann eben Björn gewonnen, nicht wahr?«

Björn Rosenstedt hatte während der Erzählung unbeteiligt nebenbei gestanden. Geistesabwesend hatte er auf den Hafen geblickt und schreckte leicht zusammen, als er nun direkt angesprochen wurde. Dann spielte er sich lachend im Scherz zum fiesen Gewinnertypen auf: »Was? Ja genau. Ich hab' verdient gewonnen! Gerade nachdem ihr euch aus der Affäre gemogelt habt und nur so'n Pseudo-U-Boot fabriziert habt ... Geschieht euch recht!«

Es folgte eine längere, hitzige Diskussion unter den Anwesenden inwieweit die ausgehandelten Wettbedingungen rechtmäßig gewesen waren – es war aber offensichtlich, dass sie nur aus Spaß stritten – denn es blieb bei wortgewaltigen Übertreibungen und gewitzelten Beleidigungen unter lautem Gelächter.

Hansen beschloss an dieser Stelle, sich auszuklinken, verabschiedete sich und ging in Richtung Innenstadt. Im Vorbeigehen sah er noch einige der merkwürdigen Wassergefährte und dachte bei sich: »Wer weiß, vielleicht hätte die Yellow Submarine tatsächlich gewonnen?«

Die Sonne schien jetzt warm vom Himmel und er beschloss, sich an der Bushaltestelle noch ein wenig hinzusetzen und dann mit dem nächsten Bus nach Hause zu fahren. Als er dort ankam, sah er schon einen der blauen Busse, die er gerne benutzte, weil sie nicht an jeder Haltestelle hielten und man so deutlich schneller ans Ziel kam. Wie es der Zufall wollte, war es auch die richtige Linie und laut Plan sollte der Bus in 15 Minuten weiterfahren. Er setzte sich auf die sonnigste Bank der Endhaltestelle Reventlouallee und schloss die Augen.

»Na, das sieht ja mal gemütlich aus!« Hansen erschrak. Ein paar Meter weiter stand, an eine Wand gelehnt, der Busfahrer, den er vorher nicht gesehen hatte. Ein gutmütig wirkender Hüne mit kurz geschorenem Haar, der entspannt an seiner Zigarette sog und offensichtlich betroffen darüber war, den Kommissar erschreckt zu haben.

»Oh sorry – ich wollte Sie nicht erschrecken. Schöner Tag heut', nicht? Waren Sie auf der ‚Kiellinie‘ unterwegs?«

Hansen nickte, kam aber nicht dazu, etwas zu erwidern.

»Ja, für die Kieler Woche ist das Wetter ja traumhaft und es ist auch nicht so voll ... gerade richtig. Sind Sie aus Kiel? Naja, dann kennen Sie das ja ...«

In den folgenden Minuten kamen Hansen und der Busfahrer, der dem Schild auf seinem Arbeitshemd zufolge Sven Hallmann hieß, über dies und jenes ins Gespräch. Zufällig kamen sie auf den Wasserfahrzeug-Wettbewerb zu sprechen und Knut erzählte von seiner Begegnung mit den drei jungen Männern. »Ich hab' nicht viel davon mitbekommen, aber ich hatte die nette Gelegenheit, zwei junge U-Boot Bauer kennenzulernen, deren Gefährt beim Einsetzen noch in der Luft zerbrochen ist. Die Ärmsten haben dadurch nicht nur nicht gewonnen, sondern auch noch Tausend Euro und Zwanzig Kisten Bier bei einer Wette verloren.«

Hallmann zog die Augenbrauen hoch: »Ach, das quietschgelbe Ding? Schade, das sah doch vielversprechend aus. War 'ne witzige Konstruktion.«

Hansen horchte auf: »Ach sie haben es gesehen? Wie kommt's?«

Hallmann steckte sich eine neue Zigarette an und blies den Rauch in die Luft. »Ach, ich war vorhin um zehn schon mal hier und hatte eine halbe Stunde Pause. Da ich mich schon seither für Schiffsbau und ausgeklügelte Basteleien im Allgemeinen interessiere, dachte ich, ich geh' mal ein bisschen am Kai entlang und schau mal, ob schon etwas zu sehen ist. Ich fand aber das meiste langweilig – das waren einfach nur Floße mit albernen Pappmaché-Aufbauten ... aber das U-Boot sah wirklich vielversprechend aus – als ich daran vorbeikam, wurde das Teil gerade gestrichen. Wissen Sie, ob das Ding wirklich unter Wasser abtauchen konnte oder nur so ein bisschen auf und ab?«

Knut dachte an die Streitigkeiten bei der Wette und antwortete lachend: »Nee – nur so ein bisschen auf und ab.«

»Aha, tja hatte ich mir gedacht – aber ist ja auch schon 'ne ganz schöne Leistung. Wie hatten die das gemacht? Mit Pressluft?«

Bevor Knut antworten konnte, schaute Hallmann auf die Uhr und schreckte hoch. Als der Kommissar sich umsah, bemerkte er die Menschentraube, die sich an der Haltestelle gesammelt hatte.

»Huiuiuih! Sorry, wir müssen los – kommen Sie mit? Sie können sich nach vorne setzen – dann können wir noch ein bisschen weiterschnacken.«

Knut ging dem Hünen in Uniform lachend hinterher. »Und was ist mit während der Fahrt nicht mit dem Fahrer reden?'«

Sven stieg in seinen Sitz, zog den schwenkbaren Kassentresen an sich ran und grinste ihn breit an. »Ja – Sie sollen ja auch nicht reden.«

Der Bus fuhr los und sie redeten noch etwas weiter. Als der Bus im Wendehammer drehte, schaute Knut Hansen gedankenverloren auf eine Uhr, die zwischen den verschiedenen Haltestellen stand. Da kam ihm schlagartig ein Gedanke. »Äh, wann sagten Sie, waren Sie da am Wasser spazieren?«

Hallmann, der gerade auf den Düsternbrooker Weg einbog und konzentriert an diversen Kieler Woche

Verkehrsabsperrungen vorbeinavigieren musste, antwortete etwas knapp: »Hä? Ach so, das war ziemlich genau um zehn, nach meiner ersten Tour.«

Knut sprang in seinem Sitz auf: »Ich muss nochmal zurück – wo kann ich denn hier aussteigen?«

Mike, Olli und Björn hatten alles auf einem Hänger verstaut, standen aber noch da, wo Knut sie verlassen hatte, und unterhielten sich ausgelassen. Mike und Olli waren offensichtlich bemerkenswert gute Verlierer, denn sie lachten und feixten mit dem Wettsieger und es schien keine Spur von Ärger zwischen den Dreien zu geben. Hansen ging schnurstracks auf sie zu. Als sie ihn erblickten, hellten sich Mike und Ollis Mienen noch weiter auf. Nur bei Björn war ein leichter Anflug von Stirnrunzeln zu erkennen. Er blieb unverändert ungerührt stehen – die Hände tief in den Taschen vergraben.

Mike winkte ihm lachend zu »Herr Hansen! Na, haben Sie uns vermisst?«

Knut erwiderte: »Ja, genau – ohne euch geht's einfach nicht mehr. Nein, Spaß beiseite – ich hab' mich vorhin nicht richtig vorgestellt: ich bin Hauptkommissar Knut Hansen und, obwohl ich an diesem wunderschönen Tag Urlaub habe, kann ich meine Arbeit doch nie ganz abschalten. Weil ich euch zum einen mag und zum anderen finde, dass man als Kommissar in der echten Polizeiarbeit viel zu selten einen ordentlichen Miss-Marple-Auftritt bekommt – bin ich wieder hier, um eine wirklich üble Gaunerei zu verhindern.«

Die drei schauten ihn mit offenen Mündern an und Knut sprach weiter, bevor einer von ihnen ihm seinen Auftritt vermiesen konnte. Melodramatisch hob er die Stimme. »Nicht genug damit, dass er eure Trunkenheit auf, wie ich finde, sehr unfreundschaftliche Art ausgenutzt hat und euch auf diese U-Boot-Schnapsidee festnagelte. Dieser Kerl

...« und damit zeigte er mit dem Zeigefinger auf Björn, wobei er eine Augenbraue hochzog, wie er es mal in einem alten Hercule-Poirot-Film gesehen hatte. »... hat euer Boot sabotiert.«

Er ließ eine kurze Pause für den dramatischen Effekt und fuhr dann unbeirrt fort: »Herr Rosenstedt hatte offensichtlich ein Problem mit der allerkleinsten Möglichkeit, die Wette zu verlieren. Daher fuhr er euch morgens hinterher und wartete in angemessener Entfernung, bis ihr wieder verschwunden wart. Dann schlich er sich zur Yellow Submarine und machte sich daran zu schaffen. Offensichtlich war noch etwas Farbe übrig und der clevere Bub dachte wohl, es wäre pfiffig, die manipulierten Stellen noch einmal nachzustreichen. Damit hätte er wohl auch Recht gehabt, wenn er sich nicht die Schuhe dabei bekleckert hätte. Ich hatte zwar schon auf den ersten Blick gesehen, dass ihr alle Spritzer auf den Schuhen hattet, bin aber nicht gleich darauf gekommen, dass er dann ja nicht erst um 13 Uhr vom Zahnarzt gekommen sein konnte – weil die Farbe ja nach 20 Minuten trocknet und das Boot seit neun Uhr unter der Plane lag. Er war also schon vorher hier. Wie es der Zufall will, habe ich eben noch den ausschlaggebenden Hinweis bekommen, der mir sogar erlaubt genau zu sagen, wann Herr Rosenstedt hier rumgewerkelt hat – es war nämlich um kurz nach zehn – nicht wahr – Herr Rosenstedt?

Auf dem Weg hierher habe ich darüber nachgedacht, warum Sie die Schuhe nicht einfach gewechselt haben, aber ich kam zu dem Schluss, dass Sie wahrscheinlich nur das eine Paar besitzen. Was vermutlich auch mit dem finanziellen Engpass zu tun hat, weswegen Sie diese Wettgeschichte überhaupt eingefädelt haben. Ich tippe mal darauf, dass Sie ziemlich genau 1.000 Euro Schulden haben – stimmt's?«

Eine halbe Stunde später saß Hansen wieder im Bus und war auf dem Weg nach Hause.

Björn Rosenstedt hatte sich keine Mühe gegeben, irgendetwas abzustreiten und hatte alles zugegeben. Nach einem anfänglichen Wutausbruch der beiden Schiffsbauer hatte der Saboteur Zeit, sich zu erklären und hatte sehr glaubwürdig erklärt, dass er finanziell große Probleme hatte und keinen Ausweg mehr sah. Er kam nicht aus einem so wohlhabenden Umfeld wie Mike und Olli und hatte keine Möglichkeit, sich ohne Weiteres Geld aus der Familie zu besorgen. Am Partyabend war er fast nüchtern geblieben und hatte nur Trunkenheit vorgetäuscht. Die Wette schien ihm eine narrensichere Möglichkeit zu sein, seine Schulden zu decken, ohne dass jemand etwas mitbekäme. Als es aber immer wahrscheinlicher wurde, dass er verlieren könnte, seine Schulden sich verdoppeln und er vollends sein Gesicht verlieren würde, fasste er den Plan, das Boot zu sabotieren.

Als die Beichte beendet war, hatte es ein großes Gezeter gegeben, aber offensichtlich waren die drei noch bessere Freunde, als für Knut während des Tages ohnehin ersichtlich war. Mike und Olli beschlossen lachend, dass Björn beim bevorstehenden Umzug der beiden in eine gemeinsame Wohnung durch Sklavendienste bei den Renovierungsarbeiten Gelegenheit bekommen würde, sich zu 'rehabilitieren'. Außerdem wollten sie ihm sogar das Geld leihen, um seine Schulden zu decken.

Als sein Bus 30 Minuten später über die Gablenzbrücke fuhr, überblickte Hansen die Kieler Förde noch einmal und freute sich auf eine gemütliche Tasse Tee zu Hause. Aus irgendeinem Grund kam ihm die Melodie von »Ein Freund, ein guter Freund« in den Sinn und er begann, sie leise vor sich hin zu pfeifen.

JAGD AUF DEN
GEHEIMNISVOLLEN SCHATTEN

Knut Hansen stand am Fenster seines Büros und blickte auf die Kieler Förde. Der Darjeeling Tee, den er mit beiden Händen vor sich festhielt, dampfte ihm köstlich um die Nase. Er ließ seine Gedanken schweifen, wie so oft, wenn er erfolglos einem trickreichen Gauner auf der Spur war. Manchmal hatte er beinahe das Gefühl, seine Gedanken würden der Lösung des Problems irgendwo da draußen näherkommen, als sie es in seinem Körper könnten. Ohne es zu merken, murmelte er vor sich hin. »Es ist doch wie verhext ... Schatten, wie stellst du das an? Du bist doch kein Zauberer?«

Der »Schatten« war ein Einbrecher, der seit Monaten in Kieler Büros, Restaurants, aber auch Privatwohnungen eindrang, ohne Türen oder Fenster aufzubrechen. Er erbeutete wertvolle Gegenstände, ohne die Wohnung zu durchsuchen und verschwand jedes Mal so spurlos, wie er gekommen war. Es gab keine Fingerabdrücke oder sonst welche Spuren – im Gegenteil: Mehrere Zeugen gaben an, dass die Stellen, von denen etwas entwendet worden war, nach dem Diebstahl sauberer als vorher schienen. Eine eingehende Untersuchung ergab, dass der Dieb diese Stellen offensichtlich mit einem Spiritusreiniger gereinigt hatte, um seine Spuren zu verwischen

Knut Hansen ging noch einmal die Akten und Vernehmungstonbänder der letzten Einbruchsfälle, an die er sich noch gut erinnern konnte, im Kopf durch: Am 28. August war in die Zahnarztpraxis Storm in Düsternbrook eingebrochen worden. Gestohlen worden waren hauptsächlich Wertsachen des Zahnarztes, einige Geräte und Instrumente, die sich gut zu Geld machen ließen und etwas Bargeld. Allesamt Dinge, die den Anschein erweckten, der Täter hätte recht genau gewusst, was es in der Praxis zu holen gab und sich im Vorfeld genau überlegt, was sich zu stehlen lohnte und was nicht. Der Zahnarzt hatte ausgesagt, dass er selbst die Praxis abends ab- und am nächsten Morgen auch wieder aufgeschlossen hatte. Den Diebstahl hatte er erst bemerkt, als er seinen Laptop benutzen wollte und dieser fehlte.

»Es war unheimlich ...«, hatte Dr. Storm bei der Vernehmung gesagt, »... nichts war bewegt worden. Alles, was fehlte, war so weggenommen, als wenn der Besitzer es in seine Tasche gesteckt hätte. Nichts war durcheinander, nichts Wertloses fehlte. Und der Platz unter meinem Laptop war makellos sauber, wenn ich den sonst hochnehme, sind da immer so Staubränder ... hmmh ... und weder Fenster noch Türen waren beschädigt. Also entweder hatte der Dieb einen Schlüssel, oder es war eine Horde Mäuse, die mit der Beute durch den Belüftungsschacht verschwunden sind.

Am 3. September war der Tresor eines Nobelrestaurants am Schrevenpark ausgeräumt worden. Zudem fehlten die wertvollen, japanischen Messer des Kochs und fast ein Pfund Trüffel, das für eine Veranstaltung am nächsten Tag vorrätig gewesen war. Der Koch, ein cholerischer Hüne polnischer Herkunft, war darüber so wütend, dass er im Gespräch mit den Beamten scheinbar Mühe hatte, nicht mit Möbeln um sich zu werfen.

»Wenn ich bekomme diese Bastard in die Finger ...«, hatte er geschrien, »stiehlt sich wie räudige Kakerlake in meine Küche und beklaut mich. Mich, den Koch Andrzej Tyborski, der immer hat hart gearbeitet und nie etwas hat bekommen geschenkt.«

Die Polizisten befragten danach noch die gesamte Restaurantbelegschaft, aber ohne Ergebnis. Auch hier waren die Türen und Fenster verschlossen hinterlassen und auch wieder aufgefunden worden. Nichts war durcheinander und nur ausgewählte Gegenstände fehlten. Das Schließfach war scheinbar mit einem Schlüssel geöffnet und auch wieder abgeschlossen worden, aber der einzige Schlüssel wurde vom Geschäftsführer verwahrt

Beim letzten Einbruch war eine Villa im Stadtteil Russee das Ziel gewesen. Alles war wie bei den anderen Fällen gewesen. Keine Spuren, keine Hinweise. Die ältere Dame, die allein in der Villa wohnte, war den Tränen nahe. Sie hatte lange überlegt, ob sie vielleicht tüddelig geworden war und sich das Verschwinden der Gegenstände nur eingebildet hatte, aber schlussendlich war sie dann doch zur Polizei gegangen und die Genauigkeit, mit der sie die fehlenden Gegenstände beschrieb, machte offensichtlich, dass es nicht an ihrer Geistesverfassung lag, sondern auch sie Opfer des »Schattens« geworden war. Es waren zwei Gemälde, einiger wertvoller Schmuck und eine größere Summe Bargeld aus einem Versteck im Wandschrank gestohlen worden.

»Wenn er wenigstens etwas kaputt gemacht hätte ...«, schluchzte die Dame, als sie in Hansens Taschentuch schnäuzte, »... aber so sang- und klanglos wie eine Spinne in meinem Haus herumzuschleichen, das ist zu viel.«
Die gute Frau war noch am gleichen Tag zu ihrer Nichte gezogen und Hansen wusste nicht, ob sie ihr Haus inzwischen wieder betreten hatte. Die anderen älteren Fälle glichen den dreien in allen Punkten. Es wurden dem Schatten noch Einbrüche in weiteren fünf Restaurants, drei Arztpraxen, zwei Büros und drei Privatwohnungen zugeordnet. Die Tatorte lagen über die ganze Stadt verteilt und außer dem Tathergang hatten sie nichts gemeinsam.

Hansen grübelte noch eine Weile nach Gemeinsamkeiten der Fälle, aber ohne Erfolg. Das Telefon klingelte – am Display erkannte er die Durchwahl seines Kollegen.

»Na, Köppcke – was gibt's?«
»Chef! Ein neuer Einbruch. Olshausenstraße! Wieder ein Restaurant und der Besitzer meint, er kennt den Täter.«

Zehn Minuten später standen sie vor Vincenzo Figalli, dem Chef vom La Strada. Der kleine Mann war voll in Fahrt, lief fortwährend hin und her und rief seinen Angestellten Anweisungen zu, womit er auch nicht aufhörte, als das Team von der Polizei eintraf: »Kommissare! Endliche! Mann hatte miche bestohle. Komme Sie, komme Sie – ich werde Ihne alles erzähle ... Paolo! Mache den Tische richtig sauber, sonste du kannste morgen putze bei Arbeitsamt ...«

Der folgende Bericht enthielt nicht viel Neues, sondern glich in allem dem bekannten Ablauf. Es fehlten Geld, Silberbesteck und sechs Flaschen wertvoller Wein. Nachdem Herr Figalli etwa eine halbe Stunde nonstop geredet hatte, kam er auf den interessanten Aspekt dieses Falles zu sprechen.

»Ich weiße genau, wer das isse gewese! Dieser Gauner Gerharde Bökelmann von die Fischerestaurante aufe die andere Seite von die Straße! Dieser Ganove wille machen mich fertig. Hatte erst Gäste weggelockt mit neue Mittagstischangebot, dann hatte uns geschickt Behörden wegen Lizenz für Stühle an Straße in letzte Jahr, dann kam die Gesundheitsamte und im Sommer hatte er freigelasse Ratten in meine Restaurante ... das war großes Skandale in Zeitungen und so ... mussten haben den Kammerjäger zwei Wochen lang. Und dann letzte Woche hatte er gemacht Kratzer an meine Auto und jetzt brichte er ein ... beste isse, Sie gleiche stecken ihne ins Gefängnis.«

Hier unterbrach Hansen ihn: »Herr Figalli, das sind ja gewichtige Anschuldigungen, haben Sie Beweise dafür, dass Herr, äh, Gerhard Bökelmann hinter all dem steckt?«

Der Italiener, dessen Kopf mittlerweile fast purpurrot angelaufen war, sog pfeifend die Luft ein und schaute den Kommissar mit fest zusammengepresstem Mund aus wütend funkelnden Augen an, bevor es erneut aus ihm herausbrach:

»Habe nicht gehörte zu? Habe Beweise wie Sand an Meer: Keine Gäste wegen Mittagstisch, Probleme wegen Stühle, danne Gesundheitsamte, eklige Ratten, Kratzer an Auto und jetzte teuflischer Einbruch wie Geist mit Schlüssel. Hatte sogar Regale abgestaubt von Weine in Keller, bevor hat geklaut meine beste Barolo ... Das passte zu Bökelmann, immer sauber, immer ordentlich, sogar bei dreckige Diebstahl machte er noch sauber.«

Inspektor Hansen wurde hellhörig: »Der Täter hat die Flaschen abgestaubt?«,

»Si, si – iche lasse immer Staub auf die alte Flasche – dasse musse sein, ich finde. Sieht sonste aus wie billige Wein aus Supermarkte. Aber heute Morgen: Alles sauber – viel mehr sauber als wenn Nichtsnutze Paolo putzte ... musse man alles selber mache, wenn es sein soll ordentlich ...«

»Danke schön, Herr Figalli – Sie hören von uns ... Köppcke, kommst du?«

Die anschließende Befragung von Gerhard Bökelmann, dem Chef des Fischrestaurants Seebrise ergab, wie es zu erwarten war, nichts. Herr Bökelmann schien ein sehr reflektierter, gebildeter Mann zu sein, dessen Lokal einfach besser lief als das 'La Strada'. Nach einer gelungenen Mittagstischaktion seines Restaurants waren dem italienischen Konkurrenten die Gäste ganz weggeblieben und in seiner Wut hatte Herr Figalli sich mit der halben Welt überworfen. Getrieben von blindem Eifer, hatte er Bistrotische bis auf die Straße gestellt und laut rufend Flyer verteilt, weswegen er Ärger mit den Behörden bekam und als dann auch noch diverse Gerüchte wegen schlechter Hygiene die

Runde machten, fing er an, öffentlich Herrn Bökelmann zu beschuldigen, der Urheber allen Übels zu sein. Die Polizisten waren sich einstimmig einig, dass diese Spur ins Nichts führte.

Als sie gerade gehen wollten, rief Herr Bökelmann ihnen hinterher: »Herr Kommissar – ich glaube, ich habe den Einbrecher gesehen. Ich habe gestern Nacht bis halb eins die Bücher geprüft und als ich zuschloss, dachte ich, ich hätte Paolo gesehen, den Mitarbeiter von Herrn Figalli, wie er gerade die Tür vom La Strada absperrte. Ich war ein bisschen neidisch, denn ich hätte gern Mitarbeiter, die sich etwas mehr ins Zeug legen …«

»Sie sind sich sicher, dass es nicht Herr Figalli war?«

»Nein, ausgeschlossen, der Mann war groß und schlank, dunkel angezogen. Mit Handschuhen, Schal und Baskenmütze. Man konnte sein Gesicht nicht wirklich erkennen, aber in seinem Verhalten war nichts Verstohlenes. Er wirkte einfach nur wie jemand, der die Tür eines Ladens abschließt. Nichts Auffälliges. Gestern war ich sicher, dass es Paolo war, weil ich gewohnt bin ihn drüben beim Restaurant zu sehen, aber wenn ich heute drüber nachdenke, würde ich sagen, er war es auf keinen Fall. Ist aber nur so ein Gefühl …

Am Nachmittag stand Hansen wieder an seinem Fenster und ließ die Gedanken treiben, es war zum aus der Haut fahren – Er hatte einen ganzen Tag voller neuer Informationen und war kein Stück näher an der Lösung. Über ein Dutzend Fälle und sie kamen dem Täter nicht auf die Schliche. Es musste einen Zusammenhang geben. Aber welchen? Der Kellner Paolo hatte am Abend zuvor als Diskjockey auf der Hochzeit seines Schwagers für Musik gesorgt. Stichprobenartig befragte Gäste konnten sich allesamt an seine flotten Sprüche und die gut ausgewählte Musik bis in die frühen Morgenstunden erinnern.

Sein Atem beschlug die Scheibe und Hansen sah gedankenverloren zu, wie die geisterhafte Form sich langsam wieder auflöste. »Schatten, wo bist du?«, fragte er das Fenster. Lange blieb er so stehen, bis ihn ein Jucken im Finger ablenkte. Er schnippte eine kleine gelbe Ameise weg, die versuchte, seinen kleinen Finger auf der Fensterbank mit einem Biss zu vertreiben. Er starrte auf seinen Finger und grübelte weiter: »Handschuhe, ... Bökelmann sagt, der Mann trägt Handschuhe ... welcher Einbrecher trägt Handschuhe und putzt dann noch, obwohl er nichts Unnötiges anfasst? ...«

Während er noch auf seine Finger blickte, lief eine weitere Ameise auf seinen Finger zu. Dann noch eine und anschließend noch vier weitere. Hansen schüttelte sie ab und ging in die Knie, um sich das Fensterbrett aus der Nähe anzusehen. Erstaunt stieß er pfeifend die Luft durch die Zähne. »Eiderdautz! Eine Ameisenplage.« Der Kitt unter dem Fensterbrett war heraus gebröckelt und gab die Sicht frei auf einen vor gelben Ameisen nur so wuselnden Spalt zwischen Innenisolation und Mauerwerk. Durch den Druck auf das Fensterbrett in Unruhe geraten, wuselten die Arbeiterameisen nun scheinbar kopflos hin und her. »Hmmh, das sieht mir nach was Größerem aus, ich glaube, wir brauchen hier einen ...« er brach mitten im Satz ab und holte tief Luft: «Hol mich der Teufel, natürlich! Mäuse! Kakerlaken! Spinnen! Ratten!« Er griff zum Telefon und drückte auf die Durchwahltaste zu Köppckes Büro. »Köppcke! Wir suchen einen Kammerjäger mit Putzfimmel.«

Arnold Steinbeck saß in seiner kleinen Ein-Zimmer-Wohnung und lächelte den hochglanzpolierten Computermonitor an. Unter acht verschiedenen Namen hatte er derzeit Auktionen bei Ebay laufen – alles lief wie geschmiert. Gestapelt in der Ecke des Raumes auf einer Plane lag fein

sauber geordnet und in Plastik eingeschweißt die Diebes-
beute.

Als Jugendlicher hatte Steinbeck Schlosser gelernt und
sich im Fachbereich Schließ- und Sicherheitstechnik wei-
terbilden lassen, um sich bei einem Schlüsseldienst anstel-
len zu lassen. Er liebte es, mit Schlössern zu arbeiten.
Schlösser waren ordentlich und vorhersehbar, das beru-
higte ihn. Nach einiger Zeit bekam er aber Probleme mit
den Kollegen, die einfach nicht damit umgehen konnten,
dass er bei der Arbeit sauber blieb. Er trug Handschuhe
und hatte immer eine Unterlage dabei. In seinem mit Samt
ausgeschlagenen Werkzeugkasten war jedes Werkzeug
sauber an seinem Platz und er hatte immer einen Vorrat
Spiritusreiniger dabei, mit dem er sich die Hände und sein
Werkzeug säuberte. Als das Verhältnis zu den Kollegen zu
frostig wurde, beschloss er, sich etwas anderes zu suchen
und er bewarb sich bei einem Kammerjäger. Hier fand er
seine Berufung, denn noch mehr als Dreck hasste er jede
Form von Krabbelzeug. Mit den Kollegen gab es keine
Probleme, denn die waren allesamt eher Sonderlinge.
Handschuhe, Schutzmaske und Reinigungsmittel gehörten zur Arbeit dazu und er hatte sogar Zugang zu diversen
wunderbaren Chemikalien, an die er privat sonst kaum
herangekommen wäre.

Er war eifrig und bald hatte er sich zum Liebling des
Chefs gemausert und hatte quasi freie Hand bei seinen
Aufträgen.

Schon bei seiner Arbeit beim Schlüsseldienst hatte er bemerkt, wie wenig man als Fremder auffiel, wenn man entweder einen Werkzeugkasten oder einen Schlüssel
benutzte und jedem, der vorbeikam nett und fröhlich guten Tag sagte. Er bemerkte, dass Menschen annahmen, es
hätte wohl alles seine Ordnung, nur weil er selbstbewusst
auftrat. Mehr als einmal hatte er sich gefragt, was wohl

passiert wäre, wenn er einfach die Tür zu einer anderen Wohnung geöffnet hätte.

Als Kammerjäger hatte er mitunter tagelang Zeit, sich in den Wohnungen umzusehen und musste feststellen, wie unglaublich nachlässig die Leute mit ihren Geheimnissen umgingen. Zwar nahmen sie die Wertsachen meist mit, doch mit etwas Übung hatte er schnell einen genauen Eindruck, welche Gegenstände üblicherweise in der Wohnung waren. Ein leerer Laptop-Platz hier, ein Handyladekabel dort, Versicherungsunterlagen, Quittungen etc. ... er wusste blind, was er wo zu suchen hatte, sobald er dann das Gebäude betrat. Meist fand er noch während seiner Arbeit als Schädlingsbekämpfer einen Zweit-Wohnungsschlüssel an einem der üblichen Plätze, den er nur in Wachs zu drücken brauchte, um sich zu Hause eine Kopie anzufertigen. Nur eines störte ihn: der ewige Schmutz überall. Konnten sie ihren Schmuck und die anderen Sachen nicht sauber aufbewahren? Er hatte vor Ort schon ganze leergeräumte Vitrinen mit seinem Spiritusreiniger poliert, weil es ihm einfach unerträglich war, wenn man dachte, er hätte den Tatort so hinterlassen. Er war stolz darauf, ein sauberer Einbrecher zu sein. Und er war der beste Einbrecher im Norden. Die Polizei hatte keine Spur und sie würde ihm niemals auf die Schliche kommen, niemals ...

»Dingdong!« Die Türklingel läutete.

»Herr Steinbeck? Oberhauptkommissar Hansen mein Name, das ist mein Kollege Hauptkommissar Köppcke, dürfen wir reinkommen?« Steinbeck seufzte und winkte die Beamten in die Wohnung. »Aber Füße abtreten«, murmelte er noch geistesabwesend vor sich hin, während er darüber nachdachte, ob er im Gefängnis wohl seinen Spiritusreiniger behalten durfte.

»MORD« IM ROTEN DRACHEN

Kommissar Hansen hatte Mittagspause und sein Magen knurrte. Der Vormittag war stressig gewesen und nun schaute er gierig auf die Plastiktüte auf seinem Tisch: vier dampfende Kartons warteten darauf, geöffnet zu werden. Schon der Anblick des roten Drachens auf den Verpackungen ließ ihm das Wasser im Mund zusammenlaufen. Chinesisches Essen! Köppcke, sein Kollege und Freund, hatte ihn vor etwa einem Jahr auf die ansprechende Werbung des Restaurants Zum Roten Drachen aufmerksam gemacht. Seitdem bestellten sie mindestens einmal im Monat bei dem Chinesen unten am Hafen.

Eine halbe Stunde später saß er vor den leeren Kartons und hielt unzufrieden die Bestellkarte des Restaurants in der Hand. Geistesabwesend überflog er sie und las den vielversprechenden Text auf dem hochwertig gestalteten Titel:

»Zum Roten Drachen«
traditionelle chinesische Küche.
Einmalig in Kiel!
Unsere erfahrenen Köche bewahren die köstlichsten kulinarischen Geheimnisse aus dem alten China nur für unsere Gäste.
Erfahren Sie es selbst! Kommen und genießen Sie.
(Jetzt auch mit Lieferservice!)

Er wählte eine Kurzwahlnummer am Telefon.
»Ja, Chef?«, knarrte es durch die alten Leitungen der maroden Telefonanlage.
»Sag mal, Köppcke: mir schmeckt das Essen nicht mehr. Bin ich krank oder liegt's am Essen?«
»Ist ja komisch Chef, ich finde es auch nicht mehr so gut. Aber das war ja fast zu erwarten.«

Hansen war überrascht: »Wieso?«

»Naja, man hört ja so einiges. Der Besitzer soll vor ein paar Wochen die gesamte Belegschaft entlassen und neue Mitarbeiter eingestellt haben.«

»Hmm, wär' ja schade, wenn das so bliebe ... dann müssten wir uns einen anderen Lieferservice suchen und du weißt ja, was ich für ein Gewohnheitstier bin ...« Lachend legte er auf und widmete sich seinem Aktenstapel. Etwas später kam Köppcke in sein Büro gestürmt.

»Wenn man vom Teufel spricht — wir haben einen Einsatz beim Roten Drachen: Ich hab' durch Zufall den Anruf in der Zentrale mitbekommen und uns zugeteilt — ich dachte, das wär doch lustig.«

Hansen wunderte sich: »Wieso, was ist denn passiert?«

»Kaltblütiger Mord«, antwortete sein Kollege trocken.

Hansen verschluckte sich fast. »Du machst Scherze?«

Köppcke lachte: »Nein, jemand hat die Fische des Besitzers umgebracht — und Fische sind doch Kaltblüter, oder?«

»Pfui – geschmacklos, Köppcke!«, rief Kommissar Hansen mit gespieltem Entsetzen und albern kichernd machten sich die beiden Kollegen auf den Weg zum Dienstwagen.

Kaum fünf Minuten später rollten sie die Auffahrt zum Roten Drachen hinauf. Der Besitzer Nhu-Thong Li öffnete ihnen die Tür, begrüßte sie freundlich und erklärte ihnen die Situation. Seine Freundin Yun Wang stand während des Gesprächs dabei und lächelte freundlich. Bei den getöteten Fischen handelte es sich um rund 30 wertvolle Koi-Karpfen, die er von seinem Vater, dem Gründer des Restaurants, geerbt hatte. Auf einem Tisch ausgebreitet lagen die Unterlagen der Versicherung — die Deckungssumme war auf stolze 150.000 Euro festgesetzt und für den Nachmittag war der Gutachter angemeldet. Der Tathergang war sogar für eine ohnehin ungewöhnliche Zierfischtötung merkwürdig. Jemand hatte offensichtlich fässerweise Chlorbleiche oder Ähnliches in den riesigen Teich geschüttet und die ehemals farbenfrohen asiatischen Buntkarpfen, die an der Oberfläche schwammen, waren so bleich wie tot.

In einem breiten asiatischen Akzent erzählte der kleine, leicht untersetzte Mann mit Tränen in den Augen von der Zucht seines Vaters und davon, welchen emotionalen Wert die Fische für ihn hatten. In seiner Familie würde Tradition großgeschrieben und der Tod der Fische sei wie ein durchschnittenes Band. Als mögliche Täter kamen, so erzählte Li weiter, nur die Konkurrenten in Frage. Asia-Restaurants in der Umgebung, die mit der Qualität seiner nach uralten chinesischen Rezepten gekochten Speisen nicht mithalten konnten. Hansen blickte auf ein chinesisches Schriftzeichen am Teichrand und fragte nach seiner Bedeutung.

Frau Wang, eine bemerkenswert zarte Frau, kam Herrn Li zuvor und antwortete mit einer bezaubernd-leisen Stimme: »Das ist das Wort Li — chinesisch für Karpfen«. Knut wunderte sich: »Ich denke sie heißen Koi?«

Frau Wang lächelte. »Koi oder Goi ist japanisch. Dieser Name hat sich bei Züchtern durchgesetzt, weil die wertvollen Tiere hauptsächlich in Japan gezüchtet werden. Sie müssen wissen, es ist allein die bei der Zucht zufällig entstehende Färbung, die einen Karpfen so beliebt und wertvoll macht«

Als die Formalitäten abgeschlossen waren, fiel Hansen Köppckes Bemerkung vom Mittag ein. »Herr Li, sagen Sie, stimmt es, dass Sie in den letzten Wochen viele Mitarbeiter entlassen haben?«

Der Chinese schien überrascht: »Ja, hat sich das herumgesprochen? Meine Lebensgefährtin und ich haben mit Trauer im Herzen feststellen müssen, dass wir über lange Zeit bestohlen worden sind. Und zwar nicht von einer einzelnen Person, sondern von allen gemeinsam. Da mussten wir uns von allen trennen. Eine schmerzliche Angelegenheit — es waren lange Wegbegleiter aus befreundeten chinesischen Familien und viele haben schon für meinen Vater gearbeitet. Es war eine große Enttäuschung für uns.«

In diesem Moment kamen zwei sehr junge Köche aus dem Restaurant und gingen in Richtung Parkplatz. Herr Li sah auf die Armbanduhr und rief den beiden hinterher: »Hey! Feierabend ist aber erst in fünf Minuten!« Der eine der beiden machte eine schnodderige Bemerkung, beide lachten laut auf, stiegen in ihr Auto und fuhren davon.

Hansen deutete in ihre Richtung. »Ihr neues Personal? Was hat der Mann gesagt?«

Li zuckte mit den Schultern. »Die kommen alle aus Vietnam und Korea — ich verstehe davon kein Wort.«

Knut hakte nach: »Keine erfahrenen chinesischen Köche mehr und stattdessen junge Burschen? ... Passt denn das zu Ihrem traditionellen Anspruch?«

Der Restaurantbesitzer wurde kurz etwas schroff, hatte sich dann aber schnell wieder im Griff: »Unsinn! Die neuen Köche kochen genauso gut wie die alten ... die sind frisch und bringen neuen Wind! Verzeihen Sie, Herr Kommissar, natürlich wären mir erfahrene chinesische Köche lieber, aber es war mir einfach unmöglich welche zu finden in diesen Zeiten. Meinem Vater bräche es das Herz – wenn er davon wüsste.«

Herr Li stellte Anzeige gegen Unbekannt wegen Sachbeschädigung und nachdem sie den Karpfenteich und die Umgebung noch einmal eingehend auf Spuren untersucht hatten, machten sie sich wieder auf den Weg zum Präsidium. Die Befragung der Mitarbeiter hatte nichts weiter ergeben, sie waren Herrn Li allesamt dankbar für ihre Einstellung und zumindest auf den ersten Blick schien keiner von ihnen ein Motiv zu haben, die Karpfen seines Chefs zu töten. Jetzt war zu klären, ob wirklich ein

Konkurrenzbetrieb hinter der Tat steckte. Dem Branchen-
buch nach kamen eine Handvoll China-Restaurants in
Frage und in seinem Büro fiel Hansen ein, dass er versäumt
hatte, Herrn Li danach zu fragen, ob er ein spezielles Restaurant in Verdacht hatte. Ich werde wohl alt, dachte er
und griff zum Hörer.

»Meyer?«, bellte eine schlecht gelaunte Stimme am anderen Ende.

»Oh verzeihen Sie, ich habe mich wohl verwählt, ich
wollte das China-Restaurant Zum Roten Drachen anrufen«. Die Stimme blieb unfreundlich. »Das haben Sie, ich
bin Frank Meyer, der ... Buchhalter.«

Hansen war überrascht. »Aha? Hier spricht Kommissar
Hansen — Herr Li hatte Sie vorhin gar nicht erwähnt, als
wir das Personal durchgegangen sind.« Als der Polizist seinen Namen gesagt hatte, vollzog die Stimme am anderen
Ende eine Wandlung und wurde schlagartig unangenehm
zuckersüß.

«Ach, Herr Kommissar, ich grüße Sie. Herr Li hat mich
nicht erwähnt? Das wundert mich nicht. Er hat mich erst
vor einigen Wochen eingestellt und ich arbeite nur einige
wenige Stunden die Woche, um die Buchhaltung auf Vor-
dermann zu bringen. An stressigen Tagen wie heute helfe
ich auch im Büro aus. Entschuldigen Sie, dass ich unfreundlich war — ich habe hier so viel zu tun. Hier klingelt
den ganzen Tag das Telefon. Die Sache mit den Fischen
und der Versicherung, das Tagesgeschäft und, und, und ...
Zu guter Letzt rufen hier ständig Chinesen an, die ich nicht
verstehe. Die muss ich dann immer an Frau Wang weiter-
geben — das reißt nicht ab: Vorbestellungen, Familie, Bewerbungen und alles auf Chinesisch. Wenn ich Frau Wang
nicht hätte ... sie ist wirklich eine Perle.«

»So, so …«, sagte Hansen, um zu seinem Anliegen über-
zuleiten. »Ist Herr Li zu sprechen? Ich hätte da einige Fragen an ihn.«

»Ja natürlich, gern, Herr Kommissar. Ich hole ihn.« Es
folgte eine längere Pause, dann ertönte am anderen Ende
der Leitung die breite Stimme des Restaurantbesitzers, der
ihm bereitwillig Auskunft erteilte.

Eine rund halbe Stunde später war Knut Hansen vor Ort
beim größten Konkurrenten Lotus. Das Restaurant war
zum Bersten voll und der sympathische Geschäftsführer,
ein Mann namens Chan, empfing ihn freundlich in seinem
Büro. Chan goss beiden dampfenden Tee aus einer präch-
tigen Porzellankanne ein und sie saßen sich in ungeheuer
gemütlichen Sesseln gegenüber. »Aha, und Sie sagen, die
Koi vom Roten Drachen sind tot? Das ist ein Jammer! Es
waren fantastische Tiere — darum habe ich ihn immer be-
neidet. Diese Fische waren das bei weitem Beste, was sein
Restaurant noch zu bieten hatte. Oje, so etwas zu sagen,
war vermutlich sehr unfein.« Hansen nippte an einem sehr
leckeren Ingwer-Tee und beobachtete scharf sein Gegenüber — die letzte Bemerkung hätte sowohl ein Zeichen von
Unsicherheit als auch einfach nur der bissige Sarkasmus eines klaren Gewinners sein können. Das wollte er genau
wissen.

»Der Rote Drache ist also kein ernst zu nehmender Mitbewerber für Ihr Restaurant?«

Chan winkte ab. »Auf keinen Fall — früher vielleicht.
Der Drache hatte früher sicherlich die besten Köche in ganz
Norddeutschland — ganz alte Schule und einen riesigen
festen Kundenstamm. Aber die Zeiten ändern sich – die
Küche allein ist für die Gäste eben nicht mehr alles — lecker essen kann man bei vielen. Der alte Li war zudem einfach zu sehr an seinen Fischen interessiert und hat Dinge
wie Werbung, Kundenparkplätze und so weiter nicht ernst

genug genommen. Der junge Li hat dann den Lieferservice gestartet, eine große Werbekampagne aufgefahren und einiges verbessert.«

Hansen erinnerte sich: »Ja, die Flyer und die Radiowerbung ... so sind wir auch auf den Lieferservice gekommen.«

Chan fuhr fort: »Sie sagen es — das hat uns Konkurrenten schon sehr zugesetzt, aber vor ein paar Wochen hat er wohl irgendwie den Verstand verloren und das Problem erledigte sich von allein. Die Werbung lief aus und mit dem Personalrauswurf hat er seinen einzigen Trumpf abgegeben und seinen Höhenflug beendet, bevor er richtig angefangen hatte. Völlig unverständlich — ich habe rundweg die Hälfte seiner alten Angestellten bei mir angestellt und die andere Hälfte ist mit Kusshand bei anderen Restaurants untergekommen. Wie gesagt — das sind Top Leute, wer die rausschmeißt, ist verrückt. Überhaupt ist der junge Li ein komischer Kauz — ich habe ihn durch Zufall vor kurzem in der Innenstadt getroffen und er war ganz fürchterlich steif — hat nicht mal gelacht, als ich ihm meinen Lieblingswitz erzählt habe.«

Neugierig hakte Hansen nach: »Was war denn das für ein Witz?«

Chan lächelte. »Tut mir leid, Herr Hansen, das lässt sich nicht übersetzen. Es gibt Dinge, die verstehen wirklich nur Chinesen.«

Im Präsidium saßen Köppcke und Hansen am frühen Abend im Aufenthaltsraum zusammen und tranken Kaffee. Durch den Dampf seiner Tasse schaute Hansen aus dem Fenster auf den Parkplatz hinaus und sein Kollege las in seiner Zeitung. Der Hauptkommissar brach das Schweigen: »Und, Köppcke — was meinst du, worauf läuft die Fischsache hinaus?«

Olaf Köppcke sah von seiner Zeitung auf. »Tja, ich würde von einfachem Versicherungsbetrug ausgehen. Ich nehme an, Li hat die echten Kois unter der Hand verkauft und dann billige, ähnlich große besorgt, die ja durch die Bleiche nicht mehr zu identifizieren sind — das ist ja doch alles sehr offensichtlich.

Knut nickte. »Ja stimmt, viel blöder geht's nicht ... Aber da ist irgendwie noch mehr. Li war doch offensichtlich ein fähiger Geschäftsführer, hatte sein Restaurant fast aus der Krise geholt und vor einigen Wochen passiert irgendetwas, er schmeißt seine guten Leute raus und umgibt sich mit irgendwelchen Luschen, da ist doch noch 'was faul.«

»Naja, vielleicht sind die günstiger?«

»Ja schon, aber so denkt doch nur ein Esel. Li wusste offensichtlich ganz genau, dass die Küche sein Trumpf war. Er hat die Werbung voll darauf ausgerichtet ... Das passt doch nicht. Selbst wenn die Mitarbeiter ihn bestohlen hätten, was ich nicht glaube, hätte er sich da cleverer verhalten können und mehr Umsatz mit ihnen als ohne sie gemacht. Außerdem hat er trotz schlechter Geschäfte plötzlich diesen Frank Meyer angestellt, weil er angeblich so viel zu tun hat. Der wiederum hat außerdem in einem Nebensatz erwähnt, dass er viele chinesische Bewerbungen bekommt. Das passt doch auch alles nicht, warum stellt Li dann Koreaner und Vietnamesen an, die er nicht im Griff hat und mit denen er sich auf Deutsch verständigen muss ... hmmm – Mann, Mann, Mann ... das ist doch alles komisch.«

Köppcke blätterte wieder in seiner Zeitung und nahm einen großen Schluck aus der Kaffeetasse. »Vielleicht ist er auch einfach nur Zwilling.«

Knut fuhr verwirrt aus seinen Gedanken hoch. »Häh?«

Köppcke wischte sich etwas Schaum von der Lippe. «Naja, Zwilling, das Sternzeichen. Sie wissen schon — unstet, schnell unzufrieden mit der Gesamtsituation, launisch, wankelmütig, wechselhaft ...

Knut sprang auf. »Hol mich doch der Teufel! Köppcke, du bist ein Genie. Komm schnell, wir fahren zum Roten Drachen.«

Sie parkten etwas abseits und als sie im Halbdunkel des Abends die Kiesauffahrt heraufschritten, konnten sie in einiger Entfernung schon Li und seine Partnerin erkennen. Sie hatten gerade etwas in den Kofferraum des schwarzen Mercedes gelegt und die Luke geschlossen. Knut Hansen gab Köppcke ein Zeichen, stehen zu bleiben und schlich selbst ein Stück näher ran. Plötzlich sprang er in den Lichtschein der Außenbeleuchtung und rief in bester Edgar-Wallace-Manier: »Halt! Polizei! Legen Sie die Waffe weg, Herr Meyer.« Der Chinese wirbelte erschrocken herum, riss die Hände hoch und rief in reinstem Hochdeutsch: »Aber ich habe doch gar keine …«

Als er das lächelnde Gesicht des Kommissars sah, beendete er den Satz mit »…verdammt.«

»Genau! Und jetzt öffnen Sie den Kofferraum, Herr Meyer — ihr Bruder soll doch Luft bekommen.

Die Geschichte war fast zu unglaublich, um wahr zu sein. Im Kofferraum lag tatsächlich gut verschnürt Nhu-Thong Li. Dieser hatte, ohne es zu wissen, einen Zwillingsbruder, der als Kind nach Deutschland adoptiert worden war und unter dem Namen Frank Meyer in unglücklichen Verhältnissen aufwuchs. Er entwickelte sich zu einem mittelmäßig begabten Kleinkriminellen, der sich mit kleinen Gaunereien über Wasser hielt. Wie es der Zufall wollte, wohnte er keine 10 km Luftlinie vom Restaurant.

Als er eines Tages seinen Bruder in der Zeitung sah, dachte er sofort darüber nach, wie er die Situation für sich nutzen konnte. Er entführte Herrn Li spontan und wollte ursprünglich nur seine Ähnlichkeit nutzen, um Geld zu stehlen und die Bankkonten leerzuräumen. Dabei kam

Frau Wang ihm in die Quere, die verrückterweise aber zu seiner Komplizin wurde, weil Herr Li wohl für ihren Geschmack zu sparsam mit Geld umging. So fing das durchtriebene Paar an, im großen Maßstab Geld aus dem Restaurant zu pumpen. Damit nicht auffiel, dass Herr Meyer keinerlei Chinesisch sprach und auch nichts über China wusste, übernahm Frau Wang die meisten Angelegenheiten und das Personal, das über kurz oder lang den Schwindel bemerkt hätte, musste natürlich ausgetauscht werden. Meyer stellte sich selbst im Restaurant als Buchhalter an und überwies so regelmäßig große Summen auf sein Konto. Die beiden hatten keinen großen Ehrgeiz, langfristig clever vorzugehen, weil sie ohnehin vorhatten, sich schnell ins Ausland abzusetzen. Sie wollten das Restaurant zu Grunde wirtschaften, Konkurs anmelden und dann verschwinden. Frau Wang erzählte noch eine leicht wirre Geschichte über einen chinesischen »Vergessenstrank«, den sie Herrn Li einflößen wollten. Dieser hätte dann nach ihrem Plan, verwirrt und völlig ohne Erinnerung, vor den Trümmern seiner Existenz gestanden und Zeit seines Lebens in Armut gelebt, während Meyer und Wang irgendwo in der Welt das gute Geld verprasst hätten. Sie hatten nicht damit gerechnet, dass die Versicherung eine Anzeige gegen Unbekannt verlangte und um die Geschichte vor der Polizei glaubwürdig weiterzuspielen, waren sie einfach nicht clever genug.

Knut Hansen und sein Kompagnon saßen im Wagen vor dem Haus, in dem Hansen wohnte. »Na, Chef — das war ja mal 'ne gewagte Vermutung, und das nur, weil ich Zwilling gesagt habe?«

Hansen dachte an den Verlauf des Tages und wunderte sich selbst über seine eigene Tollkühnheit. »Naja, Köppcke, stimmt schon — das war ziemlich hoch gepokert. Aber ich wusste es einfach. Der Zwilling gab dem Ganzen einen

Sinn. Ich muss aber zugeben, dass ich, als wir beim Drachen waren, keinen Schimmer hatte, was genau abgelaufen war — ich war mir nur sicher, dass Li in Wirklichkeit Meyer war. Er hatte sich am Telefon sehr sicher gefühlt und wie die meisten guten Lügner hauptsächlich Wahrheiten erzählt. Er erzählte frei von der Seele, dass er kein chinesisch spricht und das Frau Wang das meiste regelt — es passte ja auch perfekt in die Rolle. Nur bei dem Teil mit den chinesischen Bewerbungen ist er zu weit gegangen. Das passte nicht zum Rest der Geschichte. Auch, dass Frau Wang das Gespräch an sich gerissen hatte, als wir über das Schriftzeichen sprachen …«

»Und die Entlassung der chinesischen Mitarbeiter!«, rief Köppcke euphorisch dazwischen und Hansen lächelte.

»Genau! Bis vor wenigen Wochen war der junge Li laut allen Anzeichen und Aussagen ein cleverer, ur-chinesischer Geschäftsführer und dann … war er jemand anders, jemand der … ganz und gar kein cleverer Chinese ist.«

Die beiden Beamten lachten und Hansen stieg aus.

»Gute Nacht, Köppcke, schlaf gut!«

»Bis morgen, Chef!«

LANGFINGER IM KRANKENHAUS

Als Knut Hansen an diesem Aprilmorgen aus seiner Wohnung trat, passierte ein Unglück. Auf der Steintreppe vor dem Haus hatte sich seit längerem eine Moosschicht gebildet. Durch den dauernden Nieselregen wurde diese zu einer glitschigen Gefahrenstelle. Hansen hatte sich mehrfach vorgenommen, den grünen Belag nach Feierabend abzukratzen, aber er war nicht dazu gekommen. An diesem speziellen Morgen war er zudem in Gedanken wegen eines lästigen Telefonats mit seiner Mutter, die ihn wieder einmal gefragt hatte, wann er denn wieder nach Langeoog zöge. Der Hauptkommissar machte also einen unvorsichtigen Schritt und von da an ging alles sehr schnell.

Als er wieder zu sich kam, lag er auf einer Trage und sah sich benommen um. »Wo bin ich, was mache ich hier?«, fragte er benommen. Kurz darauf erschien verschwommen vor seinen Augen das Gesicht einer freundlichen Notärztin.

»Ah, Herr Hansen – Sie sind wach! Keine Sorge, alles ist gut. Sie sind auf der Treppe vor Ihrem Haus gestürzt und haben sich übel den Kopf gestoßen. Wir werden Sie gleich weiter untersuchen und schauen wie heil Sie davongekommen sind.

Eine halbe Stunde später wurde Hansen von einem Arzt in der Notaufnahme von Kopf bis Fuß durchgecheckt. Wie sich herausstellte, hatte er sich den rechten Fuß gebrochen und sich eine ordentliche Gehirnerschütterung zugezogen. Zur Sicherheit sollte er noch ein oder zwei Tage zur Überwachung im Krankenhaus bleiben. Kurz bevor er auf sein Zimmer geschoben wurde, trat die Notärztin noch einmal an ihn heran und sagte mit gedämpfter Stimme:

»Herr Hansen, Ihr Kollege Herr Köppcke, der Sie heute morgen zur Arbeit mitnehmen wollte, hat Ihnen eine

Tasche mit den wichtigsten Sachen gepackt und, auf unsere Bitte hin, Ihre Wertsachen mitgenommen. Es wird im Moment dermaßen viel geklaut hier im Krankenhaus, dass hier keiner mehr keinem traut. Sogar das Personal verdächtigt sich gegenseitig. Hier nimmt keiner mehr Bargeld oder Schmuck oder so mit zur Arbeit.«

Knut schaute auf seine Armbanduhr: »Na, das gute Stück hat der Kollege vergessen.«

Die Ärztin sah die Uhr mit gespieltem Mitleid an. »Na ja – ich glaube, da würde jeder Dieb mit etwas Ehrgefühl Ihnen eher aus Mitleid eine neuere Uhr dalassen als das alte Ding zu klauen. Aber im Ernst: Passen Sie trotzdem darauf auf – die Langfinger hier klauen völlig wahllos.«

Lachend fügte sie hinzu: »Wer weiß, vielleicht können Sie den Fall ja lösen, Herr Kommissar?«

Knut Hansen bemühte sich, angestrengt zurückzulächeln, denn sein Schädel brummte noch arg und professioneller Ehrgeiz wollte sich nicht so recht einstellen.

»Hmmh, ich glaube ich bin jetzt erstmal krank und kümmere mich um mich selbst. Aber vielleicht wäre es trotzdem ganz clever, wenn Sie meinen Beruf erstmal unerwähnt ließen.

Das Zimmer war ein Vier-Bett-Zimmer mit Waschbecken an der Wand, aber ohne WC oder Dusche – diese waren außerhalb, auf halber Höhe des Stationsflures, zu finden. Die nette blonde Schwester, die sich als Schwester Lisa vorstellte, entschuldigte den Zustand mit Überbelegung, Sparmaßnahmen und der gesundheitspolitischen Lage. Sie erwähnte weiterhin, dass von 41 Patienten auf der Station über 20 bettlägerige Pflegefälle waren, was die Arbeit für das Personal stark erschwerte. Hansen, der zwar Krücken bekommen hatte, aber zumindest an diesem ersten Tag wegen der Gehirnerschütterung lieber nicht aufstehen sollte, blickte etwas resigniert auf die Urin-Ente, die an einem Gestell am Bett hing und winkte dann versöhnlich ab: »Machen Sie sich mal keine Sorgen, Schwester. Wird schon gehen.«

Nachdem Schwester Lisa gegangen war, stellten sich die vier Bewohner des Zimmers vor. Direkt neben Hansen lag ein distinguierter Herr um die achtzig, mit sauber gestutztem Oberlippenbärtchen, der den Kommissar an einen gealterten Cary Grant erinnerte. Er stellte sich als Ferdinand Freiherr von Mühlenbach vor und erzählte ausschweifend von seinem Gestüt und dem Landbesitz nördlich von Kiel, bei Dänisch-Nienhof. Mit jedem seiner Worte versprühte er einen Charme, dem man sich kaum entziehen konnte. Mit viel Wortwitz erzählte er von seinem komplizierten Prostata-Leiden, dessentwegen er seit Jahren regelmäßig im Krankenhaus untersucht werden musste.

Den beiden gegenüber lag auf der linken Seite ein etwas sauertöpfisch wirkender Mittfünfziger mit Namen Peter Schwilinski, der in einem Atemzug erzählte, dass er ein Magengeschwür habe und seit 34 Jahren bei der Müllabfuhr tätig war. Sofort nach der letzten Bemerkung schaute er leicht giftig in die Runde, als erwartete er negative Reaktionen der anderen. Hauptkommissar Knut Hansen, der ja selbst von vielen Menschen als wortkarg und spröde wahrgenommen wurde, erkannte hinter der etwas bissigen Fassade sofort den freundlichen, interessiert-weltoffenen Kern des Mannes, den dieser sonst vermutlich nur seinem engsten Familienkreis offenbarte. Er war in seinem Leben vielen Menschen begegnet, die durch ein langes, hartes Arbeitsleben und gesellschaftliche Vorurteile äußerlich so geworden waren, wie man es von ihnen erwartete, zu Hause jedoch die Klassiker der Weltliteratur lasen oder fernöstliche Meditation studierten.

Im letzten Bett lag ein junger Spund namens Erk Nielsen, der wegen einer schweren Lungenentzündung zunächst auf der Intensivstation der Klinik gewesen war und nun zur Nachsorge seit drei Tagen in diesem Zimmer lag. Er hatte einen Sauerstoffschlauch an der Nase hängen und das zugehörige Gerät erfüllte den Raum mit einem kontinuierlichen Blubbergeräusch. Hansen konnte ihn nicht gut einschätzen. Er mochte Mitte 30 sein, war tätowiert und trug kurz geschorene Haare, sowie schwarze Kleidung. Er wirkte recht nett, meckerte jedoch anfangs ausgiebig über die Zustände im Krankenhaus, was dem Kommissar, der stets versuchte aus jeder Situation das Beste zu machen, schnell auf den Keks ging. Darüber hinaus steckten die meiste Zeit Kopfhörer in seinem Ohr, um pausenlos Musik zu hören, wobei er abwesend aus dem Fenster blickte. Alles in allem schien er kein gesteigertes Interesse an Kontakt zu den anderen zu haben, was Hansen dann doch wieder ganz sympathisch war.

Knut selber stellte sich als Angestellter im öffentlichen Dienst vor, was offensichtlich so langweilig klang, dass ihm Nachfragen erspart blieben. Die drei Herren – Nielsen blickte weiter verträumt aus dem Fenster- unterhielten sich über dieses und jenes und schnell kam das Thema auf die Diebstähle. Im ganzen Krankenhaus waren Wertgegenstände aus Schränken, Taschen und sogar den Beistelltischen gestohlen worden. Herr Schwilinski lehnte sich lächelnd mit verschränkten Armen im Bett zurück und sagte triumphierend:

»Mir kann niemand was klauen, ich nehme niemals etwas Wertvolles mit ins Krankenhaus ... wer mir was wegnehmen will, kann nur meine Dreckwäsche haben.«

Alle vier lachten – sogar Nielsen.

»Mir hat man beim letzten Aufenthalt gleich am ersten Tag meine Armbanduhr gestohlen – ein wertvolles Stück mit goldenem Armband,« sagte von Mühlenbach mit unterdrücktem Ärger. »Ich hatte sie nur kurz auf den Nachttisch gelegt, als ich duschen ging. Alles, was ich jetzt noch habe, bewahre ich in dieser Handtasche auf und die nehme ich überall hin mit.«

Dabei hob er eine lederne Handtasche hoch und lächelte in die Runde. Erk Nielsen, der zwar immer noch seine Kopfhörer im Ohr stecken hatte, aber offensichtlich der Unterhaltung folgte, warf unvermittelt ein: »Mir hat man 100 Euro aus dem Portemonnaie gestohlen. Ärgerlich – als mir auffiel, dass ich so viel Geld bei mir hatte, wollte ich es gleich beim ersten Besuch am Nachmittag meiner Frau mitgeben – aber der Dieb war schneller.«

Es klopfte an der Tür.

»Mittagessen!«, rief eine schrille Stimme, die zu einer herrisch aussehenden Schwester gehörte, die sich nicht vorstellte, aber laut Namensschild Schwester Anette hieß.

Mit gequältem Lächeln brachte sie der Reihe nach die typischen Tabletts mit der Plastik-Warmhaltehaube und die zugehörigen Medikamente herein.

»So, Herr Hansen, Ihr Mittagsmenü, einmal Gulasch und dann noch Ihre Tablette gegen Schmerz und Schwindel«, begann sie ihre Runde und drehte sich zügig zu Hansens Gegenüber um. »Herr Schwilinski, einmal Schonkost für Sie. Tabletten gibt es erst heute Abend wieder.« »Und Herr Nielsen, einmal Ihr veganes Menü. Ich hoffe, diesmal ist alles richtig.« Nielsen grummelte zunächst etwas Unverständliches, beendete das Gemurmel aber, als er sein Essen näher begutachtet hatte, mit einem »Danke, alles wunderbar.«

Hansen deutete die Situation so, dass hier wohl einiges mit dem Essen schiefgelaufen war und es eine längere Vorgeschichte dazu gab. Er nahm sich vor, zu Hause im Lexikon noch einmal nachzuschlagen, was vegan eigentlich hieß. Als Schwester Anette bei dem letzten Bett ankam, war jeder Anflug eines Lächelns verschwunden. »Und einmal Diabetiker«, sagte sie forsch, stellte das Tablett vor Herrn von Mühlenbach ab und verließ den Raum.

Der alte Herr sah der Schwester ungerührt nach und als sich sein und Knut Hansens Blick trafen, bemerkte er lapidar: Unser Stations-Herzchen!

Bis auf Herrn von Mühlenbach aßen die Männer alle im Bett an den ausgeklappten Tischen ihrer Beistellschränkchen. Der vornehme Herr stand umständlich auf und setzte sich an den Besuchertisch, der in der hintersten Ecke des Raumes stand. Mit aristokratisch aufrechter Haltung saß er mit dem Rücken zu seinen Mitbewohnern, kramte in der großen Handtasche und holte eine Stoffserviette und ein offensichtlich selbst mitgebrachtes Besteck heraus. Dann steckte er sich die Serviette an den Kragen und begann umständlich sein Menü umzuarrangieren. Dabei murmelte er fortwährend etwas von der Würde, die man ja schließlich auch im Krankenhaus nicht aufzugeben brauche. Während dieser Prozedur sah man ihm sogar von hinten die Zeichen seines Alters deutlich an, denn er bewegte sich langsam und zittrig und als er die Ledertasche auf den Boden stellen wollte, fiel sie ihm auf den letzten Zentimetern aus der Hand und prallte scheppernd auf den Boden.

Nach dem Abendbrot sah Hansen noch etwas fern – er hätte sich den Fernseher mit seinem Bettnachbarn teilen müssen, aber Freiherr von Mühlenbach machte sich wohl noch weniger aus Fernsehen als Knut Hansen, der selbst auch nur in sehr seltenen Fällen fernsah. Er sah sich eine zweistündige Dokumentation über Segelschiffe an. Herr Schwilinksi schlief währenddessen, von Mühlenbach las Zeitung und Nielsen lag mit geschlossenen Augen auf dem Bett und hörte Musik.

Nachdem um 22.30 Uhr die Nachtschwester gekommen war, machten alle ihr Licht aus und man bemühte sich, zu schlafen.

Die Nacht war lang und unruhig. Hansen konnte sowieso nur in seinem eigenen Bett und in seinem Kinderzimmer bei Mutti auf Langeoog gut schlafen. Hier im unbequemen Krankenhausbett war daran kaum zu denken. Dazu kam das unrhythmische Geblubbere von Nielsens Sauerstoff, das kreissägeartige Schnarchen von Schwilinski und dass Freiherr von Mühlenbach wegen seines Prostata-Leidens alle halbe Stunde das Zimmer verließ, um auf Toilette zu gehen, machte die Nacht auch nicht ruhiger. Als Hansen dann endlich in einen halbwegs erholsamen Schlaf eingetaucht war, wurde die Tür aufgerissen und ein herzlos schrilles »Guten Morgen« riss alle vier Insassen zurück in die freudlose morgendliche Krankenhauswelt. Von der grellen Beleuchtung geblendet, schaute Knut Hansen ungläubig auf seine Armbanduhr und sah mit Entsetzen, dass es erst sechs Uhr morgens war.

»Da ist man einmal in seinem Leben krank und könnte ausschlafen...« grummelte er vor sich hin.

Am Vormittag wurde Schwilinski zu einer Magenspiegelung abgeholt, Nielsen musste zum Ultraschall und Herr von Mühlenbach verabschiedete sich zu seinem alltäglichen Spaziergang durch den Klinikgarten.

Hansen sah sich allein im Zimmer um und dachte: »Na ja, wollen wir mal schauen, wie gut organisiert das Krankenhausverbrechen so ist.« Lächelnd nahm er seine Armbanduhr ab und legte sie auf den Nachttisch. Dann packte er sein Duschzeug ein und verließ gutgelaunt auf seinen Krücken das Zimmer. Er ließ sich viel Zeit beim Gang zur Dusche und duschte heiß und so lange, bis das Wasser anfing, kälter zu werden. Auf dem Rückweg dachte er lächelnd: »Eine heiße Dusche ist und bleibt großartig – sogar im Krankenhaus.« Er fühlte sich frisch und ausgeruht und weil er es nicht eilig hatte, machte er noch einen Abstecher in die Cafeteria. Mit einem Kännchen Earl Grey Tee und einem leckeren Stück Mohntorte machte er es sich in einem der Korbstühle bequem. Die Sporttasche mit dem Bademantel und der alten Wäsche nahm er als Fußstütze und für rund eine Stunde vergaß er fast, dass er im Krankenhaus war.

Als Knut Hansen entspannt, sauber und gesättigt zurück in sein Zimmer kam, waren die anderen drei schon wieder da. Knut sah kurz auf den Nachttisch und rief dann mit gespielter Entrüstung: »Meine Armbanduhr ist weg!«

Im anschließenden Gespräch gaben sich seine Zimmernachbarn Mühe, Mitgefühl zu heucheln, aber doch machten alle drei deutlich, dass es ziemlich dämlich von Knut gewesen war, die Uhr auf dem Nachttisch liegen zu lassen. Knut setzte sich auf sein Bett und sagte lachend:

»Ja, ich weiß, aber diese besondere Uhr ist ein Geschenk von meinem Sohn und meiner Schwiegertochter. Was ganz Modernes ... Die hat einen GPS-Peilsender eingebaut. Ich brauche nur einen Computer und dann kann ich nachprüfen, wo die Uhr ist. Ich werde gleich nachher bei den Kindern anrufen ... die machen das dann für mich.«

Auf den Gesichtern der anderen zeichnete sich bewunderndes Staunen ab, außer auf dem von Nielsen, der schon wieder Musik hörte und der Unterhaltung nicht folgte. In diesem Moment klopfte es an der Tür. »Mittagessen!«, quakte die nörgelige Stimme von Schwester Anette. Mit forschem Schritt kam die Frau ins Zimmer und stellte die Essenstabletts auf die jeweiligen Tische.

Als sie bei von Mühlenbach angekommen war, hob dieser abwehrend die Hand und sagte: »Äh, meins können Sie gleich wieder mitnehmen, mir ist der Spaziergang wohl nicht so gut bekommen – ich werde wohl bis zum Abendessen aussetzen.«

Die Schwester würdigte den alten Herren keines Blickes und machte auf den Fersen kehrt. Sie wollte den Raum schnurstracks verlassen und stieß fast mit Kommissar Hansen zusammen, der sich auf Krücken vor der Tür postiert hatte.

»Huch, Herr Hansen, haben Sie mich aber erschreckt.« Hansen lächelte.

»Nichts für ungut, aber dieses Essen gefällt mir, glaube ich, besser als meins.«

Bevor die Frau protestieren konnte, hob Hansen die Plastikhaube des Tabletts. Auf dem Tablett stand ein Teller Erbsensuppe, ein Schüsselchen Obstsalat und daneben lag ein auffällig dickes Knäuel mit einer Papierserviette umwickelt.

»Was haben wir denn da?«, bohrte Knut Hansen mit seiner besten Ermittlerstimme und zeigte demonstrativ auf das Päckchen. Schwester Anette versuchte, möglichst überrascht zu wirken. »Das ist das Besteck.«

»Ha!«, rief Hansen. »Unser Besteck ist nicht in Servietten eingewickelt.«

Er zog mit den Fingerspitzen an einer Ecke der Serviette, sodass sich das Päckchen polternd auf dem Tablett entrollte. Dabei kamen Hansens Uhr, eine goldene Kette und einige zusammengerollte Geldscheine zum Vorschein.

»Jetzt wissen wir, wer hier sein Unwesen treibt«, triumphierte Hansen.

Die Krankenschwester wechselte einige ängstliche Blicke mit Herrn von Mühlenbach und erwog wohl, ob sie einfach weglaufen sollte. Doch in diesem Moment öffnete sich die Tür erneut und eine andere Schwester kam herein.

»Wer hat denn hier geklingelt?«

Hansen sagte gut gelaunt: »Das war ich – würden Sie bitte die Polizei rufen?

Schwester Anette und Herr von Mühlenbach möchten ein Geständnis wegen der Diebstähle abgeben.«

Während er das sagte, ging er hinüber zu von Mühlenbachs Bett, packte mit schnellem Griff dessen Handtasche und ließ den Inhalt polternd aufs Bett fallen. Dabei kamen weitere Uhren, Geldscheine und jede Menge Schmuck zum Vorschein. Resigniert schaute ihn der alte Herr an. »Ihre verfluchte neumodische Uhr – früher war das alles einfacher.«

Hansen lächelte wieder. »Ach, wissen Sie, meine Uhr ist 30 Jahre alt und das einzig Moderne daran ist, dass die Zeiger im Dunkeln leuchten. Ich habe auch weder Sohn noch Schwiegertochter. Am besten stelle ich mich noch einmal gründlich vor: Hauptkommissar Knut Hansen ist mein Name, aber weil ich krankgeschrieben bin, überlasse ich es meinen Kollegen, die bald eintreffen werden, Ihnen Ihre Rechte vorzulesen. Aah, – da kommen sie ja auch schon. Dann mache ich jetzt mal Platz und humple wieder in die Cafeteria, der Mohnkuchen ist wirklich köstlich.«

Er deutete eine theatralische Verbeugung an und alle Anwesenden, ausgenommen das Diebespaar, applaudierten lachend. Als er einen letzten Blick auf Herrn von Mühlenbach warf, deutete dieser an, den Hut zu ziehen und sagte lächelnd: »Chapeau, Herr Kommissar, gut gespielt.«

Ganz anders verhielt sich Schwester Anette. Mit zusammengekniffenen Augen und gekreuzten Armen starrte sie reglos gegen die Zimmerwand.

»Es gibt eben gute Verlierer und schlechte …«, dachte der Kommissar, als er auf seinen Krücken den Flur entlang in Richtung Cafeteria schlenderte.

Hansen wurde tags darauf entlassen, war aber noch eine gute Woche krankgeschrieben. Sein Kollege Olaf Köppcke besuchte ihn zuhause und erzählte ihm vom Ablauf der Ermittlungen. Der verarmte Adlige von Mühlenbach war aus der Not heraus zum Trickbetrüger geworden. Hauptsächlich brachte er ältere reiche Witwen um ihr Vermögen. Als er jedoch zunehmend öfter ins Krankenhaus musste, suchte er auch dort nach einer lukrativen Beschäftigung. Noch auf der Suche nach einem Komplizen erwischte er Schwester Anette dabei, wie sie seine Uhr stibitzen wollte. Sie war zwar eine äußerst unangenehme und verbitterte Person, passte aber hervorragend zu seinem Vorhaben. Mit viel Charme und etwas Erpressung hatte der 30 Jahre ältere Charmeur keine Schwierigkeiten, die Krankenschwester um den Finger zu wickeln und so arbeiteten sie als Paar sehr erfolgreich zusammen. Abwechselnd stahlen die beiden alles, was nicht niet- und nagelfest war und da das Personal generell eher verdächtigt wird als nette Senioren, sammelten sie das Diebesgut in von Mühlenbachs Tasche. Als Köppcke seinen Bericht abgeschlossen hatte, schloss Hansen: »Ja, so hatte ich mir das vorgestellt ... Die Schwester hat ihn einfach zu deutlich nicht beachtet, das war mir gleich aufgefallen. Und dann dieses umständliche Essensritual, die Tasche, die schepperte, als sie auf den Boden fiel und, und, und ... Alles nur vage Mutmaßungen, aber ich dachte, ich riskiere mal meine olle Uhr und guck, wohin es führt. Die Geschichte mit dem GPS-Sender hat dem guten Mann offensichtlich einen Heidenschrecken eingejagt und er war überzeugt, schnell handeln zu müssen.«

Lächelnd goss er beiden noch eine Tasse Tee ein. »Willst du ein Stück Mohnkuchen, Köppcke? Der ist lecker ... habe ich mir in der Klinik einpacken lassen.«

DIEBSTAHL AN DER UNI

Knut Hansen hatte an diesem herrlichen Sommertag in Schilksee, dem nördlichsten Stadtteil von Kiel, zu tun und nachdem nun die Arbeiten erledigt waren, beschloss er seine Mittagspause am Falckensteiner Strand zu verbringen. Er parkte seinen Dienstwagen auf dem Parkplatz beim Deichweg, stieg aus und schlenderte die Treppe hoch, die über den kleinen Deich verlief. Oben angelangt ging ihm sein Herz auf. Der Blick über die Kieler Förde an diesem sonnigen Tag bei strahlend blauem Himmel und einer sanften Brise war ganz nach seinem Geschmack. Er schlenderte ein Stück den Strand entlang und kaufte sich im Bistro beim Minigolfplatz ein Eis. Auf dem Rückweg zog er sich die Schuhe aus und ging barfuß im Sand. Schlagartig fühlte er sich zurückversetzt in seine Kindheit auf Langeoog. Er sog die salzige Seeluft mit vollen Zügen ein und leckte verträumt an seinem Erdbeereis. Er beschloss, dieses Gefühl ein Weilchen festzuhalten, setzte sich in den warmen Sand, machte die Augen zu und ließ sich die warme Sonne ins Gesicht scheinen, so dass kleine Lichtflecken hinter seinen Augenlidern flackerten. Um ihn herum spielten Kinder, die Möwen kreischten und nur ganz leise waren die Autos von der nicht allzu weit entfernten Schnellstraße zu hören. Als das Eis anfing über seine Finger zu laufen, erwachte er aus seiner Träumerei, leckte sein Eis hastig rundherum ab und machte sich auf den Weg zurück zum Parkplatz.

Der Wagen war brütend heiß, deshalb kurbelte er die Fenster herunter als er den staubigen Parkplatz verließ und Richtung Friedrichsort davonfuhr. Zwischen seinen Zehen fühlte er in den Socken noch den feinen Strandsand hin und her rieseln – das brachte ihn zum Schmunzeln und er pfiff fröhlich vor sich hin. Als er dann das Radio einschaltete, lief auf dem Oldie Kanal Radio Nora, der alte

Elvis-Klassiker »Love Me Tender«. Der Kommissar sang lauthals mit.

Er war gerade auf den Westring eingebogen und sang aus vollem Halse den letzten Refrain, als das Funkgerät sich meldete.

Es war seine Kollegin Verena Beck, die Dienst in der Telefonzentrale hatte: »Krks ... krks ... an alle: Einbrecher in der Universität – ... Krks... Eingang Olshausenstraße 62 ... krks ... krks ... Eine Sekretärin aus dem Nachbargebäude meldet einen Mann in einer auffälligen roten Jacke, der sich an einer verschlossenen Schublade zu schaffen macht. Die Zeugin meint, das müsste das Abteilungsbüro Zimmer 304 sein – Sie ist sich aber nicht sicher ... Das ist in der Abteilung für Mathematik und Naturwissenschaften im dritten Stock ... krks ... krks.«

Hansen drückte auf den Gegensprechknopf und antwortete jovial: »Hallo Verena! Knut hier, ich steh direkt vor der Tür – vielleicht krieg' ich den Schlingel ja sogar noch.«

Die Antwort kam umgehend: »Krks, Krks ... ja gut, aber mach mal langsam Knut ... Verstärkung ist unterwegs ... Krks.«

Hansen antwortete lachend: »Ja, Mama!« Er kannte die Polizistin schon seit ihrer Ausbildung vor über 15 Jahren und sie hatten von Anfang an einen guten Draht zueinander. Mit quietschenden Reifen kam der Wagen vor dem Eingang der Universität zum Stehen. Hansen sprang aus dem Wagen und lief auf den Eingang zu. Die Eingangstür war leichtgängiger als er es erwartet hatte und knallte laut gegen den Türstopper. Mit gemischten Gefühlen trat der Polizist in den Flur der Universität.

Der Flur war lang und neonbeleuchtet. Weit und breit war niemand zu sehen. Als er am Ende des Ganges das Treppenhaus ausmachte, lief er zügig darauf zu. Er wusste aus Erfahrung, dass es vermutlich schon zu spät war, aber in diesen modernen Zeiten, in denen fast jeder überall ein

Handy dabeihatte, passierte es immer häufiger, dass die Meldekette schneller als der Täter war und man sich am Tatort noch in die Arme lief. Daher war Knut leicht angespannt, als er die ersten Stufen im Laufschritt nahm. Ihm ging einiges durch den Kopf: Das Protokoll sah vor, dass er auf Verstärkung zu warten hatte, denn schließlich konnte ein in die Enge getriebener Dieb eine nicht zu unterschätzende Gefahr darstellen. Knuts Bauchgefühl sagte ihm aber, dass es sich hierbei um normale Uni-Kriminalität handelte. Universitäten waren ein Pfuhl für Diebstähle jeder Art. Im Kollegium war es immer wieder Anlass für alle möglichen Späße, wie viel ausgerechnet an der Uni gestohlen wurde. Und dabei handelte es sich um eine ganz eigene Art von Beschaffungskriminalität, nämlich im wahrsten Wortsinn; es wurde quasi einfach alles geklaut, was Studenten in ihrem Alltag so gebrauchen konnten: Toilettenpapier, Putzutensilien, Lebensmittel aus der Mensa, Möbel, Tabletts, Toilettensitze und, und, und. Knut war sich sicher, dass auch dieser Diebstahl in diese Richtung ging. Durch diese Gedanken etwas abgelenkt, stieß er mitten im Lauf oben am Treppenabsatz des dritten Stocks mit einem entgegenkommenden Mann zusammen. Beide Männer hatten Mühe, einem Sturz aus dem Weg zu gehen.

»Holla!«, rief Hansen.

Sein Gegenüber war ein Mann in einem Tweed-Jackett, ungefähr 35 Jahre alt, mit dunkelblonden Haaren und Vollbart. Ein Namensschild wies ihn als Prof. Dr. Martin Hastedt aus. Er wirkte völlig überrumpelt: »'Tschuldigung, hab' Sie gar nicht gesehen.«

Knut winkte ab. »Ach was, da gibt's gar nichts zu entschuldigen, ich bin ja in Sie reingelaufen. Knut Hansen mein Name – ich bin auf der Suche nach Zimmer 304 – eine Sekretärin im Nebengebäude hat vor wenigen Minuten gemeldet, einen Dieb beobachtet zu haben. Können Sie mir sagen, wo das ist?«

Der Mann machte große Augen. »Ein Dieb? Um Himmels Willen! 304? Das ist gleich hier um die Ecke! Kommen Sie, ich führe Sie hin. Meine Güte, das ist ja beängstigend.«

Gleich die zweite Tür auf dem Etagenflur war mit 304 beschriftet und stand offen. Das Abteilungsbüro war leer und offensichtlich durchwühlt worden. Schubladen lagen auf dem Boden und eine abschließbare Sicherheitsschublade hing ramponiert an ihrer Halterung. Knuts Anspannung wich von ihm ... der Täter war weg – ab jetzt war alles reine Routine. »Tja, das war wohl nix!«, seufzte er, nicht überhörbar mit leicht enttäuschtem Unterton.

Der Professor runzelte plötzlich die Stirn. »Warten Sie mal – ich glaube, ich habe den Mann gesehen – eben als ich auf dem Weg nach oben war, ist er mir entgegengekommen. Ein junger, gutaussehender Kerl in einer roten Jacke trug ein paar Sachen die Treppe runter. Er wirkte völlig ruhig und kein bisschen auffällig, daher habe ich ihn gar nicht beachtet. Wenn Sie ihn beim Eingang nicht gesehen haben, dann ist er vermutlich über einen der hinteren Ausgänge über das Uni-Gelände verschwunden. Na, das ist ja wohl Pech.« Er blickte etwas fahrig auf die Uhr. »Ich muss jetzt aber leider los, ich habe einen wichtigen Termin.«

Hansen überblickte geistesabwesend den Tatort und bedeutete dem Professor, nicht zu gehen. »Moment noch – ich brauche noch einige Daten von Ihnen.« Er holte den kleinen, ledergebundenen Notizblock aus seiner Jackentasche und drehte sich zum Zeugen um. »Also – ich fasse mich kurz, Ihre ausführliche Aussage können Sie auch später auf dem Revier machen, wenn wir das für nötig halten sollten, was ich allerdings nicht glaube. Also nur kurz: Ihr Name und Ihre Adresse?« »Äh, Martin Hastedt ... Niemannsweg 170.«

»Niemannsweg 170 …«, wiederholte Hansen. »Telefon?«
Der Professor nahm eine betont ungeduldige Haltung
an. »Siebzehn-zweiundfünfzig-elf, Kieler Vorwahl, hören
Sie – kann ich jetzt los? Ich bin wirklich sehr in Eile.«
Knut winkte ab. »Ja, ja, sofort – eine kurze Zusammen-
fassung will ich mir noch notieren: Sie arbeiten hier?«
Sein Gegenüber wurde langsam hektisch. »Ja, ich bin
hier Dozent für Mathematik und außerdem arbeite ich hier
in der Forschung an einer wichtigen wissenschaftlichen
Untersuchung, weswegen ich jetzt dringend zu einem Ter-
min mit meinen Kollegen müsste … «
Knut unterbrach ihn: »Moment noch, … geht ja gleich los.
Also: Sie haben den Täter gesehen, als Sie auf dem Weg
nach oben waren? Und Ihre Beschreibung war: Jung,
gutaussehend, rote Jacke, richtig? Können Sie etwas zu
Haarfarbe und Frisur sagen?«
Der Professor atmete tief ein: »Hmm, blond oder hell-
braun, schulterlange Haare. Ich glaube, er hatte eine Brille
auf, bin mir aber nicht sicher. War's das?«
Knut ließ sich nicht hetzen. »Ja sofort … Sie sagten, der
Mann trug ein paar Sachen. Was genau? Beutel, Sack, Tasche?«
Der Professor lockerte seine Haltung, anscheinend hatte
er eingesehen, dass er den Vorgang nicht beschleunigen
konnte. Dann nahm er die betont trotzig-lässige Haltung
an, die Hansen aus anderen Vernehmungen nur allzu gut
kannte: Wer selbst beraubt wurde, war meist höflich zu
den Polizisten, aber bei Zeugenbefragungen kam man sich
oft vor, wie ein unerwünschter Kontrolleur. Offenbar hatten viele Leute eine unbewusste Angst, ihnen könne bei einer solchen Befragung herausrutschen, dass sie bei der
letzten Steuererklärung gemogelt haben oder sonst was.
Der Mann steckte beide Hände in die Taschen seiner Cord-
hose und atmete resigniert tief ein und schaute betont

gelangweilt auf seine Turnschuhe. »Nein, keine Beutel – es war viereckig. Eine Kiste oder so.«

In diesem Moment klingelte Hansens Dienst-Handy. Es dauerte etwas, bevor er es aus der Tasche seiner Jeans hervorgeholt hatte. »Ja, Hansen hier?« Gleichzeitig aus dem Telefon und von unten aus dem verhallten Erdgeschoss hörte er die Stimme seines Kollegen Olaf Köppcke.

»Hallo Chef, Köppcke hier – wo sind Sie denn? Sie sollen doch warten!«

Hansens Mundwinkel wanderten nach oben, wie immer, wenn er auf seinen langjährigen Freund und Kollegen traf – irgendwie übte der Mann einen beruhigenden Eindruck auf ihn aus. »Hallo Köppcke, Treppe rauf, dritter Stock, schließe gerade die Zeugenvernehmung ab.« Er steckte das Telefon wieder ein und wandte sich an sein Gegenüber. »So, Herr Hastedt – ich denke das reicht erstmal. Wir haben ja Ihre Adresse.«

Hastedt war sichtlich erleichtert. »Na wunderbar! Wissen Sie, wir sind gerade in einer komplizierten Berechnung, die uns auf unserem Gebiet ganz neue Möglichkeiten erschließen wird. Mit etwas Glück bekomme ich dafür den Mathematik-Nobelpreis. Also dann ... Auf Wiedersehen.«

Mit diesen Worten deutete er einen Abschiedsgruß an und setzte sich in Richtung Treppenhaus in Bewegung. Hansen ging ihm ruhig hinterher. Als der Mann ungefähr auf der Hälfte des Treppenabsatzes angelangt war, klappte Hansen seinen Notizblock noch einmal auf, warf einen Blick hinein und rief: »Herr Hastedt, warten Sie! Ich kann meine Schrift hier nicht lesen. Die Adresse Königsweg 150 war richtig?«

Der Professor drehte sich um. »Was, äh ja, das ist richtig!«

Hansen lächelte den Mann an: »Das ist ja komisch, vorhin war es noch der Niemannsweg 170 und wissen Sie was?« Hier ließ er eine dramaturgische Pause. »Es gibt gar keinen Mathematik-Nobelpreis.«

Auf dem Gesicht des Angesprochenen zeigte sich Entsetzen. Nach einem letzten kurzen Blickkontakt mit dem Kommissar drehte er sich ruckartig um, übersprang vier Stufen und begann einen schnellen Sprint die restliche Treppe hinunter. Dabei trat er sich schon bei den ersten Schritten selbst auf den eigenen Schnürsenkel und legte einen filmreifen, unglaublich schmerzhaft aussehenden Sturz hin. Köppcke sammelte ihn unten ein und legte ihm auf Zuruf seines Vorgesetzten Handschellen an

Michael Vogelmeier, Langzeitstudent und dauerpleite, lag mittlerweile den vierten Tag im Zimmer 308 des Städtischen Krankenhauses. Er hatte sich beim Sturz auf der Unitreppe beide Beine, eine Rippe und das Handgelenk gebrochen. Seine Laune war zwar nicht gerade rosig, aber irgendwie war er auch froh, dass es vorbei war. Seine Karriere als Kleinkrimineller hatte harmlos angefangen. Aus chronischer Geldnot hatte er zunächst ab und zu Kleinigkeiten für den Eigenbedarf an der Uni gemopst. Toilettenpapier, Papiertücher, Bestecke, Gläser aus der Mensa und so weiter. Dabei hatte er mitbekommen, wie schwerfällig ein so riesiger Komplex wie eine Universität funktionierte, und auch wie einfach es war, dieses System zu unterwandern. Nach einiger Zeit hatte er die Gewohnheiten der Sekretärinnen und anderer Mitarbeiter durchschaut und bewegte sich innerhalb der nicht öffentlichen Bereiche innerhalb des Areals immer selbstbewusster. Irgendwann fand er fast zufällig eine offene Portokasse mit 200 Euro in einem der Büros und mit diesem ersten schnellen Geldveränderte er sich zu einem richtigen Kriminellen und es gab kein Zurück mehr.

Am Tag seiner Festnahme hatte er durch einen Kommilitonen erfahren, dass im Fachbereich Mathematik zurzeit täglich große Nachnahme-Lieferungen per Post ankamen und dass in der Portokasse mehrere hundert Euro liegen mussten. Das war dann sein letzter Coup.

Dabei hatte sein Studium ganz erfolgversprechend begonnen. Er hatte angefangen, Psychologie zu studieren und wohnte zu Hause bei seiner Mutter. Im dritten Semester erlitt seine Mutter einen Schlaganfall und wurde zum Pflegefall. Bei der Durchsicht ihrer Unterlagen hatte er festgestellt, dass sie über die Jahre Versandhausschulden in horrender Höhe angehäuft und die Miete schon seit Monaten nicht mehr bezahlt hatte. Ab da ging es kontinuierlich bergab. Er musste ausziehen, sich ein Zimmer im Wohnheim nehmen, sich um die Belange seiner Mutter kümmern, nebenbei jobben und so zogen die Jahre ins Land.

Seine Mutter war mittlerweile verstorben und er hatte zwar keine Schulden mehr, aber irgendwie war der Antrieb verloren gegangen und der Alltag bestand nur noch aus über die Runde kommen. Jetzt lag er hier, mit gebrochenen Knochen und diversen Strafanzeigen wegen Diebstahls und Sachbeschädigung am Hals. Die Polizei hatte bei ihm im Wohnheim alle möglichen Gegenstände gefunden -unter anderem einen Toilettensitz-, die sich eindeutig den Universitätsdiebstählen der letzten Jahre zuordnen ließen. Nichtsdestotrotz fühlte er sich so gut wie schon lange nicht mehr. Er hatte das Gefühl, er wäre aus einem langen Traum gerissen worden und in den letzten Tagen war in ihm die Gewissheit gereift, dass er von nun an ein neues Leben führen würde.

Er hatte gerade sein Frühstück beendet, da klopfte es an der Tür. Sein Bettnachbar war heute entlassen worden, daher war er etwas überrascht. »Herein?«

Die Tür öffnete sich und Knut Hansen trat ein. Er hatte einen Geschenkkorb in der Hand und wirkte etwas verlegen.

»Kommissar Hansen! Na, das ist ja eine Überraschung, kommen Sie rein. Was verschafft mir die Ehre?«

Der Polizist stellte den Korb auf den Beistelltisch, schaute auf seine Armbanduhr und sagte erklärend: »Ich wollte eigentlich schon früher kommen ... Ich muss auch gleich weiter ... ähm, diese Körbe hier verkaufen sie in meinem Teeladen, da sind allerhand Teesorten drin und Schokolade und so ... ich dachte, Blumen wären vielleicht etwas komisch.«

Vogelmeier musste lachen. »Danke, das ist ja sehr nett ... aber nochmal zu meiner Eingangsfrage: Was genau treiben Sie hier?«

Knut lachte jetzt auch. »Naja – Herr Vogelmeier. Ich fühlte mich irgendwie schlecht und hatte das Gefühl, dass Sie nicht zuletzt meinetwegen gestürzt sind. Ich hätte Sie ja gar nicht erst zur Treppe gehen lassen müssen ... ist eine Marotte von mir, dass ich meine Fälle immer gern mit ein bisschen Columbo-Knalleffekt löse.«

»Tja, Herr Kommissar, das ist Ihnen gelungen – da haben Sie mich Edgar-Wallace-mäßig überführt ... und das nur wegen der blöden Bemerkung mit dem Nobelpreis – aber, dass es ausgerechnet einen Mathe-Nobelpreis nicht gibt, kann ja keiner ahnen ... abgesehen von Sherlock Hansen!«

Hansen winkte lachend ab. »Ach was – das war reines Zufallswissen – es gibt da nur so eine Anekdote, dass die Lebensgefährtin von Nobel eine Affäre mit einem Mathematiker gehabt haben soll ... Aber egal, das war ja auch nicht das Einzige, was mich auf die Idee vom »falschen Professor« brachte.«

Vogelmeier runzelte die Stirn. »Ach nein? Jetzt bin ich aber neugierig – was war denn noch?«

Hansen fuhr fort: »Also, das Erste, was mir auffiel war, dass Sie die Kiste, die der angebliche Dieb trug, mit viereckig beschrieben – ich hatte als Kind einen Mathe-Lehrer, der mir ein Stück Kreide an den Kopf geworfen hat, weil ich gesagt hatte, ein Würfel habe vier Ecken. Ich glaube, ein Mathematiker hätte »quadratisch«, »würfelförmig« oder wenigstens »achteckig« gesagt, aber nicht »viereckig« ... naja, und dann hatten Sie Turnschuhe an, was mir irgendwie unprofessorenhaft schien ... letzten Endes gehört auch noch ein gutes Stück Intuition dazu – aber den Ausschlag hat wirklich die Nobelpreis-Sache gegeben. Als mein Kollege mich von unten anrief und ich seine Stimme aus dem Erdgeschoss hören konnte, dachte ich mir, dass mich der Dieb vermutlich gehört hat, als ich unten so lautstark durch die Tür gepoltert bin. Dass Sie sich dann im Nebenzimmer schnell ein Jackett übergeworfen und Ihre rote Jacke unter den Müll im Mülleimer versteckt haben, war eine gute Idee und hätte auch fast dazu gereicht, mich zu täuschen ... Wie dem auch sei: Sie hatten halt Pech.«

Vogelmeier lachte: »Nein, Herr Kommissar – ich hatte Glück!

Beide Männer lachten und unterhielten sich noch eine Weile, bis Hansen wieder zum Präsidium zurückfuhr, um seinen Bericht zu verfassen.

PUPPENKLAU AUF DER OSTSEE

Knut Hansen grinste wie ein Honigkuchenpferd. Es war sein erster Urlaub seit langem und er war dabei, sich einen lang gehegten Wunsch zu erfüllen: eine Fahrt mit der Stena Line nach Göteborg und zurück. Er hatte gerade eingecheckt und schlenderte mit seinem uralten Reisekoffer durch den gläsernen Tunnelaufgang zur Stena Germanica, einem imposanten Ungetüm von einem Schiff. Dort angekommen, machte er sich zunächst auf die Suche nach seiner Kabine. Er hielt eine Schlüsselkarte aus Papier in der Hand und suchte nach seiner Kabinennummer – unterschiedliche Farben kennzeichneten zwar die verschiedenen Treppenaufgänge, aber es dauerte doch etwas, bis er den Aufbau des Schiffes durchschaut hatte. Als er seine Kabine gefunden hatte, steckte er die Karte ein und konnte sich einiger nostalgischer Erinnerungen an den guten alten Schlüssel nicht erwehren. Es machte kurz klick, ein grünes Lämpchen leuchtete und schon stand er in seiner Kabine. Es war eine schlicht eingerichtete Kabine mit zwei Klapp-Betten, von denen nur das untere aufgeklappt war.

Knut Hansen war nicht daran gewöhnt, sich Zimmer zu mieten; das letzte Mal, dass er eine längere Fährfahrt gemacht hatte, war über 30 Jahre her und da hatte er mit Fremden zusammen in einer dunklen 4-Bett-Kajüte in der Nähe des Schiffsmotors geschlafen. Daher beeindruckten ihn all die glänzenden Oberflächen, die Seifenspender, die Handtücher und das Fernsehgerät. Aber er konnte es auch kaum abwarten, endlich an Deck zu kommen, denn er liebte den Hafen der Stadt und das Meer im Allgemeinen.

Er hatte in den letzten Jahren jede Sekunde genossen, die er fernab seines Arbeitsalltags am Wasser verbringen konnte und doch hatte es sich nicht ergeben, dass er auch nur einmal auf einem der großen Fährschiffe nach Skandinavien gefahren war. Nun brannte er darauf, von Anfang an oben im Wind zu stehen. Er ging über den roten Treppenaufgang nach oben und fand sich bald vor einer der schweren Außentüren wieder. Er atmete noch einmal tief durch und betrat das Außendeck. Auch hiervon war er stark beeindruckt – nichts erinnerte hier an die Inselfähren, die er aus seiner Kindheit auf Langeoog bestens kannte. Statt freudloser weißer Kunststoffbänke gab es hier edle Holzsitzbänke und -tische. Überhaupt war Holz hier das vorherrschende Element. Er kam an einem Loungebereich vorbei, an dem Getränke und frisches Grillfleisch angeboten wurden. Er hatte schon gegessen, deshalb konnte ihn der verführerische Grillgeruch nicht verlocken. Er gönnte sich aber ein Bier und fragte sich kurz darauf, wann er das letzte Mal Bier getrunken hatte. Mit dem Glas in der Hand schlenderte er weiter und umrundete das Deck mehrmals, bis er glaubte, alles gesehen zu haben. Dann suchte er sich einen Platz, von dem aus er gemütlich auf die Förde schauen konnte.

Er fühlte sich wie ein König, sog alle Eindrücke in vollen Zügen auf und ärgerte sich nur ein kleines bisschen, dass er sich diesen Traum nicht schon viel früher erfüllt hatte. Von hier oben wurde einem erst richtig bewusst, wie groß diese Fähren eigentlich waren. Er konnte auf viele Gebäude herabsehen, die er sonst nur aus der Froschperspektive kannte. Aufgeregt erwartete er das Ablegen des Schiffes und dann ging es auch los: Ein sanftes Vibrieren durchzog den stählernen Koloss und kurze Zeit später war eine sanfte Bewegung zu spüren. Knut beobachtete staunend die sich bewegende Hafensilhouette, die bewies, dass das Schiff zwar noch rückwärts, aber nichtsdestotrotz wesentlich zügiger fuhr, als es sich anfühlte. Donnerwetter, dachte der Hauptkommissar und wiederholte diesen Gedanken mehrfach leise: »Donnerwetter .... Dooooonnnerwetter«.

Der Abend war wunderschön und es stand kaum eine Wolke am Himmel. Hansen trank gelegentlich einen Schluck Bier und leckte sich dann gedankenverloren den herben Schaum von den Lippen. Die Aussicht war ganz nach seinem Geschmack. Kurz außerhalb des Hafens wendete das Schiff und nahm volle Fahrt auf. Der Fahrtwind kühlte angenehm und Hansen freute sich über den ungewohnten Ausblick. Nachdem die etwas weniger schönen Werftanlagen passiert waren, hatte man einen prachtvollen Blick auf den Ostuferbereich, der von Kiel bis Wendtorf durchgehend als touristischer Rad- und Wanderweg angelegt und daher etwas malerischer als das gegenüberliegende Ufer war.

In regelmäßigen Abständen folgten die kleinen Strandanlagen, Bootshäfen und Fähranleger der Kieler Vororte und der Kommissar hätte Schwierigkeiten gehabt, sie alle aus dieser Perspektive richtig zuzuordnen, wenn er nicht die Reihenfolge der jeweiligen Orte im Kopf gehabt hätte: Erst kam der Wellingdorfer Yachthafen, die Dietrichsdorfer Hafenanlage in der Mündung der Schwentine, der Mönkeberger Strand und dann ‚Möltenort', der Uferbereich von Heikendorf mit dem U-Boot Ehrenmal, einer 15 Meter hohen Gedenk-Säule mit einem riesigen bronzenen ... Hansen erschrak: Der Adler war weg! Dann fiel es ihm wieder ein: Der Adler war aus Sicherheitsgründen abmontiert worden, weil irgendetwas an der Säule stabilisiert werden musste. Er hatte es vor einem Monat in der Zeitung gelesen. Während er noch darüber nachdachte, fiel sein Blick auch schon auf das Laboer Marine-Ehrenmal, das jetzt groß hinter dem Promenadenbereich des Kurortes zu sehen war.

Als er die vielen Menschen am und um den Laboer Strand sah, dachte er bei sich, dass er dort auch dringend mal wieder einen Spaziergang machen wollte ... fast automatisch kam ihm dabei der Gedanke an Krabbenbrötchen in den Kopf und er leckte sich die Lippen. »Mmmh, Krabbenbrötchen«, sagte er laut in Richtung des alten Marine-U-Bootes, das direkt vor dem Ehrenmal am Strand besichtigt werden konnte und nun vor seiner Nase vorüberzog.

»Ihhh, Krabbenbrötchen sind ekelig«, kam ein piepsendes Stimmchen von rechts.

Knut Hansen sah zur Seite und da stand ein kleines Mädchen, um die acht Jahre alt, und schaute ihn keck an. Knut Hansen sah sofort, dass sie bis eben geweint hatte, wollte sie aber zunächst einmal nicht darauf ansprechen. Deswegen antwortete er nur trocken: »Nee, Krabbenbrötchen sind was Feines.«

Das Mädchen verzog das Gesicht zu einer angeekelten Fratze. »Igittigitt, bah! Krabben sehen aus wie rosa Würmer! Das sagt auch Jan, mein großer Bruder.«

Knut lächelte. »Dann hat dein Bruder keine Ahnung, die sehen vielmehr aus wie rosa Maden.«

Das Mädchen schüttelte sich vor gespieltem Ekel und lachte dabei aus vollem Herzen ein herzerwärmendes Kinderlachen. Dann streckte sie dem Kommissar die Hand entgegen, machte einen kleinen Knicks und sagte: »Ich bin Anna und wie heißt du?«

Knut mochte das Mädchen auf Anhieb, er schüttelte ihr sanft das kleine Händchen und stellte sich mit einer angedeuteten Verbeugung vor: »Ich bin Knut. Und? Bist du allein nach Schweden unterwegs?«

Wieder gluckste sie kichernd und sagte dann mit gespielter Entrüstung: »Ich bin erst sieben! Wir machen eine Klassenfahrt von dem Geld, das wir beim Zahnpflegewettbewerb gewonnen haben. Unsere Lehrer sind da hinten. Wir dürfen hier oben auf dem Schiff herumlaufen, wie wir wollen. Wir dürfen nur nicht allein ins Schiff zurückgehen.«

Knut sah sich um und sah auf dem Deck verteilt eine Menge Kinder herumlaufen und in der Richtung, in die

Anna zeigte, standen zwei Erwachsene mit einer kleinen Ansammlung von Kindern und unterhielten sich. Knut wollte es jetzt wissen: »Du, Anna?« Anna legte den Kopf schief. »Ja?«

»Warum hast du geweint?«

Jetzt biss sie sich auf die Unterlippe und sah ihn aus zusammengekniffenen Augen an. »Ich habe ein Geheimnis. Wenn ich dir das verrate, hältst du dann dicht?«

Knut hob lachend die Hand. »Ich schwöre! Schieß los.«

Das Mädchen zog schniefend die Nase hoch und setzte sich in Bewegung. »Komm mit! Das soll keiner hören ... vor allem nicht die doofen Jungs.« Hansen folgte ihr und sie schlenderten gemeinsam an der Reling entlang. »Ich werde erpresst! Meine Sarah ist entführt worden!«

Hansen hatte Mühe, ernst zu bleiben: offensichtlich war es dem Mädchen sehr wichtig und er wollte sie nicht verletzen, indem er lachte. Sie sprach weiter und langsam mischte sich ein zittriger Unterton in ihre Stimme. »Sarah ist meine Puppe! Die ist ganz wertvoll, die hat schon meine Oma gehabt und dann meine Mama und jetzt ich.« Da kullerten ihr wieder einige Tränen aus den Augen. »Als ich vom Klo wiederkam, lag sie nicht mehr bei meiner Tasche und da war nur das da!« Sie holte einen zerknüllten Zettel aus der Tasche und gab ihn Knut. Es war eine karierte Heftseite und darauf stand in krakeliger, etwas verwischter Handschrift:

Ich habe deine blöde Puppe! Ich werde sie über Bord werfen und ihr den Kopf abreißen, wenn du mir nicht alle deine Süßigkeiten in einer Tüte hinter dem Mülleimer bei der gelben Treppe hinterlässt. Versuch keine Tricks! Du bist nur ein kleines Mädchen, aber ich bin schon groß! Sag nichts deinen Lehrern, sonst fliegt das hässliche Ding ins Meer!
Der rote Rächer

Knut bemerkte sofort, dass die Schrift an einigen Stellen von links nach rechts verschmiert war. Anna war stehengeblieben und weinte jetzt stärker. Sie waren bei einer der Zwischentreppen angelangt, die die beiden Außendeck-Ebenen miteinander verbanden. Das Mädchen wollte sich gerade schluchzend an einen Feuerlöscher-Kasten lehnen, als Knut sie festhielt.

»Achtung, Schokolade!« sagte Knut und da sah sie auch die schmierigen Schokoladenstreifen an dem Kasten. Sie sah auf ihr weißes Kleid und lächelte ihn mit tränenglänzenden Augen an.

»Auweia, das wär' beinahe was geworden!« Sie kehrten um und schlenderten zurück. Sie erzählte weiter und augenblicklich flossen die Tränen auch wieder. »Ich hab' eine große Naschitüte mit Gummibärchen und so mit ... weil: Ich hab morgen Geburtstag! Und da will ich das Naschi an alle verteilen, aber dann krieg ich meine Puppe nicht wieder! Und außerdem ... außerdem ...« Sie schniefte einmal lautstark. »Außerdem gibt es hier gar keine gelbe Treppe! Nur Braun und Lila und Grün und Türkis und Rot. Was soll ich denn jetzt machen? Am liebsten würde ich die Polizei rufen!«

Knut klopfte ihr auf die Schulter: »Weißt du was, Anna? Ich bin von der Polizei. Ich bin Hauptkommissar Knut Hansen und ich werde dir helfen, den Gauner zu finden.«

Sie schaute ihn mit großen, ungläubigen Augen an. »Ehrlich? Aber wie soll das gehen? Hier sind so viele Menschen auf dem Schiff, das sind bestimmt über ...« Sie überlegte kurz. »... hundert!«

Knut winkte ab. »Ich glaube, das wird gar nicht so schwierig. Komm, wir schauen uns den Brief noch einmal an. Da hat uns der Täter nämlich schon eine Menge über sich verraten. Lies doch mal vor – ich zeige dir jetzt, wie man Verbrecher-Spuren liest: Du musst auf jede Kleinigkeit achten.« Anna hatte sich wieder gefangen und schien jetzt optimistisch zu sein, dass alles gut werden wird. Mit fester Stimme las sie vor: »Ich habe deine blöde Puppe! Ich werde sie über Bord werfen und ihr den Kopf abreißen, ...«

Knut Hansen hob die Hand. »Stopp! Guck mal: er findet deine Puppe blöd. Daraus können wir vielleicht schließen, dass er dich und deine Puppe schon länger kennt ... ein völlig Fremder hätte wahrscheinlich nur geschrieben ‚Ich habe deine Puppe' – aber lies weiter.« Sie sah ihn skeptisch an und las weiter: »Wenn du nicht alle deine Süßigkeiten in einer Tüte hinter...«

Hansen rief wieder dazwischen. »Ha! Der Täter weiß also, dass du zufällig viele Süßigkeiten dabeihast. Wer könnte das wissen?« Anna runzelte die Stirn und legte den Zeigefinger auf die Lippe. »Hmmm ... alle in meiner Klasse eigentlich, wir haben auf der Hinfahrt im Bus darüber geredet.« Der Hauptkommissar lächelte sie aufmunternd an. »Siehst du – jetzt ist es gar nicht mehr ein ganzes Schiff voller Verdächtiger, sondern nur noch ein Bus. Wie viele seid ihr denn?«

Sie musste etwas überlegen, bevor sie antwortete: »Also wir sind, glaube ich, 24 in der Klasse und die zwei Lehrer ... Celine ist krank und Tobias durfte nicht mit ... also 22 Kinder und zwei Lehrer. Aber warte mal: Hier steht doch auch noch, Du bist nur ein kleines Mädchen, aber ich bin schon groß!' – dann kann es doch nur ein Lehrer sein?«

Knut lachte. »Gut kombiniert, aber wenn wir etwas über Verbrecher wissen, dann das Eine: Die lügen wie gedruckt. Und außerdem würde ein erwachsener Verbrecher nicht extra in seinem Brief schreiben, dass er erwachsen ist ... Wenn unser Täter also betont, schon groß zu sein, ist er es in Wirklichkeit mit Sicherheit noch nicht. Ich gehe sogar noch weiter: Ich wette meinen Hut, dass er für sein Alter nicht besonders groß ist.«

Anna strahlte. »Du meinst, er gibt damit an, weil er gern größer wäre?«

»Du hast es erfasst!«, antwortete er. Langsam wurden die beiden euphorisch.

Das Mädchen warf wieder einen Blick auf den Zettel, gedankenverloren redete sie vor sich hin:

»... Was steht da denn noch? Hmm ... die Sache mit der gelben Treppe und dass ich es nicht den Lehrern sagen soll ... Er muss aus meiner Klasse sein! Ein Fremder würde doch denken, dass ich mit meinen Eltern hier wäre. Dann noch die Unterschrift ‚der rote Rächer' ... dann ist es auf jeden Fall ein Junge oder was glaubst du? Kann das auch geflunkert sein?«

Knut war beeindruckt, die Kleine war eine richtige Spürnase. »Ich glaube wirklich, dass es ein Junge ist ... ich habe die Erfahrung gemacht, dass Verbrecher die Figur, die sie erfinden ... wie sagt ihr? … cool finden wollen. Deswegen nennt sich ein männlicher Einbrecher eben der rote Blitz und ein weiblicher vielleicht die schwarze Katze. Umgekehrt hab' ich es zumindest noch nie erlebt. Was wissen wir also bis jetzt?«

Die beiden hatten nun den gleichen angestrengten Ermittler-Gesichtsausdruck, als Anna wiederholte, welche Fakten sie bis dahin gesammelt hatten: »Also wir suchen einen Jungen aus meiner Klasse, der nicht allzu groß ist und der mich wahrscheinlich nicht mag ... hmm ... die Jungen sind alle immer ziemlich doof zu mir ... außer Max, der mag mich ... und Steven und Jon sind bei uns die größten, die können wir auch streichen. Dann bleiben noch neun Jungen übrig. Das sind noch zu viele ... Und was hat das mit der gelben Treppe zu bedeuten? ... Wieso schreibt er, ich soll das Naschi zur gelben Treppe bringen, wenn es gar keine gibt?«

Knut runzelte kurz die Stirn und lächelte seine neue Freundin an. In seinem besten Sherlock Holmes-Ton sagte er dann: »Ich hab' da eine gewagte Idee – was wäre, wenn unser Täter farbenblind wäre?« Anna schaute ihn an, als wenn er friesisch mit ihr gesprochen hätte.

»Farben...was? Blind? Farbenblind? Was ist das denn?«

Knut erklärte es ihr: »Es gibt recht viele Menschen, die Farben nicht richtig sehen. Dabei kann es sein, dass man nur grau sieht, es kann aber auch sein, dass man die Farben falsch sieht, also rot als grün oder so ... Die meisten Farbenblinden wissen recht genau, welche Farben sie nicht oder falsch sehen ... aber es kommt auch vor, dass sie denken, etwas wäre ganz sicher blau, wenn es in Wirklichkeit grün ist und sie sich selbst dabei nicht richtig einschätzen ... da du noch nichts davon gehört hast, gehe ich davon aus, dass ihr in der Klasse noch nicht darüber gesprochen habt. Und wenn ich das zu Ende denke, heißt das für mich: Wenn der Täter wirklich farbenblind ist, dann ist es ihm offensichtlich peinlich und er will nicht, dass es jemand weiß. Weiterhin ...«, er brach kurz ab. »Kannst du mir noch folgen?«

Sie nickte eifrig und er fuhr fort: »Weiterhin bedeutet das, wenn er farbenblind ist und deshalb die Treppenfarbe falsch sieht, muss er ein Einzeltäter sein – ein Komplize hätte seinen Fehler bemerkt.«

Anna jubelte: »Klar! Genial, Herr Kommissar! Aber wie finden wir jetzt heraus, wer von den neun Jungs der Schlingel ist?«

Das Wort Schlingel aus ihrem Mund brachte Knut dazu, dröhnend zu lachen, während er gerade einen Schluck aus seinem Bierglas nahm – ein ausgiebiger Hustenanfall war die Folge. Einige Leute schauten zu ihnen rüber. Als er sein Bierglas von einer Hand in die andere wechselte, um ein Taschentuch aus der Hosentasche zu fischen, fiel ihm etwas ein: »Ha! Und wir wissen noch etwas.«

Anna hätte vor Aufregung bald laut aufgeschrien: »Was? Was wissen wir noch?«

Knut nahm ihr den Zettel ab und zeigte auf die verwischten Stellen. »Der Täter wischt beim Schreiben über die Schrift – weißt du, was das bedeutet?«

Anna antwortete prompt: »Dass er ein kleines Ferkel ist?«

Beide lachten lange und ausgiebig, Knut musste sich die Tränen aus den Augen wischen.

»Ja das auch, aber vor allem, dass er Linkshänder ist. Linkshänder schieben den Stift vor sich her und wenn sie ihn falsch halten, verschmieren sie mit der Hand die feuchte Tinte. Weißt du, wer bei euch in der Klasse Linkshänder ist?«

Anne nickte. »Ja, das haben wir mal in Sachkunde besprochen, dabei kam heraus, dass wir viele Linkshänder in der Klasse haben,drei Mädchen und vier Jungs. Einer von den Jungen ist Max, der mich gern mag und niemals meine Puppe klauen würde ... dann bleiben da noch Robin, Yannik und Torge – das sind die frechsten in unser Klasse ... die hängen ganz oft zusammen rum ... nach der Sachkundestunde haben die sich eine ganze Woche lang die Linkshänder-Bande genannt und sind allen damit auf die Nerven gefallen ... Aber wie finden wir jetzt heraus, wer von den dreien farbenblind ist?«

Knut lehnte sich weltmännisch vor. »Na, dann hör mal zu ...«

Robin, Yannik und Torge saßen an einem der Holztische und spielten Auto-Quartett.

»Hubraum 2400 ccm!«, sagte Yannik gerade und die anderen schoben ihm zähneknirschend ihre Karten zu, als Anna sich schlendernd dem Tisch näherte. »Was will die denn?«, fragte Torge in langgezogenem Frecher-Junge-Tonfall.

»Na was schon? Rumnerven!«, sagte Yannik, der offensichtlich der Bestimmer der Clique war.

Robin grunzte nur irgendetwas vor sich hin.

»Hallo Jungs!«, sagte Anne und kam ganz dicht heran. »Ich hab' morgen viel zu viel Naschi, wollt ihr was abhaben?« Dabei streckte sie den Jungen eine Hand voll Gummibärchen entgegen. Alle drei langten gierig zu, als sie hinzufügte: »Ach ja, nicht den grünen, den hab' ich schon angeleckt.«

Mitten in der Bewegung hielten alle drei inne. Yannik und Torge verknoteten fast ihre Hände bei dem Versuch, möglichst viele Gummibärchen auf einmal zu nehmen, ohne dabei das grüne zu berühren. Robin hingegen zog seine Hand weg und sagte: »Ach, ich will von deinen Drecksgummibärchen sowieso nichts!«

Anne rief triumphierend: »Aha! Du weißt nicht, welches das grüne ist! Du hast meine Puppe gestohlen! Und Du wolltest mein ganzes Naschi dafür haben! Gib mir sofort meine Puppe wieder, sonst petz' ich!«

Die Situation war zum Reißen gespannt: Yannik und Torge saßen mit offenem Mund da und starrten auf die forsche Anne und ihren jetzt kalkweißen Kumpel. Robin, ein schlaksiger Junge mit grünem Kapuzen-Pullover war völlig sprachlos. Knut beobachtete ihn aus einigem Abstand und fand, dass der Knabe voll ins Ermittlerprofil passte. Er hatte eine laufende Nase, struwwelige, leicht rötliche Haare, einen hellen Teint mit Sommersprossen und um den Mund sowie auf seinem Pullover waren deutlich verschmierte Reste einer ausgiebigen Schokoladenmahlzeit zu erkennen.

Jetzt antwortete Robin stammelnd: »Ich, ... äh, woher weißt du, wie kannst du ...« Aber dann riss er sich zusammen und versuchte die Flucht nach vorne – in wütendem Tonfall zischte er sie an: »Wehe, du petzt! Du kannst mir das nicht beweisen und wenn ich Ärger kriege, dann sag ich dir nie, wo deine blöde Puppe ist, dann kannst du dir die Augen aus dem Kopf heulen.«

Anna sah ihn trotzig an und war kurz davor, ihre neu gewonnene Selbstsicherheit wieder zu verlieren. Sie war so wütend auf Robin, wie er dastand, mit seiner ekligen laufenden Nase und seinem schokoladenverschmierten Pullover ... sie fragte sich gerade, wie man sich beim Essen so sehr einsauen konnte, als sie die Stimme des Inspektors in ihrem Kopf hörte: Du musst auf jede Kleinigkeit achten. Sie war kurz durcheinander, was hatte sie gerade gedacht? Ach ja, Schokolade, ... Schokolade ... hmmm ... Sie riss ihre Augen weit auf und schrie so laut »Schokolade!«, dass Robin fast von der Bank runtergeplumpst wäre. Dann drehte sie sich auf den Hacken um und lief quer über das Deck

Knut Hansen holte gerade die Post rein, er war jetzt seit zwei Tagen wieder zu Hause und die Fährfahrt und der Bummel durch Göteborg hatten ihm unendlich gutgetan. Er hatte noch zwei Tage Urlaub, die er gemütlich mit dem Lesen von Kriminalromanen verbringen wollte. Er blätterte die Post durch und lächelte, als sein Blick auf die Postkarte fiel, die auf der einen Seite das Bild einer angebissenen Schokoladentafel zeigte und auf der anderen in bemühter Kinder-Sonntagsschrift eng beschrieben war. Der Poststempel auf den schwedischen Marken war aus Göteborg:

Lieber Knut!
Vielen Dank nochmal für deine Hilfe bei der Verbrecherjagd. Wir waren ja ein super Detektiv-Team! Dass die Puppe hinter dem Feuerlöscherkasten versteckt war, weißt du ja schon. Man musste nur den Schokospuren folgen! Beim Suchen hatte ich mir dann doch noch mein gutes Kleid mit Schokolade eingeschmiert, das war doof.
Ich habe Robin nicht verpetzt und seitdem ist er total nett zu mir. Wir bleiben noch drei Tage hier und morgen gehen wir ins Schwimmbad.

Weißt du was? Als ich Robin gefragt habe, wieso er sich »der rote Rächer« genannt hat, da hat der gesagt: »Wegen meinem Pullover!« Und der war doch grün, hihi.

Liebe Grüße, deine Anna

Knut Hansen schloss die Tür hinter sich und machte sich gut gelaunt daran, sich einen Tee zu machen. »Vielleicht fahr ich morgen mal nach Laboe und esse ein Krabbenbrötchen«, sagte er zum Teekessel.

EINBRUCH AUF SCHWEDISCH

Knut Hansen war erledigt. Es war spät geworden im Kommissariat – er und sein Kollege Olaf Köppcke hatten sich nach einem langen Tag mit unerwartetem Papierkram zu einem längst abgeschlossenen Fall herumschlagen müssen. Die mürben Scheibenwischer quietschten beim hilflosen Versuch, die Scheiben während des andauernden Nieselregens durchsichtig zu halten. Beide Polizisten saßen mit versteinerten Mundwinkeln da und sprachen nicht. Es war so ein typischer Dezemberabend kurz vor 21 Uhr. Es war bewölkt, stockdunkel, regnete schon den ganzen Tag und beide Männer freuten sich auf ihre warmen Wohnungen. Die LED-Lämpchen am Funkgerät leuchteten kurz auf und die Stille wurde von einer fisteligen Männerstimme zerrissen:

»Krcks ... Krcks ... Kommissar Hansen? ... Sind Sie noch auf dem Weg? Wir haben hier eine Einbruchmeldung in der Moltkestraße 17 ... Krcks ... Nachbarn haben einen Mann in die Villa einsteigen sehen ... Krcks ... die nächste Streife ist oben in Holtenau unterwegs ... Krcks.

Knut seufzte, drückte den Gegensprechschalter und antwortete: »Ok, Meyer ... Köppcke und ich sind gleich da, aber schicken Sie uns die Kollegen aus Holtenau nach ... ich hab' keine Lust auf die Schreibarbeit.«

»Krcks ... Alles klar, Herr Kommissar ... Krcks.« Hansen seufzte ... es gab Sätze, die man einfach zu oft im Leben hörte.

Köppcke bremste den Wagen zwei Hausnummern vor der Nummer 17 runter, schaltete das Licht aus und ließ den Wagen leise ausrollen. Die beiden Polizisten stiegen leise aus und näherten sich mit ihren Taschenlampen dem Haus.

Hausnummer 17 war eine etwas zurückgesetzte Villa, die über einen schmalen Naturstein-Weg zu erreichen war. Die Polizisten öffneten die Pforte in dem gusseisernen Zaun und gingen fröstelnd den Weg entlang durch den gepflegten Vorgarten – nach der wohligen Wärme des Autos wirkte das Wetter noch scheußlicher, als es ohnehin schon war. Auf dem Weg nach oben begutachtete Hansen die Villa: Es war ein ansehnliches, mit Efeu bewachsenes Gebäude aus rotem Backstein. Die Fenster schienen, soweit er es sehen konnte, alle vergittert zu sein und neben dem Haus fiel ein Fahnenmast mit der schwedischen Landesflagge ins Auge. Die Tür erreichte man über eine imposante Eingangstreppe und die Polizisten fanden sie nur angelehnt vor. Im Haus war es schummrig, aber nicht ganz dunkel, offensichtlich brannten einige wenige Lichter. Kommissar Hansen blickte einmal beiläufig aufs Türschild, machte ein verwirrtes Gesicht und schaute ein zweites Mal hin: ... Seinem Kollegen entging das nicht und als er sah, was seinen Vorgesetzten verwirrt hatte, musste er all seine Professionalität zusammennehmen, um nicht laut loszulachen.

Auf dem Klingelschild stand: Knut Hansson. Der Hauptkommissar gab seinem Kollegen mit einem deutlichen Blick zu verstehen, dass der Spaß jetzt aufgeschoben werden musste und beide gingen vorsichtig hinein. Die Tür schien unversehrt und von innen steckte ein Schlüssel. Die beiden Polizisten traten in eine kleine Eingangshalle, von der mehrere Türen abgingen und eine Treppe nach oben führte. Rechter Hand stand eine Tür zu einem Arbeitszimmer offen. Mitten in diesem stand ein großer, altmodischer Holzschreibtisch, auf dem eine antik wirkende Lampe brannte und hinter wehenden Vorhängen offenbarte sich an der Wand dahinter eine eingeschlagene Scheibe. Hansen ging um den Tisch herum und schaute durchs Fenster. Unten im Hof lag eine umgefallene Leiter.

»Aha – Rückweg abgeschnitten! Daher steht die Haustür offen!«, murmelte Hansen vor sich hin.

Ein mit einem Scharnier an der Wand befestigtes Bild war abgeklappt und der dahinter liegende Tresor stand offen und war leer. Hansen und Köppcke verließen das Zimmer und wollten gerade einen schnellen Blick in die anderen Räume im Erdgeschoss werfen, als ein Ausruf sie erschrocken zur Treppe herumwirbeln ließ. »Polizei? Gott sei Dank! Sie sind da! Aber Sie haben den Kerl verpasst, er ist gerade weg!« Oben am Treppengeländer stand ein Mann im Hausmantel und in Pantoffeln, er war deutlich über 60 Jahre alt und hatte kurze graue Haare. Als er einen Schritt nach vorne machte und ins Licht trat, wurde eine blutige Wunde an seiner Stirn sichtbar; er wankte. Die beiden Polizisten eilten die Treppe hoch, um zu verhindern, dass der Mann die Treppe herunterfiel. »Danke, geht schon wieder ... oje ... mein Kopf.«

Gemeinsam schritten sie langsam die Treppe in die Halle hinunter. Der Kommissar hatte den Mann vorsichtshalber eingehakt und sprach mit beruhigend tiefer Stimme: »Ganz ruhig, das wird schon wieder – wir sind ja jetzt da. Der Kollege hat über Funk den Arzt verständigt und der wird Sie gleich versorgen. Gehe ich recht in der Annahme, dass Sie Herr Knut Hansson sind?«

Der Mann war total durcheinander, blickte den Kommissar erst verwirrt an und antwortete dann mit leiser Stimme: »Ja, das bin ich, Knut Hansson ... ich wohne hier ...«

Hansen merkte, dass der Mann sehr mitgenommen war und wich daher zunächst auf ein unverfängliches Thema aus, um das Eis zu brechen: »Na, das ist ja mal was – ich bin Hauptkommissar Knut Hansen ... das glaubt uns doch kein Mensch – ich kombiniere jetzt einfach einmal: schwedische Flagge vor dem Haus, Hansson als Nachname – Sie sind Schwede?«

Der Mann schien sich gefangen zu haben und lächelte sogar: »Ja, Jeg kömmer frå Sverige ... ach, entschuldigen Sie: Ja, ich komme aus Schweden. Meine Eltern sind schon nach Deutschland gegangen, als ich noch ein Junge war – wir haben aber Zeit ihres Lebens zuhause schwedisch gesprochen.«

Hansen glaubte, dass er nun langsam mit den ernsteren Themen beginnen konnte: »O.k., Herr Hansson, nun erzählen Sie mal, was war denn los?«

Also begann Herr Hansson zu erzählen: »Ich bin ausgeraubt worden, der Dieb ist wohl durch das Fenster im Arbeitszimmer gekommen ... das einzige Fenster, das zurzeit wegen der Fassadenrenovierung nicht vergittert ist, ... ich hörte es klirren und als ich ging, um nachzusehen, bekam ich eins auf den Kopf und wurde nach oben geschleppt. Ich tat, als sei ich ohnmächtig, damit der Einbrecher nichts Schlimmeres mit mir macht.«

Kommissar Hansen nickte anerkennend: »Sehr gut! Nie den Helden spielen. Erzählen Sie weiter!«

Hansson runzelte die Stirn. »Viel zu erzählen gibt es da nicht mehr ... Er hat mich oben hingeschleppt, in einen Teppich eingerollt ... dann ist er sofort wieder runtergelaufen, es rumpelte noch eine Zeit lang und dann hörte ich ihn die Vordertür aufschließen.« Während er redete, ging er zur Haustür und berührte das Schlüsselbund im Schloss, als wolle er das, was er von oben gehört hatte, am Ort des Geschehens nachspielen. Er öffnete die Tür. »Ich hatte mich inzwischen befreit und schaute von oben aus dem Fenster: Ich sah ihn den Weg hinunterlaufen und dort unten stand ein Lieferwagen, er war gelb ... nein orange. Er hatte auf den Mann gewartet und sie fuhren davon ... Sehen Sie, dort wo der trockene Fleck auf der Straße ist, hatte der Wagen gestanden ... Dann wurde mir kurz schwarz vor Augen und als ich wieder zu mir kam, hörte ich Ihre Stimmen.« Er ging wieder in die Halle und sein Blick fiel auf den offenen

Safe im Arbeitszimmer. »Mein Geld, die Wertpapiere! Ich bin ruiniert ...« Er ging zur Treppe und setzte sich niedergeschlagen auf die unterste Stufe – dem Kommissar fiel auf, dass er humpelte. »Herr Hansson – haben Sie sich noch etwas anderes getan? Sie humpeln?«

Hansson lächelte matt. »Nein, das habe ich schon immer ... ich bin als Kind aus dem Auto gefallen ... ich hatte noch Glück: ich saß direkt neben meinem Vater auf dem Beifahrersitz und die Tür öffnete sich in der Kurve bei voller Fahrt ... ich bin direkt in den Straßengraben gefallen ... der war bis auf einen alten Baumstumpf auch sehr weich gepolstert. An dem Baum habe ich mir allerdings die Hüfte gebrochen.« Knut Hansen sog pfeifend die Luft ein: »Donnerlüttchen – gefährliche Sache! Das war dann noch in Schweden?«

Hansson schien abwesend. »Wie? Ach ja, in Schweden natürlich ... wo sonst?«

In diesem Moment fuhren unten an der Straße quasi gleichzeitig ein Notarzt- und ein Polizeiwagen vor. Hansen drehte sich um und rief seinem Kollegen zu: »Ha, Köppcke, da kommt die Ablösung für den Papierkrieg.« Und zu Hansson gewandt sagte er: »So, Herr Hansson, die beiden Kollegen werden dann hier erstmal die Spuren sichern und der Notarzt wird Sie untersuchen.«

Der Mann sah ihn an und hielt sich den schmerzenden Kopf. »Ich denke, die sollten mich direkt ins Krankenhaus fahren – ich fühle mich nicht gut.«

Knut Hansen nickte mitfühlend. »Ja, das kann ich mir denken – auf nach Mariannelund!« Er lachte sein Gegenüber freundlich an, doch Hansson blickte verständnislos. Hansen setzte nach. »Na, zum Doktor in Mariannelund! Michel aus Lönneberga! ... Ich dachte, das kennen Sie als Schwede ...« Jetzt schien der Mann in seinem Stolz gekränkt zu sein und etwas gereizt antwortete er: »Natürlich kenne ich Michel – Herr Kommissar! Meine Mutter hat mich als Kind auch schon immer ihren kleinen Michel genannt, weil ich so frech war ...«

Er lächelte wieder etwas zynisch und ahmte eine verzweifelte Mutter nach, indem er den Kopf schief legte, die Fäuste gegen die Backen presste und theatralisch weinerlich sprach: »Hvad hår du gjört nu? Min lille Michel.« Sein Lächeln erstarb dann schlagartig wieder und er sagte gereizt: »Sie müssen schon verzeihen, ich bin verletzt und würde jetzt wirklich gerne ins Krankenhaus gebracht werden.«

Hansen lächelte beschwichtigend und sagte dann: »Natürlich, natürlich, nur eine Frage noch: Wie alt sind Sie, Herr Hansson?«

Der Mann schaute ihn verwirrt an, antwortete dann aber ohne zu zögern: »Ich bin 65, wieso?« Die Sanitäter und die beiden Polizisten waren gerade die Treppe hochgestiegen und kamen gemeinsam durch die Tür, Knut Hansen drehte sich um und begrüßte den Trupp: »Kollegen! Sehr gut. Gerade richtig – dieser Herr hier ist verletzt.«

Die Sanitäter gingen direkt auf Hansson zu, stellten ihm die üblichen Fragen und begannen mit der Erstversorgung der blutenden Kopfwunde.

Hansen sprach weiter: »Er hat eine selbstzugefügte Wunde am Kopf, wird nicht allzu schlimm sein. Müller, Steffen, ...« er wandte sich den Polizisten zu, »Legt ihm Handschellen an. Wenn er ins Krankenhaus geht, geht einer von euch mit und bringt ihn nach der Behandlung auf die Wache.«

Der Verletzte stand mit offenem Mund da und setzte gerade zu einer empörten Rede an, als der Kommissar ihn mit einer gebieterischen Handbewegung zum Schweigen brachte. »Wir anderen müssen jetzt fix oben nach dem echten Herrn Hansson suchen, es sei denn, unser Einbrecher hier verrät uns gleich, wo er den armen Mann verstaut hat ... Ich würde fast raten, er hat den bewusstlosen Mann oben in einen Teppich eingerollt, denn die meisten guten Lügner spicken ihre Geschichten ja mit Wahrheiten. Also Herr ..., wie heißen Sie denn eigentlich? Wo ist der Mann versteckt? Jede Bereitschaft zur Mitarbeit wird selbstverständlich positiv in unserem Bericht erwähnt – also?«

Der Mann schaute griesgrämig zu Boden und nuschelte: »Er liegt oben auf dem Dachboden in einer alten Truhe ... und mein Name ist Lohmann ... Peter Lohmann.«

Die Beamten Müller und Steffen und die beiden Sanitäter liefen sofort hoch und fanden den echten Hausbesitzer tatsächlich oben in einer Truhe – es dauerte lange, bis er wieder zu sich kam und er war völlig durcheinander. Es war abzusehen, dass er erst am nächsten Tag vernehmungsfähig sein würde. Unten im Eingang warteten Knut Hansen, Olaf Köppcke und der Einbrecher auf die Rückkehr der anderen. Peter Lohmann sah Knut Hansen lange abschätzend an und fragte dann: »Wussten Sie es von Anfang an?«

Hansen lächelte und wie so oft fühlte er eine unterschwellige Sympathie für den Täter. »Nein, nein, Sie haben sich gut geschlagen – ich hatte, wie so oft, so ein Gefühl, aber da ich ziemlich müde bin, hätte ich das allein wahrscheinlich nicht so ernst genommen ... Ich sah die umgekippte Leiter vor dem Fenster und war sicher, dass der Täter sich unabsichtlich den Rückweg versperrt hatte ... es hätte natürlich auch irgendeine Ablenkung sein können, aber in der Regel machen Einbrecher keinen unnötigen Krach und die Alu-Leiter muss ganz schön gedonnert haben auf dem Betonplattenboden. Die offene Haustür passte ja auch dazu, der Täter war anscheinend durch die Haustür entkommen und dann kamen Sie mit Ihrer Geschichte, die den Anschein bestätigte: Der Täter war uns eben knapp durch die Haustür entwischt.«

Peter Lohmann war ungeduldig. »Und wieso sind Sie mir auf die Schliche gekommen?« …

Hansen lächelte. »Sie haben improvisiert … zwar sehr gut, aber durchsetzt mit kleinen Fehlern. Es fing damit an, dass Sie sagten, Sie haben den Täter in das Auto steigen und wegfahren sehen, von dort, wo noch der trockene Fleck auf der Straße war … Es regnete heute den ganzen Tag – wer auch immer da weggefahren ist, stand also schon sehr, sehr lange dort. Das schien mir für einen Einbruchskomplizen unwahrscheinlich. Bei der nächsten Sache bin ich mir nicht sicher – einerseits wurde Ihre Geschichte dadurch sehr glaubwürdig, dass Sie schwedisch gesprochen haben, aber irgendwie hörte sich Ihr Schwedisch für mich nicht richtig an …« Lohmann verzog sein Gesicht. »Das liegt daran, dass es dänisch war … Verdammt … ich hatte gehofft, das würde echt genug klingen, wenn ich ein paar ‚å‘ und ‚ö‘ einbaue und ein bisschen »schwedischer« betone – ich komme aus Schleswig, wissen Sie, und war auf einer dänischen Schule …« Knut lächelte milde. »Oh das hätte vermutlich auch jeden getäuscht, der nicht zufällig die eine oder andere Sprache spricht … Wäre ich nicht gerade im Herbst mit der Stena Line nach Schweden gefahren, wäre mir das vielleicht auch gar nicht aufgefallen. Aber auch das war nur ein Verdacht. Ein weiterer Stolperstein war die Geschichte, wie Sie Ihre Hüftverletzung bekommen hatten, das konnte so nicht stimmen.«

Jetzt schien Lohmann richtig verärgert. »Was? Das ist haargenau so passiert! Ich bin 1958 mit 11 Jahren vom Beifahrersitz unseres Autos in den Straßengraben gefallen und habe mir die Hüfte gebrochen!«

Hansen winkte ab. »Ja, das glaube ich gern, aber nicht in Schweden!«

Lohmann war kurz sprachlos. »Äh nein, in Schuby bei Schleswig, aber was macht das für einen Unterschied? Da gibt es doch auch Straßen und Baumstämme oder etwas nicht?« Fragte er bissig.

Hansen lachte herzhaft und sprach dann weiter: »Doch, aber die Baumstämme sind auf der falschen Seite, denn in Schweden war bis Ende der 60er Jahre Linksverkehr und trotzdem war die Lenksäule in den Autos links verbaut. Will heißen, in Ihrer Kindheit saß der Beifahrer in Schweden zur Straßenmitte hin.«

Sein Gegenüber war perplex: »Jetzt bin ich platt ... das hab' ich nicht gewusst.«

Hansen fuhr fort: »Nein, das muss man ja auch nicht unbedingt wissen. Dass ich es weiß, war einfach nur Pech für Sie ... Wie gesagt, ich war gerade kurz in Schweden, da stand das in einem Reiseführer ... Ich musste natürlich noch sichergehen und herausfinden, wie alt Sie sind – es hätte ja sein können, dass Sie viel älter aussehen als Sie sind ... Wenn Ihr Alter wirklich 65 ist, dann kann Ihre Geschichte nicht stimmen. Meine Erfahrung sagt, dass Sie beim Alter nicht gelogen haben, aber das muss ich nicht mehr überprüfen, weil Sie sich dann voll ins Aus geschossen haben ...«

Lohmann lächelte jetzt auch. »Na, da bin ich jetzt gespannt!«

Hansen fuhr fort: »Die rührende Geschichte mit Ihrer Mutter und was sie angeblich immer zu Ihnen gesagt hat, stimmte offensichtlich nicht und dafür muss man auch weder dänisch noch schwedisch können, sondern nur Astrid Lindgren Fan sein wie ich und wissen, dass Michel von Lönneberga im Original Emil heißt ... abgesehen davon, dass das Buch auch erst Mitte der 60er veröffentlicht wurde.« Er setzte ab, sah auf die Uhr und dann zur Treppe. »Ah, da kommen die Kollegen wieder – verzeihen Sie, aber mein Kollege und ich müssen jetzt wirklich dringend nach Hause. Kommst du, Köppcke?«

Epilog: Peter Lohmann gestand alles. Er hatte vor über zwanzig Jahren eine beeindruckende Einbrecherkarriere mit einem längeren Gefängnisaufenthalt beendet und dann ein neues Leben begonnen. Vor einigen Wochen war sein Schwiegersohn in Schwierigkeiten bei der Hausfinanzierung gekommen und es drohte die Zwangsversteigerung. Aus Liebe zu seiner Tochter und seinem Enkelkind beschloss der Rentner, es noch ein letztes Mal zu wagen. Er hatte die Villa des Schweden ins Auge gefasst, als er beim Spazieren die Renovierungsarbeiten und das ungesicherte Fenster an der Seite entdeckt hatte. Am Einbruchstag hatte er angenommen, der Hauseigentümer sei nicht zu Hause, denn er hatte dessen Wagen vor der Tür wegfahren sehen – ein dummer Zufall: Knut Hansson hatte den Wagen an diesem Tag seinem Nachbarn geliehen-.

DER FALL MIT DEN FISCHEN

Es war ein wunderbarer Frühlingsnachmittag und Hauptkommissar Knut Hansen schlenderte die Kiellinie entlang. Wunderbare siebzehn Grad und strahlender Sonnenschein trieben dem Polizisten die gute Laune direkt ins Gehirn. Er liebte die Promenade an der Förde und ging so oft er konnte hier spazieren. Er genoss leidenschaftlich die Aussicht, die Stimmung und auch die im Vorbeigehen erhaschten Gerüche aus den Cafés und Bistros. Am Wasser entlang landeinwärts lag die Stena Line am Ostseekai. Mit einem wohligen Gefühl im Bauch dachte er an seine Schwedenfahrt im letzten Jahr und an das knifflige Rätsel der kleinen Anna und ihrer verschwundenen Puppe, das sie zusammen gelöst hatten. Als der Kommissar die Aussicht auf den Hafen bestaunte, dessen Silhouette in den letzten Jahren stetig modernisiert wurde, musste er zugeben, dass die neuen Gebäude der Port of Kiel Hafengesellschaft wirklich etwas hermachten und sich der Hafenbereich durch die Sanierungsmaßnahmen an Hörn – der Hafenspitze Kiels – und dem Ostufer in den letzten Jahrzehnten langsam zu einem echten Schmuckstück mauserte. Die Promenade war, wie immer an schönen Tagen, voll mit Spaziergängern, Rollerskatern und einigen Radfahrern, die sich für Knuts Geschmack ein wenig zu schnell ihren Weg durch die Passanten bahnten.

Rechterhand war die typische Menschentraube zu sehen, die sich, wie üblich, um das Seehundbecken des Geomar Instituts scharrte. Hansen freute sich. Er liebte die Seehunde ... Seehunde waren in seiner Kindheit in Langeoog für ihn immer wie geheime Freunde gewesen. Er war an den Sonntagen oft zu den Aussichtsstegen gewandert, hatte die Tiere beim Faulenzen beobachtet und mit ihnen gesprochen. So konnte er es sich auch an diesem Tag nicht nehmen lassen, den putzigen kleinen Kerlen dabei zuzusehen, wie sie ihre Faxen machten. Das Becken war frisch geputzt, das Wasser klar und es war eine Freude, zwischen Beckengeländer und dem seitlichen Unterwasserfenster hin und her zu gehen und die Tauchgänge eines besonders gemütlichen Exemplars zu verfolgen. Sein Blick fiel auf die zurückgesetzte Eingangstür des angeschlossenen Aquariums und ihm fiel ein, dass er schon jahrelang nicht mehr dort gewesen war. Dies war sein freier Tag und deswegen ließ er sich gern von seiner Stimmung treiben, ging die Stufen hoch, öffnete die schwere Eingangstür und betrat den kleinen Vorraum des Aquariums. In dem winzigen Raum dahinter gab es zwei weitere Türen – die Ein- und Ausgangstüren zum Ausstellungsbereich – und die gläserne Kassierkabine.

»Knut, altes Haus!« Der Kassierer strahlte ihn an und er erkannte Hannes, ein Kieler Original, das er schon seit vielen Jahren oberflächlich kannte und mit dem er schon so manche nette Kartenrunde im Club 68, der urigen Kneipe in der Ringstraße 68 gespielt hatte.

»Moin Hannes! Was machst du denn hier?«, antwortete Knut und kam sich, kaum hatte er es gesagt, ziemlich blöde vor. Hier, im hellen Tageslicht, fiel ihm auf, dass er den Mann zwar gefühlte hundertmal gesehen hatte, aber fast nichts von ihm wusste. Er meinte sich zu erinnern, dass Hannes früher zur See gefahren war und kurz als Fahrkartenkontrolleur gearbeitet hatte. Es war doch bemerkenswert, wie viel Zeit man miteinander verbringen konnte, ohne etwas Wesentliches voneinander zu erfahren. Er kam aus Zeitgründen eher selten dazu, sich in der »68« oder »im Club«, wie andere sagten, sehen zu lassen. Aber wenn, dann schien es wie ein ungeschriebenes Gesetz, dass kaum jemand irgend etwas Aktuelles aus seinem Leben preisgab, sondern man bei oberflächlichen, politischen Betrachtungen blieb, Anekdoten von früher erzählte oder sich einfach ganz auf einsilbige Antworten verlegte. Knut selbst kam das sehr entgegen, denn die Polizeiarbeit nahm einen dermaßen großen Teil seines Lebens ein, dass er es wunderbar fand, einfach mal nur Knut zu sein. Er war sich nicht einmal sicher, wie viele seiner Kneipenbekannten überhaupt wussten, dass er bei der Polizei war. In den letzten dreißig Jahren hatte er sicher mit rund fünfzig verschiedenen Männern und Frauen in der Kneipe Karten gespielt oder einfach nur mal einen Tee getrunken und konnte sich nicht daran erinnern, wann er dort seine Arbeit erwähnt hatte.

Hannes lachte ihn an: »Was ich hier mache? Na, ja was wohl? Arbeiten! Und selbst? Willst' dir die Fische anschau'n? Macht dann zwei Euro.«

Hansen hatte den Eindruck, dass irgendeine unangenehme Stimmung in der Luft lag und schob es darauf, dass Kneipenbekanntschaften an anderen Orten nun mal nicht funktionieren. Er gab dem Mann das Geld und versuchte es mit etwas Smalltalk. »Ja, ich war gerade ein bisschen in der Gegend spazieren bei dem herrlichen Wetter. Und? Viel los heute?« Hannes machte eine abwinkende Handbewegung:

»Jo! Die Bude ist voll wie selten! Ein schwedischer Graf ist mit seiner Gattin in der Ausstellung – mit Sekretär und so ... Die hatten vor zwei Wochen angekündigt, dass sie sich heute in Ruhe ohne Tamtam und ohne Führung hier die Fische anschauen wollten ... Man fragt sich, warum sie sich dann überhaupt anmelden ... He he, der spinnt, der Adel. Und dann sind noch ein paar kleinere Gruppen da ... Und, ach ja ... der Voller aus'm Club ist auch da, den kennst du doch auch, oder? War auch spazieren, wie du.«

Knut war erst etwas verwirrt, kam dann aber schnell darauf, dass von einem weiteren Dauergast aus dem Club 68 die Rede war. Er hatte Volker oder Voller selbst nicht so oft getroffen, aber wenn, dann meist dann, wenn Hannes auch da war. Der kleine Mann mit den Glubschaugen und einem schmierigen Lächeln war Knut immer etwas unsympathisch gewesen. Hannes und Voller kannten sich wohl von früher von der Seefahrt, sie redeten kaum darüber, aber Knut erinnerte sich, sie einmal von der Zeit im Kahn reden gehört zu haben.

In diesem Moment hörten sie einen lauten Tumult aus den Ausstellungsräumen. Es war deutlich eine Frau zu hören, die laut auf schwedisch fluchte. Eine der Türen flog auf und heraus kam ein Mann im Anzug, offenbar jemand aus dem Gefolge des Grafen. Der Mann war voll in seinem Element und gab sich, als müsste er allein die Welt retten. Sein fast niedlicher schwedischer Dialekt gab der Situation eine skurrile Komik. »Snell, snell! Rufen Sie die Polizei! Die Frau Gräfin wurde bestohlen!« Hinter ihm wollten sich schon die ersten Besucher an dem Mann vorbeidrücken, um das Aquarium zu verlassen. Fast hysterisch breitete er seine Arme aus, um ebendies zu verhindern. »Nein, nein – keiner verlasst diesen Raum, bis wir gefunden haben den Zirkon von der Kette von unsere Frau Gräfin.«

An dieser Stelle schaltete sich Knut Hansen ein und sprach laut zu der beträchtlich angewachsenen Gruppe in dem kleinen Raum. »Meine Damen und Herren, bewahren Sie Ruhe. Es ist hier eventuell ein Verbrechen begangen worden – die Polizei wird verständigt und wird in wenigen Augenblicken da sein. Ich möchte Sie bitten, sich zu gedulden und so lange zu warten, bis Ihre Personalien aufgenommen sind und die Beamten, wenn erforderlich, eine Durchsuchung vorgenommen haben. Mein Name ist Knut Hansen, ich bin Hauptkommissar. Ich werde, um die Sache zu beschleunigen, den Kollegen zuarbeiten und anfangen, Ihre Personalien aufzunehmen. Gehen Sie bitte zurück in den Ausstellungsraum und warten dort. Gott, ist das da drin finster – Hannes, kann man da Licht anmachen?«

Die Besucher fügten sich missmutig den Anweisungen und Hansen fing schon einmal an, mit geliehenem Schreibzeug die Personalien aufzunehmen, bis die Kollegen eintrafen. Es dauerte nicht lange und dann kamen sie. Ein größeres Einsatzteam wickelte die Angelegenheit souverän und zügig ab. Rund eine Stunde später war alles soweit getan und die Situation sah wie folgt aus: der Frau Gräfin war ein taubenei-großer weißer Zirkon von ihrer schweren Weißgoldkette abhandengekommen. Echte Zirkone wurden zwar preislich weit unter Diamanten oder Smaragden gehandelt, ein Exemplar dieser Größe war jedoch so selten, dass der Wert laut der Gräfin auf rund 100.000 Euro geschätzt wurde. Im Aquarium befanden sich zu dieser Zeit das Grafenpaar und ihr Sekretär, ein älteres Ehepaar, drei Familien mit insgesamt sieben Kindern und Voller.

Die Besucher waren durchsucht worden, der Stein nicht gefunden und nach eingehender Befragung der Schweden war sich niemand mehr wirklich sicher, ob der Stein bei Betreten des Aquariums tatsächlich noch an der Kette gehangen hatte. Anders als die Adligen war die Polizei alles in allem der Ansicht, dass der Stein vermutlich einfach versehentlich von der Kette abgerissen war und es sich gar nicht um ein Verbrechen handelte. Die Schweden begaben sich mit der Polizei auf die Wache, um Anzeige zu erstatten und erstaunlich schnell löste sich die ganze Besucherschar auf, so dass Knut ganz allein im Aquarium zurückblieb. Er schlenderte zum Kassenhäuschen, wo Hannes ihn schon erwartete:

»Na, Knut? Das war ja 'ne Aufregung! Jetzt nach Haus?« Knut winkte ab. »Nö, ich bin wegen der Fische hier und die will ich auch sehen, magst du das Licht wieder ausmachen? Dann geh ich nochmal in aller Ruhe durch ...«

Die Ausstellung war wirklich wunderbar, vor einigen Jahren waren die Räumlichkeiten modernisiert worden und das Design der Becken war teilweise offen gehalten und mit Holzrahmen versehen ... der Besucher wurde durch die verschiedensten Meereslandschaften geführt, von Süßwasser- über Nord-, Ostsee-, Mittelmeerszenarien bis zu tropischen Becken mit bunten Korallen und allen möglichen Tieren, die einen herrlich exotischen Anblick boten. Hansen freute sich auf jeden Fisch, den es zu entdecken gab und nahm sich fest vor, nicht an die eben erlebte Ermittlung der Kollegen zu denken. Das wäre ja gelacht, dachte er, als er sich gerade eingehend einen Seewolf besah, der ihn ernsthaft an seinen Onkel Gerhard erinnerte. »Ich werd' wohl kaum jetzt, an meinem freien Tag, darüber nachdenken, warum irgendjemand der dänischen Frau Hochwohlgeboren ihren Klunker vom Hals klaut ...« Der Seewolf sah ihn unbeteiligt an und Hansen hatte das Gefühl, den Fisch denken zu hören: Knut, Knut, Knut, Schwedisch, nicht dänisch! Und ganz abgesehen davon – müssen wir uns nicht die Frage stellen, warum jemand einen Kristall von einer wertvollen Weißgoldkette entfernt, wenn er genauso gut die ganze Kette stehlen kann?, sagte die Fischstimme in Knuts Kopf. Knut riss ruckartig seinen Blick von der Glasscheibe. »Ach, halt den Mund, blöder Fisch ... Das ist mir doch egal ... Die Kollegen haben vermutlich recht und es handelt sich gar nicht um einen Diebstahl.«

Er erschreckte sich etwas über seine eigene laute Stimme in dem leeren Raum und ging trotzig weiter, wobei er dem ihm unbefriedigt nachblickendem Seewolf bewusst die kalte Schulter zeigte. Er hörte, wie im Kassenhaus das Telefon klingelte und Hannes einen Anruf entgegennahm. Dessen Stimme war allerdings nur als tiefes Brummen zu hören. Er erreichte das Becken mit den sich stetig im Kreis bewegenden Heringen und bewunderte deren andauernd richtungsgleichen Strom. »So ist's richtig: immer schön treiben lassen, Jungs ... lasst euch nicht stressen, genießt die Zeit ...«, sagte er etwas schnippisch in Richtung des glänzenden Schwarms. Ein Hering fiel ihm besonders ins

Auge, weil er sich in Gegenrichtung durch den Schwarm kämpfte. Knut beäugte den kleinen Kerl und der schien seinen Blick zu erwidern. Eine fiepsige Heringsstimme ertönte in Knuts Kopf: Ja, so einfach kann das Leben sein, wenn man sich treiben lässt, wie? Der Gauner genießt bestimmt auch seine Zeit ... spaziert einfach so weg und keiner tut was. Knut war keineswegs gewillt, sich mit einem Hering eingehender als mit einem Seewolf zu unterhalten und wechselte wieder das Becken. »Humbug«, murmelte er dabei ... »Die Kollegen haben alle Anwesenden gut durchsucht und nicht einmal die Frau Gräfin war sich sicher, ob sie den Klunker wirklich erst hier verloren hat. Der Rest ist Papierkram! Ob gestohlen oder verloren, der Stein könnte überall sein.« Ein tiefer Bariton-Chorgesang in seinem Kopf dröhnte als Antwort: Könnte! Könnte! Könnte! Diesen schrieb seine Fantasie offenbar den großen Seelachsen im nächsten Becken zu, an dem er deswegen sofort entnervt vorbei stapfte.

Er war jetzt bei den tropischen Fischen angelangt und blieb vor einem recht kleinen Becken mit Seepferdchen stehen. Seepferdchen waren Fische, die ihn immer schon fasziniert hatten. Im Becken waren mehrere Tiere, die inmitten von Seegrassträngen schwer zu entdecken waren. Knut starrte minutenlang gedankenverloren auf einen Grashalm, ehe er bemerkte, dass dieser zurückschaute. »Manchmal ist es gar nicht so leicht, Sachen zu sehen, die man eigentlich direkt vor der Nase hat«, fistelte ein dünnes Seepferdchenstimmchen. »Ach, nerv mich nicht!«, bellte Knut die Scheibe des Beckens an und ging weiter zu einem der großen offenen Becken, in die man von oben hineinsehen konnte. Ein Schild wies darauf hin, wegen der gefährlichen Fische darin, nicht das Wasser zu berühren. Hansen schaute ins Becken und sah neben Schollen und anderen eher unscheinbaren Fischen einige kleine Katzenhaie und mehrere fußmattengroße Nagelrochen. Hansen wusste, dass diese Tiere ziemlich giftig waren. »Aha, deswegen das Schild!«, dachte er. »Und wegen mir«, protestierte prompt das ebenfalls sehr giftige Petermännchen, das mit seinen Glubschaugen zu ihm heraufstierte. Das hässliche Tier erinnerte ihn gleich an Voller, der heute ja auch zufällig da gewesen war. Das finde ich ziemlich beleidigend, sagte der hässliche Fisch in Knuts Kopf und zwar mit Vollers richtiger Stimme. Knut musste über die eigene Fantasie lachen und antwortete sich selbst: »Ach, stell dich nicht so an. Du bist zur See gefahren, da hat dich bestimmt jeden Tag irgendwer Fischkopp genannt!« Das Petermännchen schaute ihn verständnislos an: »Zur See gefahren? Wie kommst du darauf?« Knut warf seine Stirn kraus und verlor endgültig die Kontrolle über dieses seltsam ausufernde Selbstgespräch ... »Ha! Ihr redet doch immer laut, wenn ihr angetüddert seid und dann hört man eben immer irgendwas von Früher im Kahn und die alten Kollegen vom Kahn und so weiter und so fort.«

Der Fisch antwortete unbeeindruckt: »Ach so, das meinst du ... na dann bin ich wohl zur See gefahren ... Wenn du das gehört hast ...« Hansen hatte sich gerade umgedreht, da sprach der unsympathische Fisch weiter: »Du weißt schon, was für Leute sonst noch so von Kahn und Kollegen sprechen?« Hansen wurde mit einem Schlag stocksteif, schloss die Augen und sagte mehrere Minuten keinen Ton mehr. In seinem Kopf schwoll eine laute Fischunterhaltung an, aus der sich nur zwischendurch klare Wortfetzen abhoben. »Direkt vor der Nase«, fistelte das Seepferdchen, »Könnte überall sein!«, sang der Seelachs-Chor und: »Zur See gefahren! Ha ha ha!«, lachte ihn das Petermännchen aus. Dann wurde es unvermittelt still, als Knuts rationale Seite das Ruder wieder übernahm. Er öffnete die Augen und starrte auf das offene Becken mit dem Schild »Nicht das Wasser berühren. Gefährliche Fische!« Sein Gehirn lief auf Hochtouren.

Er ging zu einem Inforegal, nahm sich einen Flyer, blätterte kurz darin und griff dann zu seinem Telefon: »Ja, hallo? Hauptkommissar Knut Hansen hier. Ich habe einige Fragen und eine Bitte ...« Das Gespräch dauerte etwa fünf Minuten und danach stellte sich Hansen vor das Herings¬Becken und wartete. Angestrengt horchte er in die Stille. Etwa eine halbe Stunde verging, dann hörte er durch die Wand wieder das dumpfe Telefonklingeln im Kassenhaus und Hannes Stimme. Diesmal verstand er, was gesagt wurde. »Ja, hallo? Ach? Ja natürlich, das mache ich ... Wann? Schon in zehn Minuten? Ok! Ja, ein Gast ist noch da, den werde ich dann schnell rausbegleiten.« Es klappten nacheinander einige Türen. Hannes erschien im Ausstellungsraum und machte das Hauptlicht an. »Knut? Du, ich muss dich leider rausschmeißen ... die Pfleger haben gerade angerufen und irgendwas stimmt mit den Werten von den Süßwasserbecken nicht. Jetzt wollen sie gleich mit einer großen Truppe kommen und die Becken reinigen, Messungen machen und so.«

Knut winkte freundlich ab: »Kein Problem, Hannes. Ich war sowieso fertig. Schön habt ihr es hier.«

Hannes begleitete ihn hinaus und gab ihm zum Abschied die Hand. »Gut, dann: Tschüss Knut – für mich ist dann auch gleich Feierabend – mach noch schnell meine Kasse und dann ist Schluss.« Daraufhin zog er die Tür hinter sich zu und Hansen hörte, wie er sie von innen abschloss. Er drehte sich, ließ den Blick schweifen und in diesem Moment kam ihm ein freundlich lächelnder Herr, der leicht abseits um die Ecke gestanden hatte, entgegen – begleitet von Hansens Kollegen, dem Oberkommissar Olaf Köppcke.

»Herr Hansen? Ich bin's, Herr Müller ... wir hatten telefoniert.«

Hansen strahlte: »Herr Müller – perfekt. Auf die Sekunde genau! Haben Sie den Schlüssel?«

Der Aquariumsleiter, Knut Hansen und Kommissar Köppcke schlossen betont vorsichtig die Tür auf und traten ein. Als sie den Schauraum betraten, fiel ihr Blick auf einen vor Schreck erstarrten Hannes, der die Gruppe mit offenem Mund anstarrte. Er stand auf einem Tritt vor dem Süßwasserbecken, war quasi von Kopf bis Fuß nass und fischte, wie es schien, mit einem langen Kescher auf dem Grund des Beckens herum.

Knut Hansen lachte: »Na, Hannes, noch kurz ein bisschen Abendessen einfangen vorm Feierabend?«

Epilog: Hannes und Voller kannten sich natürlich nicht von der Seefahrt, sondern aus dem Gefängnis ... waren also Kollegen vom Kahn, wie es im Knastjargon auch hieß. Da die beiden so seefahrermäßig wirkten, wie es nur ging, war Knut gar nicht auf die Idee gekommen, dass sie mit Kahn etwas anderes als ein Schiff gemeint haben konnten. Voller war früher ein Taschendieb gewesen, der sich auf Schmuck spezialisiert hatte, Hannes hatte sich mit Einbrüchen und Hehlerei verdingt und beide hielten sich seitdem mit Gelegenheitsjobs über Wasser. Knuts Anruf bei der Aquariumsleitung hatte ergeben, dass Hannes von einer Zeitarbeitsfirma für einen Monat als Aushilfe an das Aquarium vermittelt wurde, da eine Krankheitswelle den festen Personalstab vorübergehend lahmgelegt hatte.

Voller hatte die Hoffnung vom »letzten großen Coup« nie wirklich aufgegeben und hielt sich immer auf dem Laufenden, was teuren Schmuck und seine Besitzer anging. Als Hannes ihm abends in der Kneipe erzählte, dass der schwedische Graf samt Gattin bei seiner neuen Arbeitsstelle angemeldet sei – recherchierte dieser gleich nach deren Schmuckbestand und fand heraus, dass die Frau des ansonsten eher verarmten Grafen diesen unverschämt großen Stein aus einer Erbschaft besaß und sie, so oft es ging, kräftig damit angab. Schnell hatte er Hannes dazu überredet dieses todsichere Ding zu drehen.

Der Plan reifte schnell und war nicht besonders gut: Voller sollte das Grafenpaar erwarten und all sein taschendiebisches Geschick anwenden, um den Stein von der Kette zu schneiden. Er hatte Hannes versichert, so etwas schon tausendmal gemacht zu haben. Er hatte sogar noch seine alte Schaufensterpuppe zum Üben. Sobald der Stein ab war, wollte er ihn an einer Stelle ins offene Süßwasserbecken fallen lassen, das sie sich vorher dafür ausgesucht hatten, und verschwinden. Ihrem Plan nach wäre der Diebstahl erst wesentlich später entdeckt worden, und dann hätte man keine Verbindung zum Aquarium mehr hergestellt. In der Kneipe, bei ein paar Bieren, waren die beiden ganz begeistert von der Vorstellung, dass die Polizei vermuten könnte, der Stein sei einfach abgerissen, weil es für einen Dieb ja unlogisch war, die kostbare Weißgoldkette zurückzulassen.

Das Ganze funktionierte leider nur so weit, als dass Voller den Klunker tatsächlich von der Kette schneiden und ins Becken werfen konnte. Ab da ging der Plan schief ... Der Diebstahl wurde zu früh bemerkt und Voller musste starr vor Schreck die Polizeiermittlungen abwarten, um dann das Weite zu suchen ... Von einer Telefonzelle in der Nähe rief er Hannes an, um den Stand der Dinge zu erfahren. Die beiden wussten, dass die Polizei nicht lange brauchen würde, um auf ihre Vorstrafe zu kommen. Also war Eile geboten, den Stein erst einmal schnell aus dem Blickfeld zu schaffen und dann das ‚das müsst ihr uns erstmal beweisen Spiel' zu spielen.

Es war halt Pech, dass Knuts Gehirn eher sprechende Fische ins Rennen schickte, als einen Fall nicht zu bearbeiten. Nachdem er bei der Aquariumsleitung anrief und diese bat, Hannes wegen einer erfundenen Großreinigung der Süßwasserbecken zu informieren, war dieser erwartungs-

gemäß sofort panisch tätig geworden und hatte herausfinden müssen, dass es keineswegs so leicht ist, einen drei cm
großen Edelstein aus einem 12.000 Liter-Becken zu fischen,
selbst wenn man eine ungefähre Ahnung von der richtigen
Stelle hat.

DIE AUSTRALISCHE ERBSCHAFT

"Und es war Sommer ..." summte Knut Hansen vor sich hin, als er an diesem herrlichen Julimorgen aus der Haustür trat. Während er noch darüber nachdachte, aus welchem Lied diese Zeile eigentlich stammte, machte er sich auf den Weg zu seinem Arbeitsplatz. Es war rund eine Stunde straffer Fußweg von seinem Haus auf dem Ostufer zur Polizeidirektion in der Gartenstrasse. An einem strahlenden Tag wie diesem schien alles in ganz speziellem Licht. Wer so vieles über die Schattenseite Kiels wusste wie der Polizist, dem war es nur selten vergönnt, einen unvoreingenommenen Blick auf die Stadt zu werfen. Doch an diesem Tag schien sich die Stadt extra für ihn herausgeputzt zu haben. Der Vinetaplatz weit am Anfang seiner Route, der bei Polizisten sonst eher Assoziationen von Drogendelikten oder Alkoholmissbrauch weckte, zeigte sich von seiner besten Seite. Es war Dienstag und Wochenmarkt.

Knut drang der typische Geruch von Sesam und Kreuzkümmel in die Nase; er kam gerade an dem Stand vorbei, an dem er mindestens einmal im Monat eine riesige Portion Oliven, Peperoni und Fladenbrot kaufte. Im Vorbeigehen winkte er Harkan, dem Verkäufer, mit dem er schon so manchen Tee im Stehen getrunken und Klönschnack gehalten hatte. Gaarden, ein Stadtteil mit denkbar schlechtem Ruf, konnte wie ein launisches Chamäleon wechseln zwischen einem düsteren Problemviertel und einem ganz wunderbaren Ort kultureller Begegnung. Hansen sog die Luft tief ein und ließ sich im Vorbeigehen vom bunten Treiben auf dem Markt berauschen ... Jeder Stand wartete mit einem anderen intensiven Geruch auf: würziger Käse, geräucherter Schinken, schwer süßlich duftende Lilien, Bienenwachs und natürlich frischer Fisch. Knut gönnte sich ein Krabbenbrötchen und lächelte selbst über seinen besserwisserischen Verstand, der ihn wieder einmal darauf hinwies, dass das da auf dem Brötchen ja eigentlich Garnelen und keine Krabben waren. Wer von uns hat seine halbe Kindheit auf 'nem Kutter verbracht? Du oder ich, dachte der Kommissar und brachte seinen Verstand damit zum Schweigen.

Er hatte schon sehr früh in seinem Leben gemerkt, dass ein Teil seines Gehirns für sich selbst arbeitete, Fakten jeder Art sammelte und nur selten etwas vergaß. Das machte ihn zwar zu einem sehr guten Polizisten, er selbst jedoch, das rauhe aber herzliche Nordlicht, das privat gerne mal Fünfe gerade sein ließ, empfand diese Seite an sich als eher störend und erlaubte ihr nur selten, sich außerhalb des Polizeidienstes zu Wort zu melden.

Er leckte sich Mayonnaise von der Lippe und in dem Bewusstsein, dass er wohl niemals »Garnelenbrötchen« sagen würde, kam ihm der Gedanke: Wie lange und von wie vielen Menschen muss etwas falsch gemacht werden, damit wir es für richtig erklären?

Die unerwartete Tiefgründigkeit des eigenen Gedankens überraschte ihn selbst und beschäftigte ihn auf seinem Weg zur Hörnbrücke. Die Faltbrücke, in den ersten Jahren nach Fertigstellung häufig »Klapptnix-Brücke« genannt – sie ließ sich phasenweise nicht für die Schiffsdurchfahrt öffnen und es musste nachgebessert werden- war für Knut zum guten Freund geworden. Er war auch früher manchmal zu Fuß zur Arbeit gegangen. Damals aber aus purem Idealismus, denn der Weg über die alte Gablenzbrücke war doch erheblich länger und alles andere als idyllisch, da er unentwegt durch dichten Autoverkehr führte.

In der Dienststelle angekommen, riss Hansen erstmal die Fenster seines Büros auf und machte sich einen Earl-Grey Tee. Er war gerade dabei, sich lustlos an den

Papierkram der letzten Tage zu setzen, als die Tür aufflog und sein ihm unterstellter Kollege Olaf Köppcke ins Büro stürmte.

»Ah, Chef du bist da ... Es gibt da einen Einsatz, bei dem die Kollegen wohl überfordert sind – wirre Geschichte: Ein Herr Korschmann ist im Alter von 75 Jahren im Ausland verstorben und einziger Verwandter und damit Erbe seiner Villa und des Vermögens ist ein Junge namens Heiko Korschmann. Dieser ist wohl heute erstmalig an seinem neuen Wohnort erschienen und hat als erste Amtshandlung die Haushälterin entlassen. Die gute Frau, eine gewisse Conzuela Gomez, die wohl schon sehr lange in dem Haus arbeitet und wohnt, hat sich daraufhin hysterisch in ihrem Zimmer verschanzt und die Polizei gerufen. Sie behauptet offensichtlich, dass der Erbe gar nicht der echte Neffe sei und die Kollegen vor Ort waren sich wohl unsicher, ob da alles ganz sauber ist, oder vielleicht hatten sie auch einfach ein Problem damit, die alte Dame vor die Tür zu setzen – verdenken könnt ich's ihnen nicht, da reißt sich ja keiner drum. Wenn ich's richtig verstanden habe, spricht die Frau hauptsächlich spanisch und immer nur wenige Brocken Deutsch.«

Hansen nahm einen tiefen Schluck aus der Tasse. »Die Erbschaftsangelegenheit ist schon geklärt und er hat den Erbschein und alles dabei?«

»Ja und das scheint auch alles so weit in Ordnung, im Testament steht zwar die formulierte Bitte er möge die Haushälterin behalten, aber das will der junge Mann offenbar nicht und wie es scheint kann ihn auch niemand dazu zwingen«, antwortete sein langjähriger Kollege und Freund.

Knut blickte einen Moment auf seinen Schreibtisch, der vor unerledigtem Papierkram fast überquoll, trank dann zügig seinen Tee aus und griff nach seiner Jacke: «Hmm ...

na, dann mal los. Ich seh' noch nicht, was wir da genau sollen aber draußen scheint wenigstens die Sonne ...«

Lachend machten sich die beiden auf den Weg durch die Gänge des Präsidiums. Als sie die Telefonzentrale passierten, fiel Hansens Blick auf eine seiner Lieblingskolleginnen, die kleine und extrem zierliche Maria Rivilla. Rivilla war eine wunderschöne, dunkelhaarige Frau mit lockerem Mundwerk, mit der Knut sich oft und gern kleine Wortgefechte auf dem Gang lieferte. Betont förmlich rief er: "Polizeiobermeisterin Rivilla, sie sprechen doch spanisch, oder?«

Die kleine Frau drehte sich forsch mit ihrem Bürostuhl um, fixierte den Kommissar lächelnd mit ihren fast schwarz anmutenden, braunen Augen und deutete eine salutierende Geste mit der flachen Hand an der Stirn an. »Sí mi Capitán!«

Die Villa des Verstorbenen lag am Rande des Kieler Stadtteils Hassee beim Grünen Herzen, wie der kleine Wald rund um den Fernsehturm genannt wurde. Als Hansen, Köppcke und Kollegin Rivilla eintrafen, hatten die Kollegen die Situation so weit geklärt, dass die alte Frau Gomez, immer noch wütend vor sich hin schimpfend, in einer Ecke der Eingangshalle saß, während der junge Herr Korschmann mit verschränkten Armen in der anderen Ecke stand, beide von je einem Polizeibeamten gesäumt. Hansen blickte sich in dem großen Raum um und bat seine beiden Kollegen dann, sich ein Bild zu verschaffen, während er sich ein wenig umschauen wollte. Die beiden widersprachen nicht, sie kannten Hansen lange genug, um zu wissen, dass seine Art der Ermittlung intuitiv und von außen oft nicht leicht nachzuvollziehen war, aber der Erfolg gab ihm recht.

So setzte sich Maria Rivilla zu der betagten Hausangestellten und ließ, als diese in ihr eine Landsmännin erkannte, stoisch eine 10-minütige Schimpftirade über sich ergehen. Köppcke prüfte derweil noch einmal die Erbschaftsunterlagen und befragte den frischgebackenen Hauseigentümer.

Hansen besah sich den Raum. Dieser wirkte wie das Safarizimmer eines Großwildjägers um 1900, nur ohne ausgestopfte Tiere. Schwere dunkle Vitrinen waren voll mit kleinen Exponaten; an den Wänden hingen exotische Gegenstände und ganze Fotowände, größtenteils gefüllt mit vergilbten Fotos, aber auch viele unterschiedlich alte Postkarten mit stilisierten Kängurus, Koalas und atemberaubenden Landschaftsaufnahmen, die von Erlebnissen des einstigen Hausbesitzers zeugten. Die Souvenirs wiesen alle ausschließlich auf Australien hin. Hansens Blick fiel auf mehrere große, bemalte Bumerangs, lange Didgeridoos und große Leinwände mit der bekannten naiven Kunst der Aborigines, die in kontrastreichen Farben meist die Silhouetten von Eidechsen, Meeresschildkröten oder großen Laufvögeln, umrahmt von den typischen gepunkteten Linienmustern, darstellte. Die vielen Fotos zeigten, wie man der Beschriftung entnehmen konnte, Heinrich Korschmann als Kind, Jugendlichen und jungen Erwachsenen inmitten von Graslandschaften, unwirklich anmutenden, roten Sandsteinfelsen und traumhaft weißen Stränden mit fast türkisblauem Wasser. Eine Reihe förmlicher Schulabschluss Bilder, ausgewählte Zeugnisse und vergilbte Sportabzeichen dokumentierten auf englisch eine scheinbar erfolgreiche und, wenn der Eindruck der Gruppenfotos nicht täuschte, glückliche Schullaufbahn in einer Schule in Brisbane. Einige schwarz-weiße Bilder zeigten den Jungen mit seinen Großeltern, bei denen er offensichtlich in dieser Zeit gewohnt hatte. Der Erzählstrang der Bilder riss im späten Teenageralter des Jungen ab und neue Farbbilder ohne Beschriftung waren dazugehängt worden. Sie zeigten einen alten Mann mit schlohweißem Haar teilweise an den gleichen Plätzen; er hatte sich wohl einen Spaß daraus gemacht, die alten Fotos nachzustellen. Neben einem Foto, das den alten Mann vor seinem alten Schulgebäude zeigte, hing eine sehr neue Postkarte, die spanisch beschrieben war und offensichtlich an seine Haushälterin Conzuela gerichtet war. Hansen nahm Sie vorsichtig von der Wand und begab sich zurück zu den Kollegen, die mittlerweile ihre Bestandsaufnahme abgeschlossen hatten.

Köppcke fasste wie folgt zusammen: Der junge Heiko Korschmann war 22 Jahre alt und Sohn der einzigen Schwester seines Onkels. Seine alleinerziehende Mutter war kurz nach seiner Geburt gestorben war, so dass er bei Pflegeeltern aufwuchs. Er hatte alle notwendigen Erbschafts-Papiere, seine Geburtsurkunde und einen Personalausweis dabei, dessen Foto zwar ausgesprochen unaktuell war, aber in allen wesentlichen Punkten seinem Aussehen entsprach, wenn man sich, mit viel Fantasie, die unterschiedliche Frisur, den Drei-Tage-Bart und die neue Brille des anwesenden Erben wegdachte. Korschmann war, seiner Aussage zufolge, von dem Erbe überrascht, gab aber an, in den letzten Jahren vermehrt Kontakt mit seinem Onkel gehabt zu haben, sich gut mit dem alten Herren verstanden zu haben und ihn darüber hinaus bei regelmäßigen Besuchen besser kennen gelernt zu haben. Da er sein Geld zusammenhalten wolle und auch kein Interesse an einer Angestellten habe, wollte er dem Wunsch seines Onkels, die Haushälterin weiterhin zu beschäftigen nicht nachkommen, was schließlich auch sein gutes Recht sei.

Maria Rivilla hatte die lange ausschweifende Rede von Frau Gomez geduldig ertragen und gab dem Kommissar detailliert Auskunft. Die Dame war 63 Jahre alt, seit über 25 Jahren im Haus angestellt und wohnte in einer kleinen, über einen Seiteneingang erreichbaren Einliegerwohnung des Hauses. Sie hatte außer der Familie ihrer Tochter in Spanien keine Angehörigen und wusste auch nicht recht, wo sie nun bleiben solle. Insgesamt wirkte sie auf die Polizistin etwas durcheinander, war aber dabei nicht unglaubwürdig. Sie bestätigte, dass der alte Herr Korschmann in den letzten Jahren häufiger Kontakt zu seinem Neffen hatte, weigerte sich aber anzuerkennen, dass der junge Mann ihr gegenüber der echte Heiko Korschmann sei. Ihren Zweifel begründen konnte sie nicht und Maria merkte an, dass die gute Frau anscheinend ziemlich kurzsichtig war. Weiterhin behauptete die Frau standhaft, dass der junge Korschmann sehr wohl von dem Erbe gewusst habe und ihr Arbeitgeber ihr versichert hatte, dass er mit seinem Erben vereinbart habe, dass Sie weiterhin ihre Wohnung bewohnen dürfte, wenn er tot sei.

Knut warf einen Blick auf die alte Frau, die nun zusammengesunken in einem Sessel saß und versteinert aus dem Fenster blickte. Ein Stich durchfuhr ihn, denn sie erinnerte ihn an seine Mutter. Er musste sich zusammenreißen, denn als Polizist wusste er, dass oft genug das juristische Recht nichts mit der empfundenen Gerechtigkeit zu tun hatte und es zu seinem Job gehörte, das Gesetz nicht in Frage zu stellen. Die Situation schien recht klar zu sein: Conzuela Gomez war jahrzehntelang die gute Seele des Hauses und wurde nun dafür bestraft, dass sie nicht abgebrüht genug gewesen war, einen Vertrag aufsetzen zu lassen. Er schluckte und gab seiner Kollegin die Postkarte fast in der Hoffnung, die darauf vermerkten Sätze könnten eine Art zauberhafter Vertrag sein, der die Lage gänzlich änderte. Maria Rivilla, der die Situation offensichtlich auch nahe ging, nahm die Karte an sich, besah sie etwas verwirrt und las leise den übersetzten Text vor:

Liebe Conzuela,
da bin ich nun, auf meiner vielleicht letzten Reise zur Heimat meiner Großeltern und dem Schauplatz meiner Jugend, der mich so tief prägte und ein Leben lang nie losließ.

Ich schicke dir diese Fotos, die mich an den geliebten Plätzen zeigen, an denen ich als Bub schon das volle Leben einatmete und bilde mir ein, auch heute bei jedem Atemzug ein wenig von dem alten Geist zu inhalieren. Freute ich mich damals darauf, jedes Jahr in den Sommerferien nach Deutschland zu reisen, um die Eltern in München zu besuchen so wünschte ich mir jetzt, ich müsse nie wieder fort von hier.

Liebe Grüße Dein Heinrich

Das Datum auf der Postkarte war nur wenige Wochen alt, es war also offensichtlich, dass seinem letzten Wunsch entsprochen worden war. Hansen und Rivilla schluckten beide schwer und Hansen drehte sich schnell von der Kollegin weg, um beiden die Peinlichkeit des Moments zu ersparen. Er nahm sich vor, der ganzen Geschichte schnell ein Ende zu machen.

»Herr, Korschmann! ...« sagte er mit aufgesetztem Lächeln und ging auf den jungen Mann zu »...Polizeihauptkommissar Hansen mein Name, dann wollen wir die Sache mal zu Ende bringen. ich fasse zusammen: Ihr Onkel hat ihnen alles vererbt und Sie haben Ihre Meinung geändert und wollen nun doch nicht mehr seine Angestellte hier wohnen lassen ...«

Der junge Mann blickte Ihn giftig an: »Ich habe meine Meinung nicht geändert! So etwas haben mein Onkel und ich nie besprochen ... wir haben uns immer nur über seine Vergangenheit unterhalten, über sein Leben, seine Zeit in ... in ... in Australien und so weiter. Es war interessant und wir haben uns super verstanden – aber über ein Erbe haben wir nie geredet. In dem Testament bittet mein Onkel zwar darum, dass ich seine alte ... Putzfrau behalte, aber das kommt für mich nun nicht in Frage. Ich weiß nicht einmal, ob ich hier wohnen will oder das Haus nicht lieber verkaufe.«

Hansen schaute den jungen Mann an. Die Art, wie er die Haushälterin zur Putzfrau degradierte, gefiel ihm nicht, aber darauf kam es ja leider nicht an. Irgendwie konnte er nicht widerstehen und bohrte noch etwas weiter. »Ja, ja Australien ... Ihr Onkel war viel dort, oder?« »Ja, ja er war die ganze Jugend dort ... hat wohl bei seinen Großeltern gewohnt ... Ist ja auch egal. Können sie jetzt bitte endlich diese Person aus meinem Haus schaffen? Ich hatte einen langen Tag.«

Alles in Hansen befahl ihm, jetzt endlich die Zelte abzubrechen, doch ein letzter Blick auf Frau Gomez trieb ihn zu einer letzten Bemerkung. »Muss eine komische Kindheit gewesen sein, er war nur in den Sommerferien zu Hause bei seinen Eltern habe ich gehört ...«

Das war zu viel für Korschmann, der den Kommissar jetzt fast anbrüllte: »Himmelherrgott! Wollen sie jetzt über die Kindheit meines Onkels mit mir reden? Na gut! Er war traurig, weil er die Eltern so selten sah, aber hatte trotzdem eine tolle Zeit in ... in Australien. Und auch die Sommerferien mit seinen Eltern waren großartig. Er hat mir oft erzählt, wie sie zusammen am Strand waren und stundenlang gebadet haben, Fahrradtouren haben sie gemacht, sie waren zusammen segeln und das ganze Programm. Er hatte eine rundum tolle Jugend, sind Sie jetzt zufrieden?«

Ihm wurde bewusst, dass der ganze Raum sie wegen seines Ausbruchs anstarrte und setzte kleinlaut hinzu: »'Tschuldigung Kommissar – ich hatte einen langen Tag.«

Hansen winkte ab ... »Kein Problem – ich weiß, ich bin manchmal etwas penetrant. Verzeihen sie.« Er wandte sich ab und machte den Kollegen im Raum ein Zeichen, dass es Zeit war zu gehen. Ein paar Schritte entfernt blieb er stehen und fragte laut: »Ach Herr Korschmann? Eine letzte Frage für meinen Seelenfrieden: Hatte Ihr Onkel ihnen wirklich von einer tollen Zeit beim Fischen und am Strand mit seinen Eltern erzählt oder haben sie sich das ausgedacht, um die Diskussion zu beenden und mich loszuwerden?«

Alle Augen waren auf den jungen Mann gerichtet der, wie es schien, die folgenden Worte sorgfältig abwägte: »Äh ... nein, nein ... das hat er mir wirklich erzählt und er schien immer sehr glücklich zu sein, wenn er von diesen Ferien erzählte, ganz ehrlich.«

Knut Hansen lächelte und winkte seine Kollegen zu sich. »Kommissar Köppcke, würden sie bitte dem jungen Mann seine Rechte vorlesen, wir nehmen ihn mit aufs Revier wegen des Verdachtes auf Betrug und Urkundenfälschung! Polizeiobermeisterin Rivilia, erklären sie bitte Frau Gomez, dass sie bis auf weiteres hierbleiben kann, bis sich die Sache geklärt hat.« Die anwesenden Beamten machten sich erleichtert auf den Weg zur Dienststelle und nahmen den laut protestierenden Korschmann mit.

Wie Knut es nur allzu häufig erlebte, hielt der Protest des jungen Mannes nicht lange an. Schon im Auto begann der er mit einem Geständnis: Er hieß in Wirklichkeit Jochen Stollberg und war Kumpel und Mitbewohner des echten Heiko Korschmann. Dieser war begeisterter Bergsteiger und zurzeit auf einer Survival-Tour durch Indien und den Himalaya unterwegs, die für fast ein halbes Jahr geplant war. Stollberg hatte die Anweisung, dessen Post zu öffnen und ihm wichtige Dinge per Anruf mitzuteilen. Als er die Nachricht von der Erbschaft las, hatte er sich zunächst im Spaß gefragt, was denn wäre, wenn er statt seines Freundes mit allen Unterlagen beim Notar erschiene. Da sein bergsteigender Freund nur mit Reisepass unterwegs war und den Personalausweis sicherheitshalber zu Hause aufbewahrte, hatte Stollberg, wie er bei seinem Gedankenspiel bemerkte, alle Dokumente zur Hand, die er brauchte und die beiden sahen sich auch ähnlich genug, dass das alte Foto im Ausweis keine Fragen aufwerfen würde.

Der junge Mann erlag der Verlockung plötzlichen Reichtums und plante, schnell alle Konten zu räumen, das Haus zum Schleuderpreis zu verscherbeln und sich mit dem Geld nach Thailand zu abzusetzen, bevor sein Mitbewohner wieder im Land war. Das Problem mit der Haushälterin erwischte ihn unvorbereitet und als sein Versuch, sie einfach dreist vor die Tür zu setzen, scheiterte, entglitt ihm die Situation. Er war sich sicher, dass alle seine Dokumente und die bisherige erfolgreiche Täuschung ihm gute Chancen gaben, das Spiel auch der Polizei gegenüber weiterzuführen. Der Haken dabei war nur, dass er absolut nichts über den Onkel wusste. Sein Mitbewohner hatte ihm nur erzählt, dass er sich seit einiger Zeit wieder mit seinem reichen Onkel traf und nichts mehr. Alle Informationen über die Zeit in Australien und alles andere hatte er an diesem Tag auf dem gleichen Weg wie der Kommissar aufgeschnappt. Er hatte sich die Fotowände besehen und dann mit dem neu erworbenen Wissen vor den Beamten geblufft und er hatte nur mit Glück leicht stotternd verbergen können, dass er in der Aufregung Details wie den Stadtnamen Brisbane vergessen hatte.

Hansen, Köppcke und Rivilla standen noch einige Zeit zusammen vor der Dienststelle und tranken Cola aus dem Automaten. Das kalte Getränk erfrischte angenehm und sie besahen schweigend den hellblauen Sommerabendhimmel, an dem jetzt langsam die ersten Sterne durchschienen.

Rivilla brach das Schweigen. »Clever, wie du ihn zum Schluss nochmal wütend gemacht hast ... hatte was von Columbo ... und was hat ihn verraten? Es war München, oder? Die Eltern von Korschmann lebten in München und deswegen wären sie nicht am Strand mit ihm gewesen, oder?«

Knut sah sie an und wollte gerade antworten, da schlug sich Olaf Köppcke auf die Stirn »Sommerferien! Australische Sommerferien ... die sind im Dezember oder so! Das ist doppelt blöd ... Im Winter in München mit den Eltern segeln, am Strand baden und Fahrradtouren machen ... ts ts ... aber alle Achtung Chef, das muss einem auch erstmal auffallen in der Situation.«

Knut lachte: »Häh? Ich weiß gar nicht wovon ihr redet ... mir passte einfach seine Nase nicht.« Er wandte sich um und ging in das Gebäude, um seine Flasche wegzubringen.

Die beiden Kollegen schauten sich an und mussten lachen.

Rivilla rief ihm mit gespielter Entrüstung nach: »Wissen Sie was, Herr Hauptkommissar? Das kannst du deiner Oma erzählen!«

Epilog: Als der echte Heiko Korschmann per Handy informiert wurde, brach er seine Tour ab und bezog die Villa sofort zusammen mit seiner neuen Freundin, die er in Indien kennengelernt hatte. Die beiden heirateten und bekamen zwei Kinder, die in dem neuen Zuhause groß wurden. Conzuela Gomez arbeitete noch viele Jahre als Haushälterin und Kindermädchen bei ihnen und durfte auf Lebenszeit in Ihrer Wohnung bleiben.

ÜBERFALL MIT SEKT
UND PAPRIKA

Samstagmorgen auf dem Weg zum Polizeirevier: Wenn sie zusammen in der Wochenendschicht waren, fuhr Kommissar Knut Hansen meist mit seinem Kollegen Olaf Köppcke im Dienstwagen zur Arbeit. Sie waren gerade zwei Minuten auf dem Ostring, als sich das Funkgerät meldete.

»Krks … Ein Einsatzwagen in den Schreyweg 3 in Wellingdorf – 7. Stock links bei Reiber … Krks … der Nachbar sagt, Frau Reiber sei am Kopf verletzt und vielleicht überfallen worden … der Notarzt ist auch gleich da … Krks … Tatverdächtiger ist ein junger Altenpfleger namens Stefan Vogler … vielleicht ist die Dame aber auch nur hingefallen … Alles nicht so leicht zu verstehen. Der Nachbar heißt Winfred Kowalski und ist eventuell nicht ganz nüchtern … Krks …«

Hansen drückte auf den Funk-Knopf: »Hallo Maria! Knut hier. Köppcke und ich sind gerade in der Nähe … wir machen das.«

Köppcke und Hansen erreichten die Wohnung der Rentnerin knappe fünf Minuten später und sein Kollege parkte den Wagen mit quietschenden Reifen vor dem Hauseingang direkt neben dem Notarztwagen. Der Ort des Geschehens war eine Wohnung in einem der Hochhäuser mit sternförmigem Grundriss, die man rechts vom Ostring sehen konnte, wenn man vom Ostufer aus in die Stadt fuhr. Man fuhr vorbei, sah sie und vergaß sie gleich wieder. Keine besonders schöne Gegend, aber man gab sich Mühe, die Wohnanlage wenigstens von außen halbwegs ansprechend zu halten. Von innen bot sich ihnen das typische Bild von Graffitis, zerkratzten Wänden und Kinderwagen, in die irgendein Scherzkeks seinen Müll geworfen hatte. Die Polizisten wechselten einen kurzen »Na-das-habenwir-schon-viel-schlimmer-gesehen«-Blick und betraten den Fahrstuhl.

Sie fuhren mit dem Aufzug in den 7. Stock und sprachen dabei kein Wort ... Beide ließen ihre Blicke über die ewig gleichen, mit Edding geschriebenen obszönen Kritzeleien und Beschimpfungen auf den Fahrstuhlwänden aus gebürstetem Stahlblech wandern ... Diese künstlerischen Ergüsse frustrierter Jugendlicher ermüdeten den Kommissar, wenngleich er auch Verständnis dafür hatte, dass eine Kindheit zwischen Beton und Stahl einen Jugendlichen auf komische Gedanken bringen konnte. Kurz bevor sie den 7. Stock erreichten, fiel sein Blick auf eine Kritzelei, die ihn lächeln ließ: auf einen Postpaketaufkleber hatte ein offenbar talentierterer Künstler in flotten Strichen einen kleinen dicken Polizisten gezeichnet. Das war zwar frech, aber wenigstens gut gemacht, dachte Knut, als sich die Tür des Fahrstuhls öffnete. Sie konnten schon vom Fahrstuhl aus die offene Wohnungstür sehen und das Gemurmel mehrerer Personen hören ...

Die Polizisten verschafften sich einen schnellen Überblick: Die Wohnung von Frau Reiber war mit drei Zimmern für eine alleinstehende, pflegebedürftige Rentnerin recht groß, aber das war nicht weiter verwunderlich – verteilt in der Wohnung fanden sich Familienfotos, die Frau Reiber mit Mann und Tochter zeigten – vermutlich war dieses die ehemals gemeinsame Wohnung gewesen und man wollte der Dame einen Ortswechsel so lang wie möglich ersparen. Hansen, der, wie er sich eingestehen musste, selbst ein ziemliches Muttersöhnchen war, musste sich zusammenreißen. Ältere Damen in Not weckten den Beschützer in ihm und er wusste, dass sich Gefühlsausbrüche jeder Art schlecht auf seinen Ermittlerinstinkt auswirkten.

In der Wohnung befanden sich neben der Notärztin und dem Rettungsassistenten drei Personen: Charlotte Reiber war eine zierliche Frau von knapp einmeterfünfzig Größe. Sie hatte eine schmerzhaft aussehende Beule am Kopf, die sich dunkel verfärbt hatte und saß in einem Sessel. Eine Rettungssanitäterin kühlte ihre Stelle vorsichtig mit einem Cool Pack, während ihr Kollege der Frau über einen Zugang eine Glukoselösung verabreichte, da die Diabetikerin offenbar total unterzuckert war. Aus Frau Reiber war zunächst gar nichts herauszubekommen ... Knut empfand sie als tief sympathisch und obwohl sie nur wenig sprach, schwang in dem, was sie sagte, ein fein betonter Humor mit. »Ich weiß gar nichts mehr. Ich bin Charlotte Reiber und das ist meine Wohnung – Sie alle kenne ich nicht«, wiederholte sie mehrmals.

Die Rettungssanitäterin gab Knut zu verstehen, dass es bei der Unterzuckerung und der Kopfverletzung bemerkenswert sei, dass sie überhaupt ihren Namen wusste.

Die zweite Person in der Wohnung war der Mann vom Pflegedienst, Stefan Vogler, ein drahtiger junger Mann der sein Namensschild vom Pflegedienst Sonnenblume leger am Kapuzenpulli festgesteckt hatte. Er beteuerte, dass ihm die ganze Situation furchtbar leidtäte, aber es schön wäre, wenn sie sich beeilen könnten, da er dringend noch zu anderen Kunden musste.

Der dritte im Bunde war Winfried Kowalski – ein auf den ersten Blick furchterregender Hüne. Grob geschätzt zwei Meter groß, trug Kowalski einen riesigen Bauch vor sich her und an seinem vergleichsweise kleinen, kahlgeschorenem Kopf hing in Form von Ohr- und Nasenringen genug Metall, um daraus einen mittelgroßen Toaster zu bauen. Im Kontrast zum glattrasierten Kopf war das Gesicht des Mannes von einem wild-buschigen Vollbart überwuchert. Die massigen Arme waren flächendeckend tätowiert und der ungeheure Oberkörper war nur notdürftig mit einem arg ramponierten Bundeswehrunterhemd und einer kleinen, mit Aufnähern verzierten Lederweste bedeckt, während er untenrum nur Boxershorts und Birkenstock-Sandalen an den nackten Füßen trug. Als der Blick des Kommissars kurz auf den Gesundheitsschuhen ruhte, öffnete der Riese den Mund und sagte freundlich, in der sanftesten Stimme die Knut Hansen jemals gehört hat: »Ich hab' Hammerzeh« und mit einem Schlag wusste Hansen, dass dieser Mann – bildlich gesprochen – kein furchteinflößender Hai, sondern ein Wal war. Ein gutmütiger, sanfter, riesengroßer pockenübersäter Pottwal.

Knut und Köppcke nahmen die Befragungen der beiden einzeln vor. Das war ihre Lieblings-Vorgehensweise, wenn es nur wenige Zeugen zu befragen gab – jeder vernahm einen Zeugen und danach ging er zum jeweils anderen, um bestimmte wichtige Punkte der Aussage, soweit möglich, bestätigen zu lassen. So hatten sie zwei neutrale Berichte und oft kamen schon beim ersten Vergleich Unstimmigkeiten heraus, die dann zur Lösung des Sachverhalts führten. Dieses Mal nicht.

Stefan Vogler war, seiner Schilderung nach, morgens um kurz vor acht, wie gewohnt, bei Frau Reiber erschienen, die ihn aber nicht erkannte und nicht hereinlassen wollte. Dies sei nicht ungewöhnlich, da die Frau an Diabetes litt und unvernünftiger Weise morgens oft nicht frühstückte, was eine Unterzuckerung und damit Verwirrtheit auslöste. Er habe sie dann, wie üblich, dazu überredet, ihn in die Wohnung zu lassen, um ihr, wie üblich. ihre Medikamente zu geben und die tägliche Hilfe zu verrichten. Frau Reiber konnte die täglichen Arbeiten in der Wohnung noch selbst erledigen und war eine äußerst pingelige Hausfrau – ein Eindruck, der sich bei einem kurzen Blick in die Wohnung bestätigte. Sie verließ aber das Haus nicht mehr und es war notwendig, bei ihr täglich nach dem Rechten zu sehen, die Medikamenteneinnahme zu überwachen und Hilfe anzubieten, also den Müll runterzutragen und so weiter. Darüber hinaus erledigte er zweimal die Woche Einkäufe für sie. Hierfür schrieb sie ihm montags und freitags eine kurze Auflistung und er brachte die Einkäufe dann am nächsten Tag mit. Während er davon erzählte, bemerkte Vogler, dass er den Einkaufszettel die ganze Zeit in der Hand hielt und reichte ihn geistesabwesend dem Kommissar – darauf stand:

1L MILCH 4 EIER TASCHENTÜCHER
ORANGE PAPRIKA APFELSAFT
FRISCHKÄSE KIRSCHJOGHURT
KIRSCHMARMELADE SCHWARZBROT

Hansen überflog die Auflistung, an der nichts weiter bemerkenswert war und legte den Zettel dann beiseite. Vogler sagte weiter aus, dass Frau Reiber ihn dann nach einiger Zeit wiedererkannt hatte und er gerade dabei war, ihr bei einem gemütlichen Plausch ihre Medikamente zu geben, als sie erneut einen Verwirrungsanfall bekam und ihn für einen Einbrecher hielt. Sie schrie und wollte vor ihm fliehen, stürzte über eine Teppichfalte und schlug mit dem Kopf an einer Tischkante an. Von dem Lärm alarmiert, war dann Herr Kowalski aus der Wohnung nebenan gekommen. Dieser hatte auch die Polizei alarmiert, hatte sich aber mittlerweile auch davon überzeugt, dass es nur ein Unfall gewesen war.

Winfried Kowalski bestätigte die Geschichte Voglers in allen Punkten. Er lebte schon seit Jahren neben Frau Reiber und hatte sich früher oft mit ihr unterhalten. Seit es mit ihrem Diabetes schlimmer geworden war, war es ihm auch schon einige Male passiert, dass sie sich im Hausflur begegnet waren und sie ihn nicht erkannt hatte. Er wusste davon, dass ein Pflegedienst zu der Dame kam, hatte aber nur selten jemanden getroffen, weil er nachts als Taxifahrer arbeitete und gewöhnlich erst gegen Mittag aufstand. Daher hatte er Herrn Vogler selber auch vorher noch nie gesehen und ihn für einen Einbrecher gehalten.

Hansen und Köppcke glichen ihre Aufzeichnungen ab und kamen überein, dass hier wohl nicht mehr allzu viel zu tun sei. Vogler bat darum, nun, wo alles besprochen sei, schnell seine Arbeiten abwickeln zu können, um den Tagesplan für heute zumindest teilweise einzuholen. Hansen nickte ihm zu und während Köppcke und Kowalski noch ein wenig Smalltalk über das Taxifahren hielten, ging er durch die Wohnung und ließ den Blick schweifen. Alles in der Wohnung war tiptop sauber und nirgendwo stand etwas herum. Ein Sektglas stand in der Spüle und war das einzige Zeichen dafür, das hier überhaupt jemand lebte. Knut kannte das von seiner eigenen Mutter, die am Tage auch immer einen Lappen an der Schürze stecken hatte und wo sie ging und stand, jeden Krümel beseitigte.

Er schlenderte weiter und fand, wie erwartet, nichts, was die Situation geändert hätte. Eine alte Frau war gestürzt, unschön aber kein Verbrechen. Als er wieder in der Stube ankam, ging es Frau Reiber wieder etwas besser, so dass er sich zu ihr setzte. »Na, Frau Reiber? Alles gut? Da sind Sie ja ordentlich hingefallen, wie?«

Die Frau sah ihn etwas unsicher an. Er hatte den Eindruck, dass sie nicht wusste, wer er war, aber sie schien schon daran gewöhnt zu sein, dass sie nicht mehr jederzeit jeden richtig einordnen konnte – so antwortete sie keck: »Ja das bin ich wohl. Ich kann mich an nichts erinnern. Da war ein Mann und noch einer ... sind die noch da?« Sie sah sich um und entdeckte die anderen Leute im Raum. »Ach du meine Güte, das ist ja eine muntere Versammlung hier in meiner kleinen Stube.«

»Ja, Frau Reiber ... das da hinten ist Herr Vogler vom Pflegedienst, er schaut hier täglich nach Ihnen, bringt Ihnen Ihre Einkäufe mit und hilft Ihnen im Alltag.«

Die Dame blickte erstaunt zu Vogler und dann wieder auf den Kommissar: »Ach was! Das ist ja nett von ihm ... Hat er denn auch heute meine Einkäufe mit?«

Knut lächelte sie an und tätschelte ihr behutsam die knochige Schulter. »Ja, alles gut, Eier, Kirschjoghurt, Paprika ... alles dabei ...«

Mit einem Schlag schien ihre Stimmung sich zu heben: »Hmmm lecker ... Kirschjoghurt, den esse ich immer gern. Den vertrage ich auch gut. Wissen Sie? Ich vertrag' keine Histamine, furchtbar. Wenn ich einmal einen Erdbeerjoghurt esse oder auch ein Glas Orangensaft trinke, bekomme ich Atemnot und mir juckt alles ... ich ess' deswegen auch immer das gleiche: morgens Haferflocken oder Marmeladenbrot und ein Ei und abends eine Scheibe Schwarzbrot mit Salz und dazu knusper' ich immer gern ein paar Streifen Paprika ... aber nur orange oder zur Not gelbe – die vertrag' ich besser und ich muss nicht so doll aufstoßen.« Bei der letzten Bemerkung hob sie die Hand vor den Mund und begann kleinmädchenhaft zu kichern und Hansen schüttelte ihr lachend die Hand und stand auf, denn die Notärztin gab ihm ein Zeichen, dass sie jetzt gehen würden.

»Gab es bei euch was Außergewöhnliches?« fragte er die beiden. Während ihr Assistent den Koffer zusammenpackte, antwortete die Notärztin routiniert, aber ein bisschen gestresst: »Nein, nichts Ungewohntes: Die Frau war völlig unterzuckert – hatte vermutlich länger nichts gegessen, das passiert öfter ... mit Diabetes ist halt nicht zu spaßen ... damit haben wir täglich zu tun. Zu lange nichts oder das Falsche essen, ein Stück Torte zu viel oder vielleicht den ein oder anderen Sekt und fertig ist das Drama.

Na ja, ist ja nichts passiert. Ein bisschen Ruhe und es geht ihr bald wieder gut. Na dann, auf Wiedersehen – wir müssen weiter!« Damit verließen die beiden die Wohnung.

Knut wandte sich Vogler zu, der gerade die Tüte mit den Einkäufen packte, um sie wegzuräumen. »Herr Vogler!« Vogler schreckte zusammen und ließ vor Schreck fast die Tüte fallen. Eine Packung Taschentücher und ein Netz bunte Paprika fielen heraus und eine Apfelsine kullerte über den Boden auf Knut zu.

Knut bückte sich, hob die Frucht auf und gab sie dem jungen Mann zurück. »Hier, Ihre Orange«, sagte er und gab ihm die Frucht wieder. »Ich glaube, wir sind dann so weit durch und es gibt wohl nichts mehr zu klären. Für meine Unterlagen bräuchte ich noch die Telefonnummer Ihres Arbeitgebers, falls ich Rückfragen habe ... Sind Sie hier sonst fertig?«

Der junge Mann antwortete, während er sich in Richtung Küche bewegte, Knut folgte ihm. »Ja, ich räum' nur kurz die Einkäufe weg und pack noch schnell den Müll zusammen ... die Telefonnummer ist elf, zweiundzwanzig, fünf.« Während Vogler die Sachen wegräumte, unterhielten sie sich noch beiläufig über Voglers Arbeit. Vogler erzählte noch einmal, dass er schon ein gutes halbes Jahr hierherkam und das Ganze schon ziemliche Routine sei. So etwas wie heute sei ihm noch nie passiert und er freue sich auf den Feierabend, um das Ganze erstmal sacken zu lassen. Kurze Zeit später packte er seinen Rucksack, die große Mülltüte und eine durchsichtige kleinere Einkaufstüte, in der sich ein paar Marmeladen- oder Gurkengläser sowie eine grüne Pikkoloflasche befanden. Er lächelte den Polizisten an: »Kann ich dann gehen oder ist noch was?«

Knut Hansen setzte betont langsam zu einer Antwort an: »Tja, Herr Vogler ... ob noch was ist? Oh ja – da ist noch was. Ich bin mir über eine Sache im Unklaren, und zwar: Warum das Ganze?«

Vogler stand ihm steif gegenüber und verzog keine Miene. Köppcke und Kowalski, die sich bis eben angeregt unterhalten hatten, sahen zu ihnen herüber und im Raum war es totenstill. »Warum was?«, fragte der Mann.

Hansen lächelte ein eingefrorenes Lächeln. Hier war einer alten Frau Gewalt angetan worden und das konnte er gar nicht verknusen. »Na der Überfall! Ich habe eine recht genaue Vorstellung und einen ausreichenden Haufen Indizien – die mir das Recht geben, Sie jetzt festzuhalten und ich wette meinen Hut, dass wir Ihnen nach Sicherung der Tatort-Spuren nachweisen können, dass Sie nicht der sind, für den Sie sich ausgeben. Weiter werden wir beweisen, dass Sie der armen Frau Reiber die Verletzung beigebracht haben. Ich schätze mal, Sie haben ihr eins mit der Sektflasche übergezogen, die Sie besorgt hatten, damit die eh schon verwirrte Dame vollends 'durch den Tüddel kommt. Aber im Moment kann ich noch kein Motiv erahnen, helfen Sie mir doch bitte auf die Sprünge.«

Wie von der Tarantel gestochen, setzte sich der vermeintliche Altenpfleger in Bewegung und machte einen Hechtsprung an Köppcke vorbei, bevor der auch nur verstand, was los war. Winfred Kowalski hingegen machte einen kleinen Seitwärtsschritt vor die Tür und der kurze Fluchtversuch nahm ein jähes, polterndes Ende, als der Mann mitsamt Rucksack, Müll und Altglas Beutel zunächst gegen Kowalski rannte, abprallte wie ein Spatz von einem Baum und unsanft zu Boden fiel, wo Kommissar Köppcke ihm prompt Handschellen anlegte.

Hansen blickte sich kurz um, hob dann den Müllbeutel auf und schaute hinein ... darin lagen ein Milchkarton, etwas Papier und ein gutes Dutzend Geldscheinbündel. Er pfiff durch die Zähne: »Hollala! Da hätten wir auch das Motiv ...« Als nächstes blickte er in den Beutel mit dem Leergut und holte die Pikkoloflasche heraus.

Gleich auf den ersten Blick offenbarte sich eine weiße Haarsträhne, die am Etikett hing. »Aha, da haben wir auch die Tatwaffe ... wie ich's mir dachte.«

Danach gestand der Täter alles: Sein Name war Markus Kleinberg. Er war arbeitslos und lebte von gelegentlicher Schwarzarbeit und Hartz IV. Als »Hobby« ging er regelmäßig als ungeladener Gast auf große Partys, um umsonst Getränke und Essen abzugrasen und nebenbei auch Portemonnaies und Wertgegenstände mitgehen zu lassen. Oft setzte er sogenannte KO-Tropfen ein, um die betäubten Opfer besser um ihr Geld erleichtern zu können. Letzte Nacht hatte es eine wilde Geburtstagsparty in der Innenstadt-WG gegeben, in der der Altenpfleger Stefan Vogler wohnte. Dieser war ziemlich betrunken, obwohl er am nächsten Tag arbeiten musste und erzählte einem Freund freimütig von seiner Arbeit. Kleinberg wurde hellhörig, als Vogler erzählte, dass eine seiner Kundin einen Berg Geld im Schrank aufbewahrte und durch die Unterzuckerung regelmäßig vergaß, wer er war. Bei einem Sekt zu ihrem Geburtstag sei sie sogar direkt vor seiner Nase umgefallen und trotzdem schrieb sie sogar manchmal Sekt auf den Einkaufszettel, den er ihr natürlich nicht mitbrachte. Kleinberg schmiedete einen Plan. Er horchte die Gespräche des betrunkenen Altenpflegers noch weiter aus, bis er alle nötigen Details hatte, schlich sich in dessen Zimmer, wo dieser seine Arbeitssachen und auch den Einkaufszettel aufbewahrte und steckte alles ein. Kurz bevor er die Party verließ, mischte er dem armen Vogler noch eine große Portion KO-Tropfen ins Bier. Er wollte die Sache morgens schnell abwickeln und zügig wieder aus der Wohnung verschwinden. Wenn Vogler dann aufwachte, gäbe es nur die wirre Erzählung einer alten Dame als Hinweis ins Leere. Zunächst hatte er erwogen, der alten Frau auch KO-Tropfen zu geben, doch er hatte Angst, dass die alte Dame daran hätte sterben können. Daher wollte er ihr einfach mit den Einkäufen einen Sekt mitbringen und einen Verwirrungsschub auslösen. Der Plan funktionierte zunächst auch ganz gut, sie erkannte ihn natürlich nicht, ließ sich aber davon überzeugen, dass er ihr Pfleger sei, der jeden Morgen kam. Als sie ihren Sekt allerdings getrunken hatte, bekam sie einen Schreianfall und er schlug sie im Affekt mit der Flasche. Er hatte gerade das Geld in den Müllbeutel gestopft, als Winfred Kowalski in die Wohnung gestürmt kam. So musste er die Geschichte glaubwürdig weiterspielen – immer von der Angst getrieben, dass der echte Stefan Vogler mittlerweile aufgewacht sein könnte.

Auf dem Weg ins Revier schwieg Kleinberg eine Zeitlang, konnte es wohl dann aber doch nicht mehr aushalten: »Was hat mich verraten?« stieß es aus ihm hervor und Hansen, dem der Mann zutiefst unsympathisch war, sagte nur: »Das sag ich Ihnen nicht.«

Als er später beim Mittag mit seinem Kollegen im Aufenthaltsraum saß, wollte der es genau wissen: »So, Chef – nun erzähl mal! ... Was war es? Ich wäre aalglatt wieder abgefahren und der Knilch wäre mit seiner abscheulichen Tat davongekommen.«
Knut lehnte sich zurück: »Tja, bis kurz vor Schluss hätte ich auch geschworen, dass alles seine Richtigkeit hatte – aber etwas, was die Notärztin sagte, ließ mich über das Sektglas in der Spüle nachdenken. Du erinnerst dich, wir hatten den Übeltäter Sekt ja schon bei dem Fall mit Tante Klärchen. Das hat mich irgendwie verunsichert. Und dann stolperte ich durch Zufall darüber, dass Kleinberg den Einkaufszettel von Frau Reiber falsch gelesen hatte: statt der orangefarbenen Paprika, die Frau Reiber besser verträgt, hatte er eine Orange, gegen die sie allergisch ist, und einen Beutel bunte Paprika mitgebracht.

Ich versuchte ihn dann mit einer spontanen Frage zu testen und hatte noch einen Glückstreffer – er nannte zwar, ohne mit der Wimper zu zucken, die Telefonnummer seiner Arbeit, aber das er log, war offensichtlich ... Ha! elf, zweiundzwanzig, fünf! So ein Quatsch!«

Köppcke runzelte die Stirn. »Wieso?«

Hansen lachte: »Mann! Köppke! Du solltest aber wissen, welche die einzige Nummer ist, die mit 112 anfängt!«

GIFT IN DER KIRSCH-COLA

Vor Hansen lag ein äußerst anstrengender Fall auf dem Schreibtisch: Seit etwa einem halben Jahr deponierte jemand präparierte Flaschen in verschiedenen Märkten der Getränkemarkt-Kette Meyer's Getränke -Name geändert-. Die Flaschen waren mit einer Substanz versetzt, die laut Labor unter anderem Silikon, Bienenwachs, Glycerin und einige andere Bestandteile enthielt und nach einstimmiger Meinung der Chemiker nicht wirklich giftig war. Im Labor war man sich recht sicher, dass es sich um ein fertig gekauftes Reinigungsmittel oder Ähnliches handelte. Die Flaschen wurden immer weit hinten im Regal versteckt und mit einem geprägten Etikett mit der Aufschrift vergiftet versehen. Bei jeder Aktion warf der Erpresser nachts zudem das Prägegerät mitsamt einem geprägten Hinweis in den Leergutschacht. Die Texte lauteten in etwa wie folgt: »vergiftete Kirsch-Cola-Flasche, letzte Reihe 4 Fl. v.r. – Weitere Instruktionen folgen.«

14 solcher Nachrichten samt präparierter Kirsch-Cola-Flaschen waren bisher gefunden worden und bisher hatte der Täter keine weiteren Forderungen gestellt. Knut Hansen wollte sich die Haare raufen. Sie hatten 14 Flaschen jeweils mit einem winzigen Loch und immer der gleichen Menge des »Gifts« gefunden. In die Flaschen war, kurz unterhalb des Deckels, ein kleines Loch gestochen. Vermutlich mit einer Spritze waren dann ca. 50 ml Cola gegen Gift ausgetauscht und anschließend war das Loch mit einem Tropfen Sekundenkleber wieder verschlossen worden. Alle Etiketten-Stanzer waren baugleich und fabrikneu bis auf zwei leicht gebrauchte Geräte mit einigen Kratzern. Auf diesen beiden hatten sie Fingerabdruckspuren gefunden, allerdings verwischt, so dass es nur einen einzigen brauchbaren Abdruck gab. Offensichtlich eine Nachlässigkeit des Täters. Den Abdruck hatten sie intern zwar als

Fahndungsforschritt gefeiert, der elektronische Abgleich brachte aber die Erkenntnis, dass der Täter nicht vorbestraft war – insofern blieben nur noch runde 200.000 Verdächtige in Kiel und Umgebung übrig, dachte Hansen zynisch. Der zweite Hinweis waren sechs Filmaufnahmen von Überwachungskameras, die jeweils eine Person zeigten, die sich am Kirsch-Cola-Regal zu schaffen machte. Die Person trug wahlweise Kapuze, Hut, Käppi oder Ähnliches und war immer nur von hinten zu sehen. Alle Kameraaufnahmen wurden montags zwischen 12 und 14 Uhr aufgenommen und noch am selben Abend oder am Morgen darauf wurden die Etikettiergeräte im Schacht des Leergut-Automaten gefunden.

In diesem Moment sprang die Tür auf und Olaf Köppcke kam hereingestürmt. »Chef, Chef ... das Ganze geht in eine neue Runde – der Erpresser will's jetzt wissen!«

Hansen sprang auf und hätte um Haaresbreite fast seine Teetasse umgestoßen. »Was? Zeig her, was gibt es?«

Köppcke schilderte ihm schnell die neue Wendung in dem Fall. Eine neue Flasche nebst Etiketten-Gerät war gefunden worden. Das Gerät war dem Marktangestellten nicht aufgefallen und nach dem Starten des Leergutautomaten seitlich vom Transportband gerutscht und baumelte an dem fast 40 cm langen Etikettenstreifen seitlich herunter. Bei der Bereinigung eines Flaschenstaus entdeckte der Mitarbeiter das Gerät dann zufällig und handelte sofort, indem er die darauf beschriebene Flasche aus dem Regal entfernte.

Der Text lautete diesmal: »Eine vergiftete Kirsch-Cola-Flasche im Regal, letzte Reihe, 1 Fl . v. links. – Legen Sie 25.000 Euro in kleinen Scheinen am Freitag, 12.12.12 um 12 Uhr in einer Plastiktüte ins Gebüsch neben dem Glascontainer auf dem Parkplatz Legienstr./Muhliusstr. KEINE POLIZEI!«

»12.12. um 12 Uhr« – Donnerwetter, der Erpresser hatte wirklich einen Hang zur Dramatik. Hansen schaute auf den Alte-Segelschiffe-Kalender an seiner Büro-Wand: Heute war der 11.12. Sie mussten sich mit der Planung beeilen.

»Komm, Köppcke wir müssen einen Einsatztrupp organisieren – obwohl, eigentlich brauchen wir ja nur aus dem Fenster zu schauen und schnell rüber zulaufen sobald er sich da rumdrückt.«

Die Polizisten lachten ... Tatsächlich stand der besagte Glascontainer nur einen Steinwurf vom Polizeipräsidium entfernt, ob der Erpresser das wusste? Hansen fand die Sache immer schräger.

Am Übergabetag saßen Hansen und Köppcke in einem kleinen Bistro an der Ecke Muhliusstraße/Legienstraße und beobachteten im Augenwinkel den Parkplatz. Alles war bestens organisiert, niemand konnte ahnen, dass der Platz bewacht wurde. Je vier Kollegen saßen in zwei geparkten Zivil-Fahrzeugen -einem alten Wohnmobil und einem Transporter ohne Fenster- an den offenen zwei Flanken des Parkplatzes. Um Punkt 12 Uhr sahen sie, wie der Mitarbeiter des Getränkemarktes, der für die Übergabe abgestellt war, auf den Parkplatz einbog, das Geld zügig im Gebüsch neben dem Glascontainer deponierte und dann verschwand.

Rund eine Stunde lang geschah nichts, dann fuhr ein roter Kombi auf den Parkplatz und jemand stieg aus. Die Polizisten blickten sich an und lächelten ... der Mann war wirklich ungewöhnlich. Er war hochgewachsen, um die vierzig Jahre und trug einen grellgelben Pullunder mit V-Ausschnitt über einem rot-weiß karierten Hemd. Das strohblonde Haar trug er fast schulterlang als Prinz Eisenherz-Frisur, die Hansen in dieser Form seit mindestens

30 Jahren nicht mehr gesehen hatte. Alles in allem fühlte sich Hansen an einen Loriot-Sketch erinnert – ein Gefühl, das auch nicht nachließ, als der Mann sich betont aufrecht mit einer Tüte auf dem Arm zu dem Container bewegte. Mit spitzen Fingern entsorgte er umständlich und scheinbar in Sorge, sich schmutzig zu machen, sein Leergut, dann faltete er akkurat die Tüte zusammen und ging scheinbar suchend um den Glascontainer herum. Nach kurzer Zeit fiel sein Blick auf die Tüte mit dem Geld. Er nahm sie auf, blickte hinein, schaute sich auf dem Platz um, blieb kurz stehen und ging dann mit der Tüte zu seinem Auto zurück.

Der Zugriff lief reibungslos, sobald der Mann ins Auto gestiegen war, ließ ein Kollege den Motor des Transporters an und fuhr direkt in die Parkplatz-Ausfahrt. Alle Polizisten sprangen aus ihren Verstecken und Hansen rief dem Ertappten die üblichen Hinweise zu. Dieser verzog kaum eine Miene, stieg aus dem Wagen, legte die Hände, wie gefordert, aufs Autodach und ließ die Polizisten die Verhaftung durchführen, ohne einen Ton zu sagen.

Im Präsidium erlebte Knut bei der Vernehmung des Zeugen, der Bernhardt Hassler hieß, etwas Ungewöhnliches: Er konnte den Verdächtigen überhaupt nicht einordnen. Er schien weder für einen Täter noch für einen zu Unrecht Verdächtigten im richtigen emotionalen Zustand zu sein. Das Einzige, was er ausstrahlte, war ein offensichtliches Unwohlsein, welches eher wirkte, als würde seine Hose zwicken, als dass er wegen des Verhörs beunruhigt wäre. Während Köppcke protokollierte, stellte Hansen seine Fragen: »So, Herr Hassler, Sie bleiben also bei der Geschichte, dass Sie einfach nur Ihr Leergut abgeben wollten und diese Tüte zufällig gefunden haben?«

Hassler zog die Brauen hoch und bewegte ansonsten keinen Muskel im Gesicht. »Mit Zufall hatte das wenig zu tun. Ich schließe jeden Freitag um 12:30 meinen Laden und fahre einkaufen. Auf dem Weg mache ich dann hier Halt, um das Altglas zu entsorgen, das ich morgens ins Auto gepackt habe. Abschließend gehe ich immer einmal um den Container und suche nach Flaschendeckeln und ähnlichem Müll, denn ich kann Unordnung nicht ausstehen. Manchmal finde ich auch Pfandflaschen, die nehme ich dann mit und gebe sie ab. Dass ich die Tüte finde, war also fast selbstverständlich.«

In diesem Stil ging das Verhör weiter. Herr Hassler schilderte völlig teilnahmslos seinen Alltag. Er war Geschäftsführer eines von zwei Secondhand-Geschäften, die einst seiner Mutter gehörten. Das andere gehörte seinem Bruder, mit dem er in einer Altbauwohnung am Schrevenpark zusammenlebte. Als er von seiner Mutter sprach, ließ sich erstmalig so etwas wie eine emotionale Regung in seiner Stimme feststellen. Er erklärte, dass sie in einem Pflegeheim sei und die Geschwister alles dafür taten, dass es ihr gut ginge und alles seinen gewohnten Gang gehe. Als sie ihn zu dem Zeitpunkt der Kameraaufnahmen befragten, umspielte seine Mundwinkel ein unruhiges Zucken. »Montags? Montags?? ... Da bin ich im Laden und arbeite ... sonst nichts.«

Mehr ergab das Verhör nicht. Bernhardt Hassler bestritt, der Erpresser zu sein, unternahm aber auch keine Anstrengung, sich zu entlasten. Es schien, als sei es für ihn einfach selbstverständlich, dass er nicht der Täter war und jeder das genauso zu sehen hätte. Sie nahmen seine Fingerabdrücke und er war mit einer Untersuchung von Wohnung und Geschäft einverstanden. Da Hansen sowieso noch den Bruder befragen wollte, begleiteten sie Hassler zu seinem Wagen und fuhren ihm nach, bis zu seiner Wohnung.

Als sich die Wohnungstür öffnete, traf Hansen fast der Schlag. In der Tür stand der gleiche Mann noch einmal – die Brüder glichen sich auf ein Haar, und damit nicht genug, zur eigentümlichen Frisur trugen auch beide die gleiche Kleidung. Nur auf den zweiten Blick fiel auf, dass der Bruder sich auf einen Gehstock stützte.

»Na Herr Hassler, dass Sie Zwillingsbrüder sind, haben Sie im Verhör aber nicht erwähnt ...«, merkte Hansen etwas verärgert an.

Bernhardt Hassler würdigte ihn keines Blickes. »Sie hatten nicht danach gefragt«, sagte er nur und ging an seinem Bruder vorbei in die Wohnung. »Bernd, das hier sind Herr Hansen und Herr Köppcke, sie sind von der Polizei und wollen unsere Wohnung ansehen und dich befragen, weil sie offenbar glauben, ich wäre ein Krimineller.«

Der Bruder, Bernd Hassler, schaute die Polizisten an und zeigte eine deutliche Spur Überraschung im Gesicht, was mehr war, als Hansen während des ganzen Verhörs beim Verdächtigen bemerkt hatte.

Die große Altbauwohnung war sehr antiquiert eingerichtet und das hatte nach Aussagen der Zwillinge seinen Grund darin, dass es ursprünglich die Wohnung der Mutter war, die bis vor einigen Jahren mit ihren Söhnen zusammengewohnt hatte und man keinen Grund sah, irgendetwas zu ersetzen, das nicht kaputt sei.

Im Wohnzimmer wurde den Polizisten ein Platz auf dem Sofa der braunen Sitzgruppe angeboten. »Möchten Sie etwas trinken? Ich kann Earl Grey-Tee, Wasser oder Kirsch-Cola anbieten. Kaffee haben wir nicht.«

Hansen und Köppcke erstarrten nahezu. »Kirsch-Cola?«, fragten beide vollkommen unprofessionell und wie aus einem Mund.

Bernhardt Hassler antwortete wieder völlig emotionsfrei. »Ja, wissen Sie – diese Cola mit Kirschgeschmack. Die trinke ich gerne.«

Köppcke lehnte ab und Hansen nahm eine Tasse perfekt gebrühten Earl Grey, wie er ihn schon lange nicht mehr getrunken hatte. Er genoss den Bergamotte Duft des

Dampfes, der ihm in die Nase stieg. Bernd Hasslers Stock war offensichtlich nicht nur Accessoire, er zog deutlich das Bein nach. Nachdem er sich den Polizisten gegenüber auf einen Sessel gesetzt hatte, blickte er seinen immer noch stehenden Bruder an und sagte etwas barsch: »Bernhardt, ich bin mir fast sicher, dass die Polizisten jetzt mit mir allein sprechen möchten – lässt du uns bitte alleine? Du kannst mir ja nachher erzählen, was genau passiert ist.«

Der Angesprochene zog kurz die Augenbrauen hoch und verließ tonlos den Raum.

Die Polizisten saßen etwas perplex wegen der merkwürdigen Atmosphäre auf dem Sofa und schauten dem Mann nach. Asperger, sagte Hassler.

Die Beamten zuckten zusammen. »Wie bitte?«, fragte Hansen überrascht.

Bernd Hassler sah sie steif an und fuhr fort. »Wir haben das Asperger-Syndrom, deswegen erscheinen wir Ihnen vermutlich etwas merkwürdig. Wir haben Schwierigkeiten damit, Gefühle auszudrücken und zu erkennen. Das ist eine milde Form von Autismus, insofern haben wir wohl Glück gehabt, wenn man so sagen will. Bernhardt hat es deutlich ausgeprägter als ich und hat sich zudem nie bemüht, es irgendwie zu verstecken – im Gegenteil, er streitet sogar ab, merkwürdig zu sein. Wissen Sie, es gibt Techniken zum Auswendiglernen von emotionalen Zeichen, die mir sehr geholfen haben, ... aber wollen wir beim Thema bleiben ... was möchten Sie wissen, und was um alles in der Welt soll mein Bruder angestellt haben?«

Die Polizisten erklärten die Sachlage knapp und Bernd Hassler runzelte die Stirn. »Hmm, ein Erpresser? Bernhardt? Ist es so weit gekommen? Ich hätte nicht gedacht, dass er so weit geht. Wissen Sie, Herr Kommissar – mein Bruder und ich verstehen uns nicht besonders, auch wenn er das nicht bemerkt. Wir wurden von Geburt an durch unsere Mutter als einheitliches Doppelpack erzogen und für Bernhardt mit seiner Veranlagung passte das perfekt. Mutters Erklärung, dass wir etwas Besonderes seien, war für ihn Grund genug dafür, dass wir nie viele Freunde fanden. Mein Vater war vor unserer Geburt gestorben und Mutter hat das Geschäft weitergeführt. Hassler's Mode aus zweiter Hand, kennen Sie vielleicht? Wir haben zwei Filialen, eine am Alten Markt und eine oben in der Holtenauer Straße. Bernhardt leitet die Filiale am Alten Markt und ich die in der Holtenauer. Zu Mutters Zeiten liefen beide Läden immer gleich gut, aber seit Bernhardt die Geschäfte am Alten Markt übernahm, hatte er immer größere Schwierigkeiten mitzuhalten. Ich bemerkte, dass er abends länger arbeitete, und ich habe den Verdacht, dass er sein Gehalt nutzt, um die Bücher aufzuhübschen. Sie werden das nur schwerlich nachvollziehen können, aber Bernhardt könnte es nie verwinden vor unserer Mutter als der schlechtere Geschäftsmann dazustehen. Mutter hasste von jeher jeden Unterschied zwischen uns – das ging so weit, dass ich mit dem Klavierunterricht aufhören musste, weil Bernhardt kein Talent hatte. Und das Geschäft ist ihr mindestens genauso wichtig – wenn sie spitzkriegt, dass Bernhardt den Laden zu Grunde wirtschaftet, bleibt ihr glatt das Herz stehen. Als ich vor zwei Jahren den Unfall hatte und vor meinem Laden auf dem Eis ausgerutscht bin, lag ich mit kompliziertem Trümmerbruch im Krankenhaus und Mutters Hauptsorge war, dass ich das Geschäft in der Zeit schließen musste. Als die Reha dann nicht gut verlief, war sie tatsächlich überzeugt davon, dass ich absichtlich ein Hinkebein – wie sie es nennt – geblieben bin, weil ich mich von Berhardt unterscheiden wolle. Und so ganz Unrecht hatte sie nicht damit, denn in der Reha habe ich gelernt, wie es ist, ein Individuum zu sein und ich habe es sehr genossen. Natürlich hatte ich schon früher den einen oder anderen Versuch unternommen, mich von meinem Bruder und meiner Mutter zu lösen, aber Mutters Gesundheitszu-stand verschlechterte sich dann immer sofort und aus Rücksicht habe ich mich dann gefügt. Seit Mutter im Pfle-geheim ist, reagiert sie noch empfindlicher auf schlechte Neuigkeiten und ,nebenbei gesagt, schläft sie mit ihrem Testament unter dem Kopfkissen und hat die Nummer des Notars auf Kurzwahl gespeichert. Sie brächte es fertig und würde ihr ganzes Geld der Kirche vermachen, wenn ihr zu Ohren käme, dass wir auch nur mit verschiedenfarbigen Hosen auf die Straße gingen.«

Hansen wollte es konkreter wissen: »Sie wollen mir also sagen, Sie trauen Ihrem Bruder die Tat zu?«

Hassler presste die Lippen zusammen und ließ sich mit der Antwort Zeit. »Ich weiß nicht ... ich würde es Bern-hardt zutrauen, das Recht irgendwie zu beugen, zu betrü-gen oder Diebstahl zu begehen, wenn Sie so wollen ... aber er würde nie jemandem Gewalt antun oder Menschen in Gefahr bringen – Getränke vergiften? Nein, das kann ich mir kaum vorstellen. Außerdem wüsste ich nicht, wann er dafür die Zeit hätte haben sollen. Wir sind beide jeden Werktag in unseren Läden, abends und am Wochenende sind wir, abgesehen von kurzen Einkaufstouren zusam-men in der Wohnung.«

Hansen hakte nach: »Was machen Sie und Ihr Bruder montags zwischen 12 und 14 Uhr?«

Bernd Hassler zog die Mundwinkel hoch: »Ich? Ich und mein Bruder? ... Ah ich verstehe – Sie verdächtigen mich auch ... Sie denken an das doppelte Lottchen, wie? Ich wusste ja immer, dass dieser Zwillingswahn uns irgend-wann einmal Scherereien bringen würde. Montags sagen Sie? Na, dann sind wir doch aus dem Schneider! Da sind wir doch im Laden, wir schließen beide von 12 bis 13 Uhr zur Mittagspause und arbeiten dann die Buchhaltung ab.«

Köppcke fragte dazwischen: »Gibt es dafür Zeugen?«

Hassler überlegte kurz. »Nein, mein Bruder und ich genießen es, allein zu arbeiten. ... Aber wir müssen telefonieren! In der Mittagspause klingelt alle paar Minuten das Telefon. Das kann man doch bestimmt nachprüfen?«

Hansen klappte das Notizbuch zusammen. »Ja sicher, wir werden das prüfen ... Wir haben dann vorerst genug – ich gehe davon aus, dass Sie ebenfalls mit einer Durchsuchung Ihrer Wohnung und der Geschäftsräume einverstanden sind?«

Bernd Hassler willigte ein, die Beamten nahmen routinemäßig auch seine Fingerabdrücke und wollten eben die Wohnung verlassen, als Bernhardt Hassler sie zu sich in die Küche winkte und ihnen Zeichen gab, leise zu sein.

Als sie die Küche betraten, schloss der Mann schnell die Tür hinter ihnen und flüsterte: »Herr Kommissar, ich bin montags in der Mittagspause nicht im Laden, weil ich in einem Wettbüro um die Ecke Pferdewetten mache ... das darf niemand erfahren, mein Laden läuft nicht gut und ich brauche die Wettgewinne, um das auszugleichen, so gut es geht. Meine Mutter verabscheut alles, was mit Glücksspiel zu tun hat – sie darf das niemals erfahren.« Der Mann schien für seine Verhältnisse enorm aufgewühlt, aber seine linkische Art ließ nicht zu, das als Zeichen der Glaubwürdigkeit oder Indiz für eine schlechte Lüge einzuordnen. Sie notierten die Adresse des Wettbüros, wiesen Hassler darauf hin, dass er in der nächsten Zeit bitte nicht die Stadt verlassen dürfe, und verabschiedeten sich.

Hasslers neues Alibi zerplatzte wie eine Seifenblase – in dem Wettbüro erkannte ihn keiner wieder. Hansen mutmaßte allerdings, dass man dort eine Art Verschwiegenheitskodex hatte, wie im Rotlichtmilieu oder an anderen zwielichtigen Orten.

Bei der Durchsuchung fand man im Laden von Bernhardt Hassler ein baugleiches Exemplar des Etikettiergerätes, wie es für die Erpressung genutzt wurde. Zudem fand man weit hinten im Lager einen unbeschrifteten Karton mit Kleidungsstücken, die denen auf den Überwachungsvideos glichen. Gut versteckt, hinter einem losen Schrankpaneel, fand man außerdem eine angestochene Kirsch-Cola Flasche, eine Spritze und eine Flasche Lederpflegemittel, welches offensichtlich als das Gift hergehalten hatte. Die weitere Beweisführung ergab wie erwartet: Die Fingerabdrücke auf den Colaflaschen und den Etiketten-Prägern waren die von Bernhardt Hassler. Als Köppcke mit den Auswertungen der Einzelverbindungsnachweise in sein Büro kam, war Hansen vom Ergebnis nicht überrascht. »Tja, Chef ... Bernd Hassler hat an allen betreffenden Tagen tatsächlich telefoniert. Er bekam an allen Tagen diverse Anrufe und in mehreren Fällen dauerte das Gespräch bis über die Zeit der Videoaufnahme.«

Knut nahm die Zettel an sich und hakte nach: »Nur eingehende Telefonate?« »Ja, von diversen Nummern mit unterschiedlich langen Gesprächszeiten – nicht ungewöhnlich würde ich sagen. Er sagte selbst, dass bei ihm das Telefon in dieser Zeit oft klingelt ... ich habe eine Mobil- und eine Festnetznummer stichprobenartig angerufen und hatte einmal den Chef eines Textil-Restpostenhandels und eine Mitarbeiterin vom Sozial-Laden in Ellerbek dran, die bestätigte, dass sie in regelmäßigem Kontakt mit den Hasslers steht, weil sie deren aussortierte Ware abnimmt. Sein Bruder Bernhardt jedoch hat keine nachgewiesenen Verbindungen und die Auswertung des ISDN-Protokolls seiner Telefonanlage hat gezeigt, dass er in der fraglichen Zeit ein Dutzend Anrufe in Abwesenheit teilweise von den gleichen Teilnehmern hat, die auch seinen Bruder angerufen haben ... Er hat also nicht nur nicht telefoniert, er ist auch nicht ans Telefon gegangen, als es läutete. Dazu kommen der Hang zur Kirsch-Cola, die Etikettendrucker, die Fingerabdrücke, die Klamotten, sein Auftauchen bei der Geldübergabe und sein merkwürdiges Verhalten, als wir ihn auf den Montag angesprochen haben ... Ein Motiv hat er auch – er braucht Geld und will seiner Mutter gefallen. Komm schon, Chef – der Mann ist eindeutig der Täter! Sacken wir ihn ein.«

Knut war nicht glücklich, konnte sich aber der Beweislast nicht verschließen. »Hmmmmm ... und sein Bruder?«, fragte er noch einmal in den Raum hinein. Köppcke setzte nach: »Ach was ... Der hat doch telefoniert und außerdem hinkt der doch! Das hätte man auf den Videos gesehen.«

Hansen stand auf. »Du hast Recht, ich habe dabei zwar ein komisches Gefühl, aber der Mann ist ja auch ein Ausnahmefall – ich bin mir nicht sicher, ob den irgendwer richtig versteht. Komm, wir fahren hin!«

Während der Fahrt sagte Hansen kein Wort. Kurz bevor sie ankamen, fiel sein Blick auf die Zettel, die er in der Hand hielt. Es waren die Einzelverbindungsnachweise aus den Geschäften. Er überflog die Zettel und steckte sie in die Tasche seiner Jeans.

Sie klingelten und Bernhardt Hassler öffnete die Tür – die Beamten waren mittlerweile daran gewöhnt, dass er keine Regung zeigte.

Köppcke setzte gerade an, zu sprechen: »Herr Hassler Sie sind ...«, da fuhr der Kommissar ihm ins Wort: »Herr Hassler, wir würden gerne noch einmal mit Ihnen und Ihrem Bruder sprechen, geht das?«

Köppcke war verwirrt, kannte seinen Vorgesetzten aber schon lange genug, um zu wissen, dass man ihn manchmal einfach machen lassen musste.

Hansen, Köppcke und die beiden Hasslers saßen sich, wie schon einmal, im antiquierten Wohnzimmer gegenüber. Hansen sah den Tatverdächtigen an und begann: »Herr Hassler, die Beweise sprechen eine eindeutige Sprache: Sie haben offensichtlich an mehreren Montagen zwischen 12 und 14 Uhr in verschiedenen 'Meyer's Getränke'-

Märkten mit Lederpflegemittel versetzte Kirsch-Cola-Flaschen deponiert und anschließend versucht, 25.000 Euro zu erpressen. Wir haben Tatwerkzeuge in Ihrem Geschäft gefunden und wir gehen davon aus, dass Sie zur angegebenen Zeit nicht an Ihrem Arbeitsplatz waren, weil Sie eingehende Telefonate nicht angenommen haben. Wir werden Sie also wegen des dringenden Verdachts auf räuberische Erpressung festnehmen …«

Bernhardt Hassler wurde steif wie ein Brett und er kniff die Lippen zusammen. Sein Bruder sog pfeifend die Luft ein und beobachtete den Beschuldigten genau. Hansen griff in seine Tasche. »Entschuldigen Sie, ich müsste mal kurz telefonieren …« Die anderen Anwesenden sahen dem Kommissar verdutzt zu, wie dieser sein Handy und einen Zettel aus seiner Jeans kramte. Der Kommissar wählte eine Nummer, hielt sich das Telefon ans Ohr und horchte. Zwischendurch schaute er auf die Uhr und horchte weiter. Dann beendete er das Gespräch, sah sich den Zettel an und wählte wieder. »Ja, hallo – wer spricht denn da? Ach ja, danke – mehr wollte ich gar nicht wissen, danke schön.« Er legte auf, machte eine beschwichtigende Geste in Richtung der verwunderten Gruppe und wählte abermals. Ein Brummen ertönte im Raum.

Alle Beteiligten sahen zum Wandschrank, in dem es rumpelte. Bernd Hassler sprang auf und humpelte auf seinen Stock gestützt zum Schrank … »Oh, da krieg ich wohl auch gerade einen Anruf … so ein Zufall.« Er öffnete eine Schublade und holte ein vibrierendes Mobiltelefon heraus, blickte auf das Display und drückte den Anruf weg. »Entschuldigung …«, sagte er.

Die Atmosphäre im Raum war gespannt. Bernhardt Hassler und Olaf Köppcke saßen da und schauten die beiden anderen Männer mit offenem Mund an. Hansen und Bernd Hassler hielten beide jeweils ein Telefon in der Hand und sahen sich an, wie Cowboys beim Duell. Knut sah kurz aufs Telefon, tippte etwas und fixierte wieder sein Gegenüber. Das Telefon in Hasslers Hand vibrierte und der Mann fuhr erschrocken zusammen. »Gehen Sie ruhig dran«, sagte Hansen mit zusammengekniffenen Augen und hielt sich das Handy ans Ohr. Bernd Hassler reagierte langsam und räusperte sich, bevor er mit belegter Stimme ins Telefon sprach. »Hassler?«

Der Blick der Anwesenden wanderte auf den Kommissar als auch dieser ins Telefon sprach: »Ja, hallo Herr Hassler … Knut Hansen hier, Hauptkommissar … ich hatte ja eigentlich vor, Ihren Bruder zu verhaften, doch wenn ich es mir überlege, nehme ich wohl lieber Sie fest …« Die beiden Männer ließen die Telefone sinken und blickten sich an.

Bernhardt Hassler stand auf und sah seinen Bruder an. »Bernd, was hat das zu bedeuten?«

»Ach, lass mich in Ruhe Bernhardt … ja, Herr Kommissar, gute Arbeit. Nehmen Sie mich bloß mit, ich halte das eh nicht mehr aus in diesem Irrenhaus. Ich hole nur kurz meine Jacke.« Damit ließ er den Stock fallen und ging mit geraden Schritten ohne jede Spur eines Humpelns aus dem Wohnzimmer.

Bernhardt Hassler und Köppcke sahen den Kommissar fragend an.

Der lächelte ein leicht hochmütiges »tja-jetzt-seid-ihr-Baff,was?«-Lächeln und erklärte ihnen alles:

»Diese Sache hat mir Kopfzerbrechen bereitet … Der Täter hatte kaum Spuren hinterlassen, aber wenn, dann richtig. Die Erpressung selbst schien mir irgendwie nicht im Mittelpunkt zu stehen und es sah für mich alles irgendwie nach Selbstzweck aus. Aber als wir Sie kennenlernten, Herr Hassler, schien es auch wieder zu Ihnen zu passen, da Sie – wenn Sie mir die Bemerkung erlauben – eine sehr eigenwillige Art haben …«

Auf Hasslers Gesicht war fast der Anflug eines Lächelns sichtbar. »Ich weiß nicht, was Sie meinen.«

Der Kommissar fuhr lachend fort. »Nun, Sie hatten ein Motiv, Ihr Alibi war wackelig, wir hatten die Fingerabdrücke und zu guter Letzt war auch alles in Ihrem Laden versteckt – es sind schon Leute für viel weniger verhaftet worden. Dass Sie dann nichts zu Ihrer Verteidigung gesagt haben, machte die Situation nicht besser ... aber ...« Er tippte sich an die Nasenspitze. »... Was mir zuerst auffiel war, dass die zwei Etikettengeräte mit den Fingerabdrücken jeweils gebraucht waren und Kratzer hatten ... Ich schätze mal, das erste war das Originalgerät aus Ihrem Laden, das schon einige Zeit auf dem Buckel hatte. Ihr Bruder hatte vermutlich Angst, Sie könnten den Unterschied bemerken und hat deshalb das Austauschgerät möglichst authentisch zerkratzt. Das hat er dann später mit einem anderen Gerät wiederholt. Beide Teile hat er absichtlich schlecht abgewischt, so dass die Polizei die Chance hatte, Abdrücke zu finden und dennoch den Eindruck haben musste, der Täter hätte seine Spuren verwischen wollen. Ihr Bruder hatte zunächst scheinbar kein Motiv, schied wegen der Gehbehinderung und seiner angeblich so emsigen Telefoniererei als Täter aus ...«

Köppcke hielt es nicht mehr aus. »Ja, was ist mit den Telefonaten?«

Hansen winkte lächelnd ab. »Geduld, Kollege ... Ich hatte mir irgendwann die Frage gestellt, was wäre, wenn Bernd Hassler nicht am Stock ginge. Die Sache mit den Telefonaten schien ihn ja wirklich zu entlasten, aber bei meinem kleinen Telefonexperiment eben habe ich als erstes die Nummer in Hasslers Laden angerufen und da ging ein Anrufbeantworter ran ... vermutlich eines von diesen uralten Kassettengeräten ohne Zeitbegrenzung. Danach habe ich zwei Nummern auf der Liste der Anrufer gewählt ... die erste war tatsächlich ein Kieler Bekleidungsmarkt und die zweite eben das versteckte Handy ... Des Rätsels Lösung ist also, dass Bernd Hassler sich und seinen Bruder montags auf dem Weg zu seiner Tat in der Mittagspause von verschiedenen Anschlüssen aus angerufen hat.« Er ging zum Schrank, zog die Schublade auf, kramte etwas darin herum und holte mehrere Handys heraus. »Er hat offensichtlich verschiedene Handys gesammelt, hat Geschäftspartner besucht und von dort aus telefoniert und vermutlich auch Telefonzellen und Kneipen genutzt, um möglichst viele unterschiedliche Nummern zu erzielen. Den Anrufbeantworter ließ er dann unterschiedlich lange laufen, damit auf dem Verbindungsnachweis unterschiedlich lange Gespräche notiert sind. In einigen Fällen hat er kurz vor der Tat dann noch einmal angerufen und die Verbindung gehalten, so dass er augenscheinlich zum genauen Tatzeitpunkt im Laden telefonierte. Ich bin mir sicher, dass er das kleine Geheimnis seines Bruders kannte, der montags tatsächlich Pferdewetten abschloss, wovon die Mutter aber auf keinen Fall erfahren sollte. So konnte er zwei Fliegen mit einer Klappe schlagen und seinen Bruder durch gleichzeitige Anrufe in dessen Abwesenheit belasten.«

Bernhardt Hassler war sichtbar aufgewühlt. »Aber warum?«, fragte er mit gerunzelter Stirn.

Die Wohnzimmertür ging wieder auf und herein kam Bernd Hassler. »Warum? Warum? Weil ich das nicht mehr aushalte, dich und Mutter mit eurem ewigen Generve. Ich wollte meine Freiheit, aber nicht ohne das Erbe ... Dich hat sie immer mehr geliebt als mich – Bernhardt macht dies, Bernhardt kann das ... ich wollte, dass sie Dich enterbt ... dann hätte ich noch ein paar Jahre ohne diesen Partnerlook Mist durchgehalten und dann in Saus und Braus gelebt ... Erst wollte ich ihr nur von deinen Pferdewetten erzählen, aber das hätte sie dir vielleicht verziehen ... ihrem geliebten Bernhardt, dem Erstgeborenen. Ich musste dich richtig zum Verbrecher machen! Als sich die Reha damals verzögerte, genoss ich es so sehr, nicht mehr mit dir verwechselt zu werden, dass ich den Stock einfach behielt, nachdem alles gut abgeheilt war ... Ich hatte etwas kennengelernt, was ich nie vorher hatte und zwar Individualität ... Und weißt du was? Die werde ich jetzt kriegen: Im Gefängnis haaaaahahahaa!«

Hansen räusperte sich. »Ich enttäusche Sie ungern, aber das wird wohl eher 'ne Bewährungsgeschichte.«

Hassler sah ihn mit funkelnden Augen an. »Wirklich? Verdammt!«

Die Polizisten führten ihn ab ...

Wegen der offensichtlichen Bemühung, niemanden wirklich zu gefährden, wurde Bernd Hassler zu zwei Jahren Haft auf Bewährung verurteilt. Seine Mutter und sein Bruder verziehen ihm, und die Hasslers leben wieder zusammen. Ihrer Mutter geht es zunehmend besser und sie erwägt, wieder zurück zu ihren Söhnen zu ziehen.

EIN ALTSTADT-LAUF

Knut Hansen rannte. Vor ihnen lief der Verdächtige über die Straße, den Ziegelteich und bergab in Richtung der gläsernen Fußgängerbrücke, die die Holstenstraße mit dem Sophienhof verband. Knut lief im nach, aber der Kerl war schnell und die wenigen Sekunden, die er vor ihnen links um die Ecke bog und in Kiels belebtester Einkaufsstraße verschwand konnten reichen, ihn zu verlieren. Hansen legte einen Zahn zu. Jetzt bog auch er in die Holstenstraße ein und ließ kurz alle Hoffnung fahren, den Mann doch noch zu erwischen. Die Straße quoll über vor Menschen und es schien völlig aussichtslos, hier jemanden zu verfolgen. Doch gerade als Hansen resigniert tief durchatmete, sah er in einer Lücke den grünen Parka des Verfolgten aufblitzen. Er seufzte: »Na, dann weiter!« rief er seinem Kollegen Olaf Köppcke – der zehn Jahre jünger, aber mindestens 20 Jahre fitter war als er – zu, aber dieser stand nicht, wie erwartet, hinter ihm. Knut fluchte und lief wieder los, während er versuchte, sich vorzustellen, wo um alles in der Welt er seinen Partner verloren haben mochte.

Sie waren zu einem Einbruch gerufen worden. Eine besorgte Nachbarin hatte gemeldet, dass sie beim Gießen der Blumen auf halber Treppe beobachtet hatte, wie jemand die Tür eine Etage über ihrer Wohnung mit einem Brecheisen aufstemmte und dann in der Wohnung verschwand. Die Polizisten trafen zügig am besagten Haus, Ziegelteich 19 ein, da sie gerade auf dem Rückweg von einer anderen Untersuchung waren. Kaum waren sie ausgestiegen, da kam ein auffällig vermummter Mann aus der Haustür. Er sah in Richtung der beiden Polizisten, schulterte seinen Rucksack, ging betont schlendernd in die entgegengesetzte Richtung und lief dann unvermittelt los. Da begann ihre Verfolgungsjagd. Während des Laufens hatte Hansen versucht, sich ein Bild von dem Verfolgten zu machen. Er war durchschnittlich groß, schlank, trug eine blaue Jeans und einen olivgrünen Bundeswehr-Parka, wie er in Hansens Jugend bei der Studentenbewegung Mode war. Darunter trug er einen roten Kapuzenpullover, hatte die Kapuze über den Kopf gezogen und darunter ragte der Schirm eines Baseballcaps hervor. Dazu trug er noch eine recht große Sonnenbrille und Hansen wurde klar, dass er fast nichts über den Mann wusste, außer dass er hellhäutig und gut in Form war.

Keuchend schob sich Hansen durch die Menge so gut und rücksichtsvoll es eben ging. Gelegentliche Rufe von weiter vorn ließen erahnen, dass das Zielobjekt seiner Jagd weiter vorn keine Zeit auf Rücksichtnahme verschwendete. Wäre er nicht so ungeheuer aus der Puste gewesen, hätte der Kommissar gelächelt: Es war immer leichter, jemanden zu verfolgen, der sich wie ein Verfolgter verhielt. Wäre der Mann direkt hinter der Ecke schlendernd weitergegangen, hätte Hansen vermutlich seine Spur schon lange verloren. Durch eine plötzliche Lücke zwischen den Passanten hindurch konnte er gute 30 Meter vor ihm sehen, dass der Mann auf den großen Sandkastenspielplatz zulief, der von Frühling bis Sommer in der Einkaufsstraße aufgebaut war. Geschmeidig setzte der Verfolgte zum Sprung an, landete im Sand und lief geradewegs quer durch die Sandkiste. Ein folgenschwerer Fehler: Schon auf den ersten drei Metern der Sandkiste zertrat er zwei liebevoll gebaute Sandburgen und die Erbauerinnen, zwei Mädchen um die vier Jahre, setzten umgehend zu einem unglaublich lauten Schreikonzert an. Der Schlingel war gerade auf Höhe des Spielhauses mit Rutsche angelangt, aus dem heraus ihn eine Traube kleinerer Kinder anstarrte, die ebenfalls lautstark ihren Unmut über solch unverfrorenes Verhalten kundtaten. Vollkommen irritiert von dem ausufernden Geschrei blickte der Läufer sich kurz um und übersah deswegen eine vor ihm in den Boden eingelassene orange

Schaukelente. Hätte Knut sich nicht so sehr über diese Situation gefreut, hätte ihm der arme Kerl sicherlich ernsthaft leidgetan. Er prallte mitten im Lauf mit beiden Schienbeinen gegen das Spielgerät und flog danach im hohen Bogen durch die Luft, um mit lautem Krachen auf der hölzernen Sandplatzumrandung zu landen. Viel Zeit zum Erholen hatte er nicht, denn er war direkt zwischen zwei Kinderwagen gelandet und die zugehörigen erschrockenen Mütter begannen umgehend damit, ihm die Leviten zu lesen. Angesichts des erschreckenden Aufpralls überraschend, schüttelte sich der Mann nur kurz, bahnte sich rempelnd seinen Weg an den Müttern vorbei und lief leicht hinkend weiter in Richtung Europaplatz. Hansen sah ihn kurz hinter den Bauzaun des ehemaligen Café Fiedler verschwinden und erstaunlicherweise gleich darauf wieder zurückkommen und weiter die Holstenstraße entlanglaufen.

Jetzt sah er auch warum: Sein Kollege Köppcke hatte geraten, dass der Mann in die Holstenstraße laufen würde und hatte den Weg hinter dem Häuserblock zum Europaplatz eingeschlagen, um ihm den Weg abzuschneiden. Fast hätte das auch geklappt. Schade, aber zumindest waren sie nun wieder zu zweit und Hansen vertraute weit mehr auf Köppckes Kondition als auf seine eigene.

Sie spurteten also weiter durch die Menschenmenge und nur ab und zu sah Knut den einen oder anderen Teil des grünen Parkas zwischen den unzähligen bummelnden Passanten aufblitzen. Zumindest hoffte er, dass es sich um den Parka des Verfolgten handelte und nicht um irgendein anderes x-beliebiges grünes Kleidungsstück – sicher konnte er sich da schon lange nicht mehr sein. Vielleicht sollte ich doch wenigstens ab und zu etwas Sport treiben, dachte der Hauptkommissar, während er versuchte das schmerzende Stechen in seiner Seite tapfer zu ignorieren. Köppcke lief etwas vor ihm, hatte sich wohl aber beim

Sprint über den »Euro« etwas zu viel zugemutet und jetzt auch sichtlich zu kämpfen. Sie hetzten atemlos am Asmus-Bremer-Platz vorbei und im Augenwinkel bemerkte Hansen eine Taube direkt auf dem Dreispitz der sitzenden Bronzestatue des alten Kieler Bürgermeisters. Hinsetzen wäre jetzt fein, kam Knut in den Sinn, doch er konzentrierte sich schnell wieder auf die olivgrünen Sichtfetzen in der Menge vor ihm.

Ein lautes Hupen war von der Ampel Holstenbrücke her zu hören. Es folgte Reifenquietschen und ein dumpfer Aufprall auf Blech. Hansen bahnte sich gerade rechtzeitig den Weg aus einer Gruppe älterer Damen, um noch zu sehen wie sich der Verfolgte, der ihm mittlerweile aufrichtig leidtat, von der Motorhaube eines Kleinwagens rollte. Leicht torkelnd und unter wüsten Beschimpfungen des Besitzers lief er weiter. Die Polizisten hatten Schwierigkeiten, zügig über die Straße zu kommen, blieben dem Mann aber dicht genug auf den Fersen, dass der, nachdem er sie sah, sich nicht traute, eine der möglichen Abzweigungen aus der Einkaufsstraße zu nehmen. Sie liefen also weiter an der Einkaufspassage im Eckgebäude vorbei, die früher einmal das Weipert-Haus, dann FEZ, dann Leik und jetzt Nordlicht hieß, aber seit dem Bau des Sophienhofes schon lange ein trauriges Schattendasein fristete.

Im Lauf erschienen Knut Bilder aus Zeiten, in denen noch die Straßenbahn durch Kiel fuhr und eine Seilbahn über den Bootshafen zwischen Parkhaus und Kaufhaus pendelte.

Der Abstand zwischen ihnen vergrößerte sich zusehends und als er etwa in Höhe Alter Markt ankam, waren die beiden Beamten schon gute 50 Meter von ihm entfernt und eine Welle Fußgänger versperrte ihnen den Blick. Am Alten Markt angekommen, hielten die Polizisten an. Vom Täter war nichts zu sehen. Hansen bedeutete Olaf Köppcke, sein Glück mit der Verfolgung über den Markt in Richtung Dänische Straße fortzusetzen, während er rechter Hand in Richtung Hafen laufen wollte. Köppcke lief weiter, aber Hansen hielt inne, denn sein Blick fiel auf den »Geistkämpfer«, die weltberühmte Plastik Ernst Barlachs vor der Nikolaikirche, direkt vor ihm. Die auf einem wolfsartigen Geschöpf stehende Engelsfigur mit erhobenem Schwert schien ihn direkt anzusehen und zu sagen: »Ich habe meinen Feind bezwungen – und Du?«

Einem Gefühl folgend ging er auf den Torbogen der Kirche zu, zog die massive Holztür auf und trat ein. Er durchquerte den hellen, weißen Vorraum, öffnete die Glastür zum Altarraum und schob sich vorsichtig hinein. Der Gottesdienst war gut besucht – der große Raum war natürlich nicht ganz voll, aber Hansen war überrascht, dass an einem Wochentag doch so viele Menschen in die Kirche gingen. Er selbst hatte es mit Gott nicht so. Er glaubte an Wind, Wetter und den Klabautermann. Einen Schöpfer, der alles aus der Ferne beobachtet oder gar lenkt hatte er sich nie so recht vorstellen können. Wäre er gläubig, hätte er bei all dem Übel, das er tagein tagaus beruflich erlebte wohl auch ein Hühnchen mit Gott zu rupfen gehabt. Nichtsdestotrotz mochte er die Stimmung von Gottesdiensten und kam sich jetzt, da er in Ausübung seines Dienstes einfach so hereinplatzte, ungeheuer schäbig vor.

Einen Gottesdienst in der Nikolaikirche hatte er bisher noch nicht erlebt und musste zugeben, dass es eindrucksvoll war. Der enorme Raum, an dessen Kopfende der Pastor und ein Chor standen, war mit Kerzen erleuchtet und das mehrere Meter große Kreuz, das ungewöhnlicherweise nicht an der Wand hing, sondern am Übergang zum Altarbereich in der Luft schwebte, glänzte feierlich.

Als Hansen eintrat, wurde gerade ein Lied gesungen, das ihm unbekannt war und Orgel, Chor und Besucher zusammen erbrachten, so musste er zugeben, eine bemerkenswerte musikalische Leistung – auch wenn ihm ein ordentlicher Shanty-Chor lieber gewesen wäre. Als sich die Glastür hinter ihm etwas lauter schloss, als er sie geöffnet hatte, drehte sich rasch ein gutes Dutzend Köpfe in seine Richtung. Verlegen senkte er den Blick und bewegte sich rasch einige Schritte seitwärts, sodass er sich hinter der letzten Bankreihe, im Schatten, der Aufmerksamkeit entzog. Als sich der letzte Kopf zurückgedreht hatte, begann Hansen seinen Blick schweifen zu lassen. Es waren knapp 180 Menschen anwesend und unter den Besuchern sah er weder Parka noch Kapuzenpulli. Innerlich schüttelte Knut den Kopf: Er hatte keinerlei rationalen Grund anzunehmen, dass der Täter ausgerechnet in die Kirche gelaufen war. Manchmal musste man sich geschlagen geben. Vielleicht hatte Köppcke eine Spur vom Täter.

Gerade wollte er wieder im Krebsgang zur Tür zurückschreiten, da fiel sein Blick auf die lange Garderobenreihe an der Wand. Hier hingen feinsäuberlich die vielen Mäntel und Pelze der Besucher und mittendrin hing ein verschmutzter, fleckiger Bundeswehrparka mitsamt roter Kapuzenjacke, die noch drinsteckte. Offensichtlich hatte jemand beides in einem Rutsch ausgezogen. An dem zugehörigen Haken hing ein schwarzes Baseballcap. Auf dem zweiten Blick entdeckte der Kommissar auch den passenden schwarzen Rucksack, geöffnet etwas weiter hinten auf dem Boden liegen. Hansen drehte sich wieder den Besuchern zu – so viele mögliche Täter! Die konnte er kaum alle durchsuchen. Selbst wenn er die unwahrscheinlichen Kandidaten aussortierte, gab es immer noch so viele Verdächtige wie Sand am Meer. Sand! Sand ... am Meer, wiederholte Knut in Gedanken mehrmals und verließ die Kirche.

Als der Gottesdienst beendet war, staunten die Besucher der Kirche nicht schlecht, als in der Tür ein kleiner leicht untersetzter Mann im Troyer und mit Kapitänsmütze stand und einem nach dem anderen die Hand schüttelte. »Knut Hansen mein Name, ich wünsche Ihnen eine gute Heimfahrt«, sagte er zu jedem. Verdutzt ging ein Kirchgänger nach dem anderen an dem seltsamen Mann vorbei, der ihnen so freundlich die Hand schüttelte und ihnen dabei lächelnd zunächst auf die Schuhe, dann in die Augen schaute. Nach rund 30 der so Verabschiedeten blickte Hansen einer jungen Frau so um die 20 tief in die Augen und sagte laut: »Junge Dame, Sie haben da eine Menge Sand auf dem Schuh. Würden Sie mich bitte begleiten?«

Die Frau sackte zunächst in sich zusammen und zerrte dann aber überraschend kräftig ihren Arm aus Hansens Griff und drängelte an ihm vorbei ins Freie. Köppcke, der sie festhalten wollte, bekam einen glatten Tritt vors Schienbein und war damit lange genug außer Gefecht gesetzt, dass sie seinem Griff entkommen konnte. Gleichzeitig riefen die beiden Polizisten: »Stehenbleiben!« und einige herumstehende Passanten verfielen in eine Mischung aus hysterischem Geschrei und wildem Geschnatter. Für Hansen und Köppcke, die sich gerade geschlagen geben wollten, folgte ein fast gespenstisches Déjà-vu. Die Läuferin drehte sich wegen des Lärms kurz um und übersah einen zufällig des Weges kommenden Passanten, der sich just in diesem Moment bückte, um sich seine Schuhe zuzubinden. Ihr folgender Flug war vielleicht nicht unbedingt höher als derjenige auf dem Sandspielplatz, aber der Aufprall auf den Pflastersteinen sicherlich wesentlich schmerzhafter. Es schepperte ordentlich und Teile von Kameras, diverse Schmuckstücke, ein MP3-Player und ein teuer aussehendes Smart-Tablet flogen in alle Richtungen. Hansen staunte nicht schlecht. Er hatte der Frau nicht angesehen, dass sie überhaupt etwas in den Taschen hatte.

Auf dem Revier unterhielten sich Hansen und Köppcke noch eine Weile bei einem Zitronentee im Pappbecher aus dem Automaten über den Fall: Die Täterin, eine gewisse Bianca Kupka war eine Sportstudentin mit sehr teurem Geschmack, die bis über beide Ohren in Versandhausschulden steckte. In ihrem Freundeskreis gab es wohl einige Gelegenheitseinbrecher, die sie auf die Idee brachten, das auch mal auszuprobieren.

Als die Polizisten über den Kies in Richtung Parkplatz getrennter Wege gingen, sagte Köppcke abschließend: »Tja, wer sich in Verbrechen übt, fällt manchmal auf die Nase«.

Hansen rief lachend zurück: »Und manchmal sogar dreimal, Köppcke«. Und beide lachten noch, als sie außer Sichtweite waren.

DER FALL AMADEUS

Es war ein fantastischer Sommertag. Knut Hansen saß in seinem Auto und war unterwegs zum Polizeirevier. Es war noch vor acht Uhr und doch war schon zu spüren, dass es ein bombig warmer Tag werden würde. Hansen hatte drei Tage frei gehabt und freute sich auf die Arbeit. Am Himmel stand nicht ein Wölkchen, die Fenster des alten Volvos waren heruntergekurbelt und die Laune des Kommissars hätte besser nicht sein können. Als er am Ostring an der Ampel Höhe Werftpark halten musste, drehte er die Musik laut auf. Er wechselte einige Male die Sender und blieb dann bei Rod Stewarts »I am sailing« hängen. Textsicher, nicht sehr schön, dafür aber umso lauter sang der Polizist mit, bis die Stimme des Moderators einsetzte. Den folgenden Kurznachrichten hörte er nur mäßig interessiert zu, da sie sich größtenteils mit den Informationen aus der Zeitung deckten. »... Von Wolfgang Baumann, dem seit Ende letzter Woche vermissten Patienten der Kieler Psychiatrie fehlt weiterhin jede Spur.

Wie schon berichtet, ist der Mann geistig verwirrt und reagiert möglicherweise nicht auf seinen Namen, da er aufgrund einer Persönlichkeitsstörung phasenweise davon überzeugt ist, Wolfgang Amadeus Mozart zu sein. Der Mann ist gut 1,80 m groß und hat graublonde, kurze Haare ... Nach einigen Informationen soll er mittlerweile verkleidet mit Gehrock und Perücke gesichtet worden sein. Augenzeugenberichte legen nahe, dass Baumann sich ziellos im Großraum Kiel bewegt und gelegentlich durch aggressives Verhalten auffällt. Wenn Sie jemanden sehen, auf den die Beschreibung passt, melden Sie es bitte umgehend der Polizei und treten Sie nicht in Kontakt mit dem Mann ... Zu den Veranstaltungstipps: Im Rahmen der Veranstaltungsreihe »Klassik am Meer« werden in den nächsten Tagen Opern an ausgewählten Standorten aufgeführt. Zum

Auftakt gibt es morgen im Olympiazentrum Schilksee Auszüge aus Don Carlos' und Aida, sowie übermorgen am Kurstrand Laboe Die Zauberflöte. Karten erhalten Sie ...« Hansen drehte das Radio leiser. Diesen Vermisstenfall hatte er Donnerstagabend noch am Rande mitbekommen, bisher war aber bei der Beschreibung des Vermissten keine Warnung durchgeklungen und von der Verkleidung hörte er auch das erste Mal. Er nahm sich vor, die Unterlagen einzusehen.

Auf der Wache angekommen, schlenderte er erstmal ins Büro seines Kollegen und Freundes Olaf Köppcke.

Der begrüßte ihn lachend: »Moin Cheffe! Gut erholt? Drei Tage nicht arbeiten muss für dich eine Höllenqual sein!«

Knut ignorierte den Sarkasmus. »Sag mal Köppcke, was ist denn in dieser Mozart-Sache los? Donnerstag wurde der Mann nur vermisst und jetzt ist er verkleidet und gefährlich? Wann hat sich das denn ergeben?« Köppcke setzte seinen Vorgesetzten in Kenntnis: Donnerstagmorgen war ein Patient der Kieler Psychiatrie vom Gelände verschwunden. Trotz intensiver Suche war es bisher nicht gelungen, den Mann aufzufinden. Das psychologische Profil des Gesuchten wurde zunächst als völlig harmlos umrissen. Nach Berichten von Augenzeugen, die auf Aggression schließen ließen, räumte die Klinik allerdings mögliche Nebenwirkungen des Medikamenten-Entzuges ein und wollte nicht mehr dafür garantieren, dass von dem Patienten Wolfgang Baumann nicht vielleicht doch eine Gefahr ausging. Als er das Klinikgelände verließ, trug er unauffällige Kleidung. Polohemd, Jeans und Sandalen. In den letzten Tagen waren bei der Polizei verschiedene Informationen eingegangen, die die Kollegen dem Fall zugeordnet hatten. Aus dem Schaufenster des Karstadt-Warenhauses im Sophienblatt hatte ein Unbekannter eine als Baron Münchhausen verkleidete Schaufensterpuppe entkleidet und war mit

Hose, Gehrock und einer Perücke im Rokoko-Stil geflüchtet. Kurze Zeit später gaben diverse Personen in verschiedensten Ecken der Stadt an, von einem kostümierten Mann belästigt worden zu sein, der sich als Mozart ausgab, wirres Zeug redete und dann schnell wieder verschwand. Die Berichte ähnelten sich alle und die auf einem Stadtplan eingetragenen Tatorte schienen keinem Muster zu folgen und waren erstaunlich weit voneinander entfernt.

Während Köppcke erzählte, platzte ihre Kollegin Maria Revilla ins Büro. »Knut, Olaf! Wir haben Neuigkeiten in der Mozart-Geschichte. Unten beim Kleinen Kiel wurde der Mitarbeiter eines Geldtransports zur Herausgabe einer Geldkassette gezwungen und jetzt ratet mal womit! Mit einem Säbel! ...«

Fünf Minuten später trafen die Beamten bei der Sparkasse in der Parkanlage um den Kieler Innenstadt-Teich, den man den Kleinen Kiel nannte, ein. Der Mitarbeiter des Geldtransportunternehmens war sichtlich in seiner Ehre gekränkt und die Polizisten mussten taktvoll vorgehen. Auf dem Weg vom Revier hatten die drei bei dem Versuch, sich den Tathergang vorzustellen, ununterbrochen lachen müssen. Im Angesicht des völlig aufgelösten Wachmannes ernst zu bleiben, war also eine Herausforderung.

Der Mann hieß Müller und entsprach weitgehend dem gängigen Bild, das Knut von Wachleuten hatte. Ein tätowierter, gutmütiger Kerl, der aussah als könne er mit einem Schlag einen Elefanten umhauen, aber in seiner Freizeit vermutlich Blumen züchtete.

Auf den Tathergang angesprochen, ergab sich der Wachmann einem langen, von jähen Flüchen durchzogenem Wortschwall. »Ich könnt mich totärgern ... 20 Jahre mach ich den Job und noch nie habe ich mir was abnehmen lassen. Und es gab da Gelegenheiten, glauben Sie mir! Und dann kommt so ein Karnevalsclown im Kleidchen daher, fuchtelt mir mit 'nem Spieß vor der Nase rum, trällert ein

Liedchen und redet geschwollenes Zeug. Da hab' ich es schlicht mit der Angst zu tun bekommen. Ich meine: der Typ war gut 'nen Kopf kleiner als ich, aber selbstsicher, als würde er auf 'nem Panzer sitzen. ... Der ist plemplem, hat mir mein Bauch gesagt, lass dich nicht mit dem ein. ... Tja, nun hat er die Kohle. Aber wenn er nicht irgendeinen verrückten Zaubertrick kennt oder ein ganz gewiefter Schlossknacker ist, wird's ihm nichts nützen. Die Kassetten sind mit orangen Farbbomben gesichert. Wenn er die nicht mit dem Hauptschlüssel aufmacht, wird das Geld entwertet und es gibt auch sonst 'ne ordentliche Sauerei.«

»Erinnern Sie sich an das, was der Mann gesagt hat?«, fragt Köppcke dazwischen. Der Wachmann machte eine verächtliche Handbewegung. »Ach, so allerlei Zeugs.« Mit gespielt gezierter Miene und verstellter Stimme sprach er weiter und zitierte den Täter: »Merke er sich meinen Namen. Wolfgang Amadeus Mozart. Ein Name wie Musik, für den ich meinen Eltern, die mich so nannten, ewig dankbar bin. Wolfgang Amadeus – merke er es sich!« In normaler Stimme sprach Müller weiter: »Und dann ist er abgetanzt, der komische Kauz. So schnell konnte ich gar nicht gucken.«

Zwei Stunden später hatte Hansen einen Termin mit Dr. Mohnbach in der Kieler Psychiatrie in Düsternbrook. »Herr Mohnbach, wenn ich den Berichten meiner Kollegen folge, hatten Sie den Entlaufenen zunächst als vollkommen harmlos bezeichnet, dann später aber Ihre Meinung geändert und ihm mögliche Gefährlichkeit zugeschrieben – woher kommt dieser Wandel?«

Dr. Mohnbach wirkte leicht verstört und das Thema war ihm offensichtlich unangenehm. »Herr Kommissar, in meiner Position hat man eine Menge Verantwortung. Herr Baumann kam freiwillig in die Klinik und ist hier ausgesprochen positiv aufgefallen, durch die richtige Medikation trat seine Persönlichkeitsstörung nicht mehr auf und es gab hier während seiner Behandlungszeit keinerlei bedenkliche Vorkommnisse. Weder ich noch die Mitarbeiter haben Herrn Baumann jemals aggressiv erlebt und mit fast 30 Jahren Berufserfahrung war es meine Überzeugung, dass von ihm unter keinen Umständen irgendeine Gefahr ausgeht ...«

Knut runzelte die Stirn. »Und Ihre Meinung geändert haben Sie, weil ...?«

Dr. Mohnbach stand auf und schritt unruhig im Raum hin und her. »Habe ich nicht. Aber Sie haben doch auch von den Augenzeugenberichten gehört. ... Ich scheine mich geirrt zu haben und ich möchte nicht riskieren, dass jemand aufgrund meiner Fehleinschätzung verletzt wird. Ich habe in meiner Laufbahn schon viel erlebt, Herr Hansen, und die menschliche Psyche ist weit komplizierter als ein Computerprogramm. Ich habe erlebt, dass Patienten jahrelang keinen Laut von sich gaben und dann eines Morgens plötzlich plauderten, als wäre nie etwas gewesen. Ich habe lebensechte Portraits in Kartoffelbrei gesehen und meterlange Toilettenpapierbahnen, vollgeschrieben mit Gedichten, die so herzzerreißend schön waren, dass ich weinen musste, geschrieben von einem Mann, der in seinem Leben nicht ein Buch gelesen, geschweige denn ein nettes Wort zu jemandem gesagt hatte. Aber auf mein Bauchgefühl konnte ich mich immer verlassen. Bis jetzt ... Nun gut, vermutlich holt das jeden einmal ein. Das ist wohl die Strafe für Selbstüberschätzung.«

Hansen konnte das sehr gut nachfühlen – in seiner Berufslaufbahn hatte er weit häufiger aufgrund seiner Intuition gehandelt als wegen der sturen Fakten. Oft lag er nachts wach und fragte sich, wie lange es wohl dauern würde, bis er sich einmal irrte. Der Leiter der Psychiatrie gab ihm eine ausführliche Beschreibung Baumanns. Eine tragische Geschichte: Der Mann war Musiklehrer und hatte mit seiner Frau und zwei Kindern ausgesprochen unauffällig gelebt. Er war seit seiner Jugend großer Verehrer Mozarts gewesen und verfügte über ungeheures Detailwissen über den Komponisten. In seinem Umfeld war er jedoch nie belehrend oder pedantisch aufgetreten. Seine Schüler beschrieben ihn als angenehmen, modernen Lehrer, der seinen Lehrstoff gut zu vermitteln wusste. Im Urlaub vor einem Jahr stürzte er beim Wandern und schlug sich den Schädel an. Kurze Zeit darauf begann er phasenweise zu behaupten, er sei Mozart. Diese Phasen verlängerten sich und nach einem Vorfall, bei dem er sich bei einem klassischen Konzert vor 2.000 Besuchern an den Konzertflügel setzen wollte, ging er freiwillig in die Psychiatrie. Die Klinikleitung schätzte die Störung als vorübergehend ein und hatte gute Hoffnungen, sie mit Medikamenten, Ruhe und etwas Zeit in den Griff zu bekommen. Während des Klinikaufenthalts besserte sich sein Zustand schnell und man war davon ausgegangen, dass er in wenigen Wochen wieder nach Hause entlassen hätte werden können.

Eine Untersuchung von Baumanns Zimmer ergab nichts Bemerkenswertes. Außer einiger weniger Kleidungsstücke hatte der Patient kaum Habseligkeiten mit in die Klinik genommen. Auf seinem Tisch lagen einige Rätselhefte, ein Veranstaltungskalender und etwas Naschkram.

Das Gespräch mit der Frau des Vermissten bedrückte den Kommissar sehr. Die Kinder waren in der Schule und Frau Baumann war der Stress des letzten Jahres und die Angst der letzten Woche deutlich anzusehen. Sie bestätigte den Klinikbericht in allen Punkten. Die Familie wurde völlig überrascht von der plötzlich auftretenden Persönlichkeitsstörung, hatte den Vater auf dem Weg zur Genesung aber aus Leibeskräften unterstützt, ihn täglich besucht und das Familienleben, so gut es ging, weitergeführt. Auf das angeblich aggressive Verhalten ihres Mannes angesprochen, fiel die Frau aus allen Wolken. Ihr Mann war offensichtlich niemals zuvor aggressiv gewesen, hatte in rund 20 Ehejahren nicht einmal die Stimme gehoben. Diese neue Entwicklung schien ihr verständlicherweise Angst zu machen, aber sie weigerte sich stoisch, die Geschichten der Augenzeugen zu glauben.

Zum Abschied überreichte sie Hansen ein Foto ihres Mannes mit der Bitte, ihn möglichst schnell wiederzufinden. Hansen besah sich den sympathisch wirkenden Mann auf dem Bild, verabschiedete sich von der Frau und wünschte sich aus ganzem Herzen, dass das Ganze irgendwie doch noch eine gute Wendung nehmen würde.

Am nächsten Tag häuften sich die Berichte von kleinen Raubüberfällen. Passanten wurden im Park aufgefordert, all ihr Gold auszuhändigen und zwei kleinere Geschäfte wurden um ihre Tageseinnahmen gebracht. Die Polizisten gaben ihr Bestes, aber immer, wenn sie am Tatort eintrafen, war der Täter verschwunden. Der Mann hatte offensichtlich Glück, denn er wurde auf seinem Weg zu den Tatorten und davon weg von niemandem gesehen, sodass es keine Anhaltspunkte für eine weitere Suche gab.

Köppcke murmelte: »Ellerbek, Hauptbahnhof, Wellingdorf, Holtenauer Straße ... eine ganz schöne Tour, die der Kerl macht. Es ist wie verhext, eigentlich sollte jemand, der so kostümiert im Zickzack durch die Stadt hetzt, doch an jeder Ecke gesehen werden.« Hansen ging immer wieder seine Notizen durch und saß eine ganze Zeit am Computer, um sein Wissen über Mozart aufzufrischen.

Um den Kommissar herum war es dunkel und neblig. Er tastete umher und spürte etwas Weiches hinter sich. Er setzte sich darauf, plötzlich ging grelles Neonlicht an und er saß auf dem Bett in einem Zimmer in der Psychiatrie. Vor ihm stand plötzlich ein großer Mann im Gehrock mit Perücke. In dem weiß gepuderten Gesicht erkannte

Hansen Baumann von dem Foto her, das er von dessen Frau bekommen hatte. Der Mann grinste den Kommissar an und sang mit hoher Fistelstimme: »Der Vogelfänger bin ich ja, stets lustig, heißa hopsasa! Als Vogelfänger bin bekannt. Bei Alt und Jung im ganzen Land.« Dann hörte er auf zu singen und sagte: »Mein Name ist Amadeus, Amadeeeeeus – merke er es sich!« Schweißgebadet wachte Hansen auf, kurz bevor der Wecker klingelte. Vogelfänger! Zauberflöte! Amadeus! ... Er sprang aus dem Bett und beeilte sich, ins Revier zu kommen. Dort angekommen, rief er Olaf zu sich. »Köppcke, kannst du für mich herausfinden, wo gerade die Zauberflöte aufgeführt wird? Ich weiß, ich habe es irgendwo gehört, aber ich komm nicht drauf.«

Köppcke antwortete schnell: »Das muss ich gar nicht rausfinden, das ist nämlich heute in Laboe. Ich habe meinen Schwiegereltern Karten geschenkt.« Hansen fuhr fort: »Sehr gut, schnapp dir ein paar Leute, fahr hin und halte die Augen nach Baumann offen. Mit oder ohne Kostüm. Ich könnte mir gut vorstellen, dass er dort ist.«

In diesem Moment klingelte Hansens Handy. »Ja, Hansen? Aaah – Herr Mohnbach ... Danke für den Rückruf. Ja? Aha? Wie ich mir dachte, ja, Dankeschön.« Er blickte in die Runde. »Das war ein Rückruf von der Klinik ... Ich hatte darum gebeten, dass sie sich den Veranstaltungskalender in Baumanns Zimmer mal anschauen, ob da irgendwas mit Mozart drinsteht. Und was meint ihr, welche Veranstaltung wohl rot umkreist war? Genau: Klassik am Strand – Die Zauberflöte in Laboe ... Das hätten wir eigentlich selbst sehen müssen, Kollegen – war ja schließlich recht übersichtlich, das Klinikinventar. Die Stationsschwester meint sich auch zu erinnern, dass Baumann den Kalender am Tag seines Verschwindens im Klinikkiosk gekauft hat. Vielleicht war das der Auslöser für seine Odyssee. Also los!«

Köppcke wirkte erstaunt. »Kommst du nicht mit, Chef?« Hansen winkte ab. »Nein, ich muss noch ein paar dringende Dinge erledigen.«

Der Einsatz in Laboe war erfolgreich, keine fünf Minuten nach ihrem Eintreffen hatten die Beamten den völlig verwirrten Mann aufgegriffen, der verzweifelt durch die Menge irrte und seltsames Zeug murmelte. Er steckte in der gestohlenen, mittlerweile sehr ramponierten Verkleidung, trug aber sonst nichts bei sich.

Zurzeit befand er sich in der geschlossenen Abteilung der Psychiatrie und wurde ärztlich untersucht. Die Untersuchung würde einige Tage dauern und bis dahin konnten die Polizisten nichts weiter tun. Weder Geld noch der Säbel waren aufgefunden worden und Baumann selbst erinnerte sich an überhaupt nichts. Jetzt galt es herauszufinden, ob Baumann sich nur als Folge des Medikamenten-Entzugs verändert hatte oder ob er tatsächlich unberechenbar und gefährlich war. Letzteres würde für die Familie eine lange Behandlungszeit, viele Untersuchungen und Behördengänge nach sich ziehen, bevor sie wieder auf ein halbwegs normales Leben hoffen konnte. Auf dem Revier galt die Sache als erledigt und man ging zu anderen Fällen über. Hansen sprach dieser Tage nicht viel und führte viele Telefonate.

»Wo fahren wir hin?«, fragte Köppcke, während Hansen den Wagen aus der Ausfahrt der Dienststelle lenkte.

Hansen antwortete: »Olaf ... Ich bin mir sicher: Es gibt einen zweiten Mozart. Baumann hat niemanden ausgeraubt.«

Köppcke kannte seinen Vorgesetzten gut genug, um erst einmal nichts zu sagen. Hansen fuhr fort: »Abgesehen davon, dass ich es für unwahrscheinlich halte, dass jemand in einer so auffälligen Verkleidung so schnell so weite Strecken durch die Stadt wandert und dabei nicht mehr Aufmerksamkeit auf sich zieht, gibt es da noch einige

Ungereimtheiten.« Köppcke guckte skeptisch. »Du meinst, es gab zwei Leute, die zufällig gleichzeitig im Rokokogewand in der Stadt unterwegs waren?« Hansen schüttelte den Kopf. »Nein, ich glaube, jemand hat im Radio gehört, dass Baumann entflohen ist, die Verkleidung bei Karstadt mitgenommen hat und hier und da auffällig geworden war. Dieser Jemand sah dann eine Chance für sich und hat als Trittbrettfahrer einige schnelle überstürzte Taten verübt ... Er musste sich ja beeilen, denn er wusste ja nicht, wann Baumann geschnappt würde.«

Sein Kollege war nicht überzeugt. »Etwas weit hergeholt, oder nicht?«

Hansen ließ sich nicht beirren. »Ich fragte mich also, wo man auf die Schnelle Perücke, Gehrock, passende Hose und einen Säbel herbekäme und da wir in Kiel keinen Kostümverleih haben, habe ich aufs Geratewohl beim Theater angerufen. Und siehe da: Nach vier verschiedenen Ansprechpartnern hatte ich die Verwalterin des Kostümfundus am Apparat, die mir prompt bestätigte, dass in ihrem akribisch geführten Archiv passende Teile fehlten. Ich riet dann einfach weiter ins Blaue, ob es Mitarbeiter gab, die sich irgendwie auffällig verhalten hätten oder krankgeschrieben waren. Und Bingo! Einer der Schauspieler hatte sich vor einigen Tagen mitten in einer wichtigen Probephase krankgemeldet. Es ist ein Strohhalm, ich weiß ... Aber immerhin passt er ins Profil: männlich, knapp 50 und nur ungefähr 1,70 m groß.«

Köppcke fuhr dazwischen: »Aber Baumann ist doch größer als 1,70 m?« »Eben Köppcke – der Wachmann vom Geldtransport hat den Täter als gut einen Kopf kleiner beschrieben, das schien mir nicht auf einen 1,80-m-Mann wie Baumann zu passen. Und eine Sache fiel mir noch auf. Erinnerst du dich daran, was der Mozart zu dem Wachmann gesagt hat?«

Köppcke dachte kurz nach. »Das seine Eltern ihm einen wohlklingenden Namen gegeben haben?

»Jawoll! Der Täter wollte wohl besonders ausgeflippt wirken und ihm war wichtig, dass er nicht einfach für Napoleon oder Münchhausen gehalten wird. Ist auch klar: Wenn du von einem Mann mit Perücke und Säbel überfallen wirst, denkst du ja auch nicht automatisch an Mozart. Das hat er dann filmreif in seinen Monolog eingearbeitet. Aber der Teil mit den Eltern lässt mich daran zweifeln, dass Baumann der Täter war. Ich habe fleißig im Internet recherchiert und weiß deswegen, dass Mozart bei seiner Geburt gar nicht Amadeus hieß, er hieß unter anderem Theophilus, was die griechische Version von Gottlieb ist und vermutlich zu seinem späteren Künstlernamen der lateinischen Version desselben Namens geführt hat. Das ist jetzt ziemlich oberflächliches schnell herausgefundenes Internet-Halbwissen, aber ich bin mir ziemlich sicher, dass Baumann als Mozart-Experte und Musiklehrer diese Anekdote kennt und deswegen die Bemerkung mit den Eltern so nicht gemacht hätte.«

Olaf Köppcke pfiff Luft zwischen den Zähnen hindurch und schien langsam an der Theorie seines Vorgesetzten Gefallen zu finden. »Und was hat deiner Meinung nach Baumann in der gleichen Zeit getan?«

Hansen blinkte und fuhr langsamer. »Ich weiß es nicht … Ich könnte mir vorstellen, dass er einfach durch die Gegend geirrt ist. Einige Zeugen wollen ihn ja am Ostufer gesehen haben. Vielleicht ist er einfach zu Fuß Richtung Laboe gegangen und hat sich unterwegs verirrt. Das würde auch die großen Entfernungen zwischen den einzelnen Sichtungen und das scheinbare Zickzackmuster erklären. Bei seinem Zustand kann man kaum davon ausgehen, dass er besonders gut vorankam … der echte Baumann ist also ziellos auf dem Ostufer rumgetrudelt und der andere hat auf dem Westufer seine Dinger gedreht. Ich hab' es geprüft, auf dem Ostufer gab es nur Sichtungen, keine Überfälle.«

»So, wir sind da, mal schauen, ob das jetzt was bringt oder ob ich vielleicht völlig falsch liege ... Obwohl, sag mal: Was sagte der Wachmann, welche Farbe haben diese Farbbomben noch mal?«

Köppcke war irritiert: »Orange – wieso?« Doch dann sah auch er die Linie aus grellorangen Farbspritzern, die vom Bürgersteig zum Hauseingang vor ihm führte.

Der Rest war Routine. Ein Mann namens Christian Rauhberg öffnete völlig verdutzt die Tür und gab sich angesichts seines mit oranger Farbe verschmierten Wohnungstürgriffs auch gar nicht die Mühe, etwas zu leugnen. Der Schauspieler hatte, wie vermutet, die Radiomeldungen verfolgt und eine schnelle Möglichkeit gewittert, sich im Kielwasser der Mozart-Geschichte schnelles Bargeld zu verschaffen. Zunächst wollte er nur Passanten ausrauben, war aber von der kleinen Ausbeute schnell enttäuscht. Die Geldkassette hatte er bis vor einer Stunde im Kofferraum gelassen und erst als er sie eben holen wollte bemerkt, dass die Farbbombe explodiert war.

Die Klinikleitung meldete sich am Abend noch einmal und gab zu, dass Herr Baumann am Tage seines Verschwindens versehentlich eine falsche Medikamentenkombination verabreicht bekam und man räumte ein, dass diese Verwirrung und Desorientierung verursachen konnte. Angesichts des neuen Ermittlungserfolgs blieb keinerlei Vorwurf gegen Baumann bestehen. Ein halbes Jahr später konnte dieser vollkommen geheilt wieder zu seiner Familie zurückkehren und diese schrieb Kommissar Hansen noch viele Jahre dankbare Postkartengrüße.

DIEBSTAHL AUF FEHMARN

Knut Hansen ließ seinen Blick über das flache Land schweifen. Von Kiel aus waren sie seit einer knappen Stunde unterwegs und vor ihnen ragten nun die Bögen der Fehmarn-Sund-Brücke auf. Wie war es dazu gekommen? Vor einer Woche hatte sein Kollege Olaf Köppcke seiner Frau offenbart, dass er als Geburtstagsüberraschung für sie einen kurzen Campingurlaub über Himmelfahrt gebucht hat. Seine Frau war tatsächlich überrascht, lehnte dankend ab und erklärte ihm mehr als deutlich, dass das nicht ihrer Vorstellung von Freizeitspaß entspräche. Der alte Wohnwagen, den Olaf von seinen Eltern übernommen hatte, war schon länger ein Streitpunkt zwischen den Eheleuten und Olaf hatte mit seiner Überraschung wohl keinen guten Weg gewählt, das alte Thema anzuschneiden. Es folgte eine längere Meinungsverschiedenheit, die damit endete, dass Frau Köppcke sich für besagten Zeitraum einer Gruppe Freundinnen anschloss, um ein Ferienhaus in Dänemark zu beziehen. Als Köppcke seinem Vorgesetzten sein Leid klagte, ergab ein Wort das andere und Knut war nicht geistesgegenwärtig genug, sich schnell genug einen Alibi-Termin auszudenken. Bevor er sich versah, war er zum Campen mit seinem Kollegen in Richtung der drittgrößten deutschen Insel unterwegs.

Die Fehmarn-Sund-Brücke mit ihrer charakteristischen Form, der sie den Spitznamen »Kleiderbügel« verdankte, lag vor ihnen und Knut fand sie aus der Nähe betrachtet erstaunlich klein und fühlte sich an die Kieler Gablenzbrücke erinnert. Es war recht windig und Köppckes Gespann, bestehend aus einem alten, schon etwas rostigen VW Passat und dem knapp sieben Meter langen Hobby-Wohnwagen ruckelte bedenklich, aber 20 Sekunden später waren sie schon auf der Insel. Auf Fehmarn selbst war es nur noch ein Katzensprung bis zum Campingplatz, den Olaf für sie ausgesucht hatte. Sie parkten vor der Schranke und während Köppcke zur Anmeldung stiefelte, ließ Hansen seinen Blick schweifen. Sein letzter Campingplatzbesuch lag gut 30 Jahre zurück und dieser Ort hatte nicht viel gemein mit seiner Erinnerung. Der Gebäudekomplex am Eingang bestand aus modernen Neubauten und war übersät von Schildern, die Dutzende von Freizeitangeboten anpriesen. Olaf kam zurück und sie fuhren durch die Schranke, die aufging, als er eine Plastikkarte davorhielt.

Knut zog die Brauen hoch und stieß einen Pfiff durch die Zähne. »Holla die Waldfee ... High-Tech-Camping!«, witzelte er.

Nach einigem Rangieren fanden sie sich auf ihrem Platz wieder. Der Wohnwagen war abgekoppelt und mit Muskelkraft in die richtige Position gebracht worden und nun standen die beiden Männer fragend vor einem Haufen Stangen, die zum Vorzelt gehörten und mit verschiedenfarbigem Klebeband markiert waren.

»Und du weißt, wie das geht, Olaf?«, fragte Hansen seinen Kollegen.

»Keinen blassen Schimmer ... aber ich habe es mal aufgebaut gesehen ...«

Etwa drei Stunden später standen die beiden stolz vor dem etwas schiefen, aber funktionellen Ergebnis und begannen damit, sich in Wagen und Vorzelt häuslich einzurichten. Das Wetter war blendend und sie beschlossen, den anbrechenden ersten Abend mit einem Spaziergang über den Platz zu beginnen, um ein bisschen die Nachbarschaft kennenzulernen. Der Holunderweg, also der Teil des Campingplatzes, auf dem sie standen, war ein ringförmiger Bereich, der malerisch durch Holunderhecken vom Hauptweg abgegrenzt war und mit einer Seite direkt an den Strand grenzte. Die Mitte des Rings war kreuzförmig mit Büschen bepflanzt und bildete so Stellplätze für kleinere Gespanne. Dieser Mittelteil war voll belegt von einer größeren Gruppe junger Männer samt eines Haufens Kinder, die diese Fläche mit einem sehr modernen Wohnwagen und einigen Zelten bezogen hatten.

»Wir machen das schon seit Jahren ...«, erzählte einer der Männer, der gerade bei Grillvorbereitungen war, als sie ihn ansprachen. »... wir sechs kennen uns schon ewig und über Himmelfahrt schnappen wir uns immer die Lütten und machen Vatertagsurlaub auf die andere Art. Unsere Frauen machen dann zu Hause Wellness und so'n Zeug und jeder hat seinen Spaß!« Er lachte und kümmerte sich weiter darum, den Grill anzufeuern.

Hansen und Olaf lachten mit und blickten fasziniert auf die unübersichtliche Schar Kinder. Es waren wohl so rund zehn Jungen und Mädchen unterschiedlichen Alters. Gut gelaunt schlenderten sie weiter. Direkt neben ihrem Platz saß ein Camping-Ehepaar wie aus dem Bilderbuch, im typischen Outfit : Kurze Hosen, Hemd, leicht getönte Sonnenbrille und weißer Sonnenhut. Sie aßen gerade und grüßten nur knapp.

Olaf erklärte: »Das ganz typische Camper Verhalten. Es gibt immer die einen, die sofort zu allen offen und nett sind und dann gibt es diejenigen, die erstmal abwarten, bis sie einen einschätzen können. Weil es ja immerhin möglich wäre, dass wir uns als randalierende Rowdys herausstellen ...«

Knut blickte gespielt erstaunt. »Dann haben sie uns also durchschaut, oder hast du den Bollerwagen und die drei Kisten Bier für unseren Vatertags-Umzug nicht dabei?«

Lachend passierten sie den nächsten Wohnwagen, der verlassen schien. Weiter ging es mit einer italienischen fünfköpfigen Familie, deren fröhlicher Vater lautstark singend in zwei großen Töpfen auf zwei gefährlich kleinen Gaskochern herumrührte.

»Buon Giorno«, riefen die Polizisten unisono.

»Buon Giorno, Signori«, rief der Vater begeistert zurück. Die drei Kinder spielten Federball auf dem benachbarten, leerstehenden Platz.

Hansen und sein Kollege schlenderten weiter und der Wohnwagen auf dem nächsten Platz ließ die beiden kurz in helle Begeisterung ausbrechen. Es war eine trapezförmige Merkwürdigkeit, die 40 Jahre alt zu sein schien und einen großen DDR-Aufkleber trug. Unter dem orangefarbenen Vorzelt saß im Schneidersitz ein alternatives, junges Pärchen samt Tochter auf einem groben Flickenteppich, spielte UNO und hörte Musik dabei. Die Polizisten grüßten und die Familie grüßte höflich zurück, widmete sich aber gleich wieder dem Kartenspiel. In der Hoffnung, sich später, bei besserer Gelegenheit, über diese Kuriosität von Wohnwagen mit den Besitzern unterhalten zu können, gingen die beiden weiter.

Es folgte wieder ein leerer Platz und vor dem nächsten Wohnwagen fand eine Unterhaltung statt. Ein förmlich wirkendes Senioren-Ehepaar in altmodischem Gemisch aus Tweed Kleidung und Jägertracht unterhielt sich offenbar mit seinen Nachbarn, einem untersetzten Mann im Hawaiihemd mit Schnauzbart und seiner ebenfalls recht beleibten, grellgeschminkten Frau im lila Trainingsanzug. Der alte Mann, der sich auf seinen Gehstock stützte und Knut an eine Mischung aus Jäger und englischen Lord erinnerte, hob wütend die Faust. »Ganz neu war sie. Ich habe sie nur einmal benutzt ... Eine Schande ist das. Zum Glück hatten wir nicht viel Bargeld im Portemonnaie.«

Die Frau im Joggingdress winkte ab. »Ihnen ham' sie ja wenigstens den Fernseher gelassen ... Ich könnt mich schwarzärgern. Camping ohne Fernseher ... Ist denen denn nichts mehr heilig? ... Ah, neue Nachbarn, n'Abend!« Dabei nickte sie in Richtung der sich nähernden Männer, so dass die anderen auch in diese Richtung sahen.

»Guten Abend«, sagten die beiden Alten steif.

Die Polizisten blieben stehen. »Moin!«, sagte Knut. »Irgendwas los?«

Der alte Mann antwortete mit hörbarem Ärger. »Diebe, Einbrecher! Schlimmes Gesindel treibt sich hier rum … In den letzten Tagen wurde hier alles Mögliche gestohlen. Meine goldene Uhr und unseren Fotoapparat haben sie gestohlen und von unseren Nachbarn hier den neuen Fernseher.« Seine Frau sprach kaum weniger funkensprühend weiter: »Und das ist ja noch lang nicht alles! Da sind noch bestimmt ein Dutzend andere bestohlen worden … schlimm ist das. Aber man kann sich ja denken, wer sowas macht …

Knut und Olaf schauten sich an. »Ach?«

Sie funkelte die beiden mit kleinen Augen an und wirkte wie jemand, der sich nicht sicher ist, wie offen er sprechen kann. Leise und verschwörerisch sprach sie weiter: »Naja, man darf sowas heutzutage gar nicht mehr sagen, aber schauen sie sich doch um: da die beiden mit ihrer verlausten Filzmähne und dem verwahrlosten Kind und da hinten diese Ita… Ita … Italiener. Da ist es kein Wunder, dass hier alles wegkommt, was nicht niet- und nagelfest ist.«

Die Frau im Jogginganzug nickte zustimmend. »Ja, ja – mitten zwischen Vagabunden und Mafiosi … da kann man sich wirklich nicht sicher fühlen.«

Hansen und Köppcke holten tief Luft. Sie waren beide schon weit über 20 Jahre im Dienst und hatten schon mit so vielen Ewiggestrigen geredet, aber es traf sie doch unerwartet, solch dumme Vorurteile als Teil des gewöhnlichen Smalltalks zu hören. Die beiden genossen es zwar immer, wenn niemand wusste, dass sie Polizisten waren, aber so zeigte sich ihnen auch ein Teil der Welt, der ihnen sonst eher verborgen blieb.

Köppcke machte eine abwiegelnde Handbewegung: »Naja – sooo weit würde ich nun doch nicht gehen, die

Leute dort schienen mir sehr nett zu sein ... Und verwahrlost oder gar verlaust kam mir da keiner vor…«

Die alte Frau reagierte sehr kurz angebunden. »Ich sag ja nur meine Meinung.« Dann drehte sie sich weg und verschwand im Wohnwagen hinter ihnen. Der Mann im Hawaiihemd sagte: »Egal wer es war, es ist eine verdammte Sauerei.«

Hansen nickte und sprach zu Köppcke gewandt: »Da haben wir uns ja 'nen netten Urlaubsort ausgesucht, hoffentlich bleiben wir verschont ... ist ja wie im Krimi hier.«

Sie verabschiedeten sich und kehrten zurück zu ihrem Camper, wo sie den Rest des Abends in ihren Campingstühlen saßen, Tee tranken und in die untergehende Sonne schauten. Gegen 23 Uhr wurden beide müde und machten sich fertig fürs Bett. Im hinteren Teil des Wohnwagens waren zwei fertige Betten, so dass sie direkt schlafen gehen konnten, ohne irgendetwas umzubauen. Hansen putzte sich gerade die Zähne, als sein Blick irritiert auf Olaf fiel, der sich gerade mit dem Inhalt einer großen Tube die Waden cremte.

Ihre Blicke trafen sich. »Wadenkrämpfe«, sagte sein Freund entschuldigend. »Diese Creme hat mir mein Arzt verschrieben ... Ich wache oft nachts auf und hab ganz blöde Krämpfe ... Diese Creme wirkt da ziemlich gut, ich habe immer einen Großvorrat dabei.« Er gähnte und ließ sich nach hinten auf die Matratze fallen. »Gute Nacht, Chef«.

Knut legte sich hin, zog die Decken ans Kinn und brummelte gespielt verärgert: »Nenn mich nicht Chef! Gute Nacht.«

Der erwartete Vatertags-Party-Radau blieb aus. Aus anderen Ecken des Campingplatzes drang ab und zu etwas Gegröle zu ihnen durch, aber das störte nicht weiter. Schon nach wenigen Minuten schliefen sie ein und schnarchten hingebungsvoll.

»Holla, was für ein hässlicher Kerl.« Köppcke stupste Hansen an und deutete auf das Aquarium mit einer Muräne, die sie mit ihrem schiefen Maul etwas dröge anblickte. Der lange, aalartige Körper blitzte hier und da zwischen Felsen und Korallen auf.

»Da krieg ich gleich wieder Hunger auf Räucheraal«, antwortete Knut.

Kichernd gingen sie weiter und bestaunten Kugelfische, Seepferdchen und alle möglichen Meeresbewohner. Knut Hansen schlenderte vor sich hin und stand bald vor einer runden Wand, in die runde Gucklöcher eingelassen waren. Daneben befand sich der Zugang zu einem abgedunkelten Raum, der mit Schwarzlicht beleuchtet war, um fluoreszierende Korallen und Fische in einer großen Aquariumsäule in der Mitte des Raumes besonders zu betonen. Für Hansen, der auf Langeoog aufgewachsen war und als Jugendlicher keine nennenswerten Disco-Lightshow-Erlebnisse zu verbuchen hatte, war Schwarzlicht immer faszinierend geblieben. Er beobachtete verträumt die weiß leuchtenden Flusen auf seinem Pullover und den sanften Schein um seine Fingernägel und wollte sich gerade die neonfarbenen Fische und Korallen genauer anschauen, als hinter ihm ein lauter Schrei ertönte. Er drehte sich erschrocken um und da stand ein Junge von vielleicht acht Jahren, der mit entsetzten Augen auf etwas starrte, das für Hansen aus seiner Position nicht sichtbar war. Auf alles gefasst, spähte der Oberkommissar vorsichtig um die Ecke.

Da stand eine Furcht erregende Gestalt: Beine und Handflächen leuchteten grell und im fleckig schimmernden Gesicht prangten geisterhaft zwei bleich-weiße Augen. Sie öffnete langsam ihren Mund und wirkte mit bläulich glimmenden Zähnen noch bedrohlicher. Dann sprach sie: »Himmel, Junge, was schreist du denn so? Knut, steckst du dahinter? Hast du den Jungen erschreckt?!«

Knut brach in schallendes Gelächter aus. Hinter dem Kind erschien eine erschrockene Frau, erblickte Olaf und polterte wütend los: »Sowas! Meine Güte! Den Kleinen so zu erschrecken! ... Anzeigen sollte man Sie ... Komm Jonas.«

Damit griff sie ihren Sohn an der Schulter und zerrte ihn weg von der Dunkelkammer. Olaf stand da, wie vom Blitz getroffen. »Was zum …?«

Knut winkte ab: »Moment mal ...« – er nahm sein Handy und fotografierte den Kollegen, dann führte er ihn in den helleren Vorraum und reichte es ihm.

Olaf ließ es beim Anblick fast erschrocken fallen. »Himmel ...!« Er sah jetzt wieder völlig normal aus: Kurzes Hemd, kurze Hose, Turnschuhe und die Kontaktlinsen, die eben seine Augen so schaurig hatten leuchten lassen, waren wieder unsichtbar.

»Sag mal, diese Creme ... hast du die heute wieder benutzt?« Olaf schlug sich an die Stirn. »Die Creme, natürlich! Ich hatte vorhin so ein leichtes Muskelzucken, da hab' ich mir vorsichtshalber die Beine eingecremt. Die zieht sehr langsam ein, deswegen habe ich sie wohl von meinen Handflächen auf Kleidung und Gesicht verschmiert.« Er drehte sich beim Sprechen in den leichten Schein Schwarzlicht, der aus der Dunkelkammer heraus bis in den Raum schien und prompt leuchteten die besprochenen Stellen wieder leicht auf – auf seiner Stirn prangte jetzt ein deutlicher Handabdruck.

»Komm schon Knut, das ist nicht sooo witzig!« Olaf spielte zwar den Verärgerten, musste während der Rückfahrt aber immer wieder mitlachen, wenn sein Beifahrer intervallweise in Gelächter ausbrach.

Hansen rieb sich die Tränen aus dem Auge und sah kichernd aus dem Fenster. »Halt mal kurz an«, rief er plötzlich. Olaf hielt den Wagen am Straßenrand und Knut verschwand in einem Elektronik-Geschäft.

Knapp fünf Minuten später erschien er wieder mit einer geheimnisvollen Tüte unter dem Arm, ließ sich aber nicht entlocken, was sich darin befand. Als sie wieder am Campingplatz eintrafen, gab es bei der Männergruppe gegenüber ihrem Caravan helle Aufregung. Die Kinder weinten und schrien und die Väter versuchten, Ruhe in die Situation zu bringen. Die Polizisten ließen sich aufklären: Als die Gruppe einige Stunden zuvor am Strand war, hatte jemand die Zelte durchsucht und die Handys, Digitalkameras, Gameboys und einen tragbaren DVD-Player gestohlen und damit die ganze Kinderschar um ihre Unterhaltungs-Elektronik gebracht.

»Die Polizei haben wir natürlich angerufen, wir sollen nachher zur Wache in Burg fahren und die gestohlenen Sachen beschreiben. Aber die Beamtin hat recht unmissverständlich angedeutet, dass wir die Sachen wohl abschreiben können und dass man eben keine teuren Geräte in Zelten lassen soll. Ohmannomann! So ein Mist ... Na, dann ist jetzt eben mehr draußen spielen für die Kinder angesagt, ist ja eh gesünder ... Oje, ich kann mir vorstellen, wie unsere Frauen sich auf diese Geschichte stürzen werden ...«

Es begann leicht zu nieseln und beide Polizisten verbrachten den Rest des Tages Karten spielend in ihrem Vorzelt und unterhielten sich. »Das ist ja ein Ding mit den vielen Diebstählen so kurz nacheinander ... Du musst zwei aufnehmen!« Olaf legte eine Sieben auf den Stapel und grinste.

Knut blieb gelassen. »Ja, das ist ungewöhnlich, oder? Da muss jemand über den Strand auf den Campingplatz kommen, sehr schnell in die Wagen einsteigen und dann wieder verschwinden. Vermutlich eine größere Gruppe, damit einige Schmiere stehen können und du musst vier aufnehmen.« Er legte ebenfalls eine Sieben und sein Kollege nahm zähneknirschend vier Karten auf. »Ist auf jeden Fall gut, dass wir nichts haben, was sich zu stehlen lohnt, nur schade, dass man das nicht irgendwie als Botschaft hinterlassen kann. Ein Schild mit :Einbruch lohnt nicht, wir haben nix!! wird wohl niemanden überzeugen.«

»Wohl wahr«, antwortete Knut. »Ich wünsch mir Pik.«

Am Samstag, dem Tag vor ihrer Abreise, gab es wieder einige Hinweise auf Diebstähle. Knut bemerkte einige handgeschriebene Zettel an den verschiedenen Infotafeln, in denen Leute Belohnungen für diverse Dinge anboten. Und auch ein offizieller Infozettel hing aus:

Liebe Gäste!
Wie wir Ihnen leider mitteilen müssen, hat sich in den letzten Tagen eine Diebstahlreihe ereignet. Wiederholt wurden an versch. Stellen des Campingplatzes kleine Wertgegenstände, Elektroartikel sowie Geldbörsen aus Vorzelten und Wohnwagen entwendet. Aus diesem Anlass möchten wir alle Gäste bitten, ihre Wertsachen gut im Auge zu behalten und bieten an, besonders wertvolle Gegenstände, wie z.B. Schmuck, für die Zeit Ihres Aufenthalts in unserem Tresor zu verstauen. Wir bedauern diese Unannehmlichkeit und wünschen Ihnen trotz allem einen schönen Aufenthalt.
Ihre Campingplatzleitung

Zum Abend hin machten sich Knut und Olaf auf, um in einer Pizzeria in Burg eine Kleinigkeit zu essen. Die Stimmung war heiter, und da es ihr letzter Abend auf Fehmarn war, beschlossen die beiden sich ein paar Biere zu gönnen, mit dem Taxi zurückzufahren und das Auto am nächsten Tag abzuholen. Als sie leicht torkelnd den Weg zu ihrem Wohnwagen entlangkamen, war es so dunkel, dass sie erst beim Versuch ihn zu öffnen bemerkten, dass ihr Vorzeltreißverschluss offen war. Olaf ertastete die kleine Campingleuchte an der Vorzeltdecke und knipste sie an. Die

Caravan Tür stand ebenfalls offen. Kurz danach hatten sie sich vergewissert: Der Camper war von oben bis unten durchwühlt, aber da die Polizisten keine Wertgegenstände im Wohnwagen aufbewahrt hatten, war auch nichts gestohlen worden, außer Hansens kleiner Digitalkamera. Olaf war außer sich und lallte: »Wwwie können diese Schufffte es wagen? Meinen Wohnwagen aufbrechen und durchwühlen, wassfüreine Schande!«

Hansen hatte weniger getrunken als sein Freund, hatte aber auch Schwierigkeiten, ordentliche Sätze zu formulieren. »Dasss ist ja mal echt frech! Da raubt einer die Polente aus – aber wir musst'n ja auch unbedingt inkognito reisen!«, brachte er heraus und verfiel dann in einen Kicheranfall.

Olaf sah ihn entrüstet mit kleinen Äuglein an, sog Luft ein und lachte dann auch prustend los.

Knut legte den Zeigefinger an die Lippen. »Pssschht Kollege! Is' doch mitten in der Nacht ... wir wollen doch keinen aufwecken.«

Doch Olaf war nicht zu bremsen. »Vielleich' hätten wir'n Schild aufstellen sollen, wo drauf steht: Polente-Wohnwagen:Nix zu holen'«, brachte er undeutlich heraus und beide kicherten unterdrückt hinter vorgehaltener Hand. Sie standen nun im funzeligen Licht ihrer Campingleuchte im Vorzelt und begutachteten das Durcheinander.

Hansen stupste seinen Kollegen an. »Du warte mal. Ich will mal was ausprobieren.« ... Er ging in eine Ecke, holte die Plastiktüte heraus, die er am Vortag beim Elektriker bekommen hatte, schaute rein und sagte: »Aha, noch da! Sehr gut«. Er fuchtelte in der Tasche rum, holte etwas heraus, bestückte es mit Batterien und drückte auf den Knopf.

Olaf schaute ihn irritiert an. »Die Taschenlampe ist Mist ... die leuchtet nicht ordentlich.« Knut hob mit bedeutungsschwerer Miene den Zeigefinger. »Is' gar kein Mist! Is' ja auch keine Taschenlampe. Guck dich mal an ... hihi.«

Olaf sah an sich runter und wieder leuchteten seine Beine unterhalb der kurzen Hose und seine Handflächen bläulich-weiß. »Ha, ha, sehr witzig ... und dafür hast du dir extra 'ne Lampe gekauft?«

Hansen musste angesichts seines gespenstischen Kollegen zwar immer noch kichern, schüttelte aber protestierend den Kopf. »Nein, nein – natürlich nicht ... guck mal!« Er leuchtete im Vorzelt herum und Olaf sah, was er meinte. An der Wohnwagentür, auf der Fußmatte, dem Tritt und diversen anderen Stellen im Vorzelt leuchtete es weiß blau. »Huch???« Entfuhr es Köppcke.

Knut erklärte: »War so'ne Laune von mir. Ich dachte, ich verteile mal ein bisschen von deiner Creme an den Stellen, die ein Einbrecher berühren würde und schau dann, ob man eine Spur entdeckt. Lass uns mal rausgehen und nachsehen!« Sie gingen vors Zelt und mussten schnell einsehen, dass das Ganze nicht funktioniert hatte. Im Gras vor dem Wohnwagen waren einige kleine Streifspuren der fluoreszierenden Creme zu sehen, aber nach einigen Metern verlief sich die Spur. »Mist«, sagte Hansen. »Bescheuerte Idee!«

Köppcke klopfte ihm beschwichtigend auf die Schulter. »Ach was, gute Idee! ... Hat halt nicht funktioniert ... komm lass uns reingeh'n und aufräumen.«

Hansen brachte das Vorzelt in Ordnung, Köppcke das Wageninnere. Als sie fertig waren, schaltete Hansen die Deckenlampe im Vorzelt aus und stand im dunklen Vorzelt. Er wollte gerade reingehen, als sein Blick auf den Campingtisch fiel, auf dem er die UV-Taschen-Lampe abgestellt hatte. Ein schmaler Spalt zwischen Tisch und Lampe leuchtete hellblau.

»Hoppla? Hab' ich die gar nicht ausgemacht?« Er griff sich die Lampe und ließ spaßeshalber den Strahl noch einmal im Vorzelt umherwandern: Der leicht verschmierte Fleck am Türgriff zeigte, dass jemand irgendwie am

Schloss rumgefummelt hatte, und vor dem Tritt waren auf dem Teppich einige leichte Fußabdrücke und zwei runde Kreise sichtbar. Kreise? Wieso Kreise? Hansens alkoholgetrübter Geist schaltete einen Gang hoch. Er riss die Tür des Campers so schnell auf, dass Köppcke vor Schreck beinahe in den Kleiderschrank gefallen wäre, den er gerade aufräumte. »Licht aus!«, bellte Hansen und drückte auf einen Schalter.

Köppcke schaltete die zweite Lampe aus und plötzlich war es vollkommen schwarz im Wohnwagen. Hansen hob die UV-Lampe und das schwarzlichtgeflutete Wageninnere zeigte ihnen die schaurig leuchtenden Reste der Einbrecherspuren. Vieles war durch Köppckes Aufräumerei verwischt worden, aber auf dem Wohnwagenboden fanden sich noch deutliche Herrenschuhabdrücke und in regelmäßigen Abständen gleichgroße, kreisförmige Abdrücke. »Der Dieb hat 'ne Krücke!«, riefen die beiden Männer wie aus einem Mund.

Fünf Minuten später klopfte Hansen an eine Caravan Tür. Es dauerte etwas, bis sich der obere Teil öffnete und der alte Mann argwöhnisch herausblickte. »Sie? Was zum Teufel wollen Sie mitten in der Nacht? Sind Sie betrunken?«

Knut antwortete lächelnd: »Nur ein bissch'n ... Ich möchte, dass Sie den Kindern ihr Elektrospielzeug wiedergeben. Wenn die morgen den ganzen Tag an der frischen Luft spielen, wird das arg laut und wir hätten an unserem Abreisetag gern unsere Ruhe.« Während er sprach, leuchtete er den Mann mit der UV-Lampe an und tatsächlich zeigten sich an dessen Händen und am Türgriff deutliche Flecken. »Sie spinnen wohl! Hauen Sie ab und lassen mich in Ruhe.« »Wir sind von der Polizei, Moment, wo hab' ich denn? Ach, Mist ... falssssche Hose ... Olaf? Zeigst du ihm bitte mal deine Marke?« Ganz automatisch deutete er mit der Lampe in Richtung seines im Dunkeln stehenden Kollegen. Die Augen des alten Mannes weiteten sich angsterfüllt.

Der Krankenwagen ließ sich Zeit. Wie sich herausstellte, war der junge Vater aus dem DDR-Wohnwagen Rettungssanitäter. Als er den Angstschrei hörte, kam er sofort und kümmerte sich fachmännisch um den Mann, bis der Notarzt eintraf. Der war durch den Schock bei Köppckes Anblick in Ohnmacht gefallen. Seine Frau, die mittlerweile dazugekommen war und im Morgenrock danebenstand, war zwar sichtlich entsetzt darüber, dass der tätowierte Mann mit den verfilzten Haaren ihnen so nahekam, sagte darüber aber nichts. Stattdessen zeterte sie ihren liegenden Mann an: »Siehst du, ich hatte doch gesagt, wir hätten schon gestern aufhören sollen ... aber du musstest ja unbedingt noch weitermachen ...«

Der Streifenwagen traf fast zeitgleich mit dem Notarzt ein und da der Caravan mittlerweile offenstand und man ohne Probleme den Haufen Elektrogeräte im Inneren sehen konnte, ergaben sich auch keine großen Fragen. Die Situation war wie folgt: Das alte Ehepaar Steinberg campte seit über dreißig Jahren und hatte irgendwann durch Zufall entdeckt, dass sich ihr neuer Campingwagen mit den Schlüsseln ihres vorherigen öffnen ließ. Daraufhin sammelten sie zunächst Schlüssel und probierten bald aus einer Laune heraus aus, in andere Wohnwagen einzusteigen. Als sie damit Erfolg hatten, wurde es zu einer Art gemeinsamen Hobby, ihre karge Rente aufzubessern, indem sie wohlhabenderen Campern Luxusartikel stahlen, die sie dann im Internet verkauften. Schnell hatten sie sich eine Art Universalschlüsselsatz zusammengebaut und wurden zunehmend mutiger und wahlloser, was die Opfer anging. Sie genossen es immer mehr, sich von ihrem ehemals ärmlichen Lebensstandard lösen zu können und steckten alles Geld in eine fragwürdige Mischung aus Antiquitäten, Kleidung und anderen Dingen aus, die sie in ihren Augen vornehm wirken ließen.

Als Notarzt und Polizei wegfuhren, stand die ganze Campingnachbarschaft zusammen und nachdem sie dem Vater der italienischen Familie die Lage mit Händen und Füßen erklärt hatten, rief der erschrocken: »Maledetto criminale!«

Knut schaute die Frau im Jogginganzug an und sagte zwinkernd: »Ja, wie waren Ihre Worte? Zwischen Vagabunden und Mafiosi kann man sich ja nicht sicher fühlen? ... Wie gut, dass wir wenigstens einen verlausten Rettungssanitäter in unser Mitte haben, wie? Komm, Köppcke ich muss ins Bett.« Lachend gingen sie zu ihrem Wohnwagen.

Über den Autor:

Gerrit Hansen wurde 1975 in Kiel geboren und nach mehreren erfolglosen Versuchen, sich mit dem »Konzept Schule« anzufreunden, beschritt er autodidaktische Wege. Er raubte einen Computer und ergaunerte sich mit gefälschten Papieren diverse Jobs in Werbeagenturen und beschritt dann seine bis heute andauernde Karriere als Illustrator.

Zwar besteht sein beruflicher Alltag daraus, Texte in Bilder zu verwandeln, aber manchmal wagt er sich aus dieser Komfortzone und geht den umgekehrten Weg. Dann rüttelt und zerrt er an den Bildern in seinem Kopf und versucht, sie mal mehr mal weniger erfolgreich in Wortform auf Papier zu werfen. Viele dieser Texte liegen in der Schublade und rufen unglücklich nach Aufmerksamkeit, traurig ob der Sinnlosigkeit ihres Daseins.

Doch dann und wann gelingt es einem zu entwischen und sich in die Welt zu schleichen, wie es in dem vorliegenden Buch der Fall ist.

Die Geschichten um den Kieler Kommissar Knut Hansen präsentieren Lokalkolorit und präzise Alltagsbeobachtungen im Gewand klassischer Kriminalfälle mit einer augenzwinkernden Prise Absurdität und viel Liebe zum Detail.